ゴブリンスレイヤー
GOBLIN SLAYER!
He does not let anyone roll the dice.

「小鬼を殺す者《ゴブリンスレイヤー》」

『あの、貴方は……？』

「お疲れ様でしたっ！
大丈夫でしたか？
ケガとかしてませんか？」

「問題ない」

Priestess
女神官
「守り、癒やし、救え」
──地母神の三聖句
Goblin Sla
ゴブリンスレイヤー
「つまり俺は、奴らにとってのゴブリンだ」
Guild Girl
受付嬢
ペンも紙もなしに、
どうして冒険ができようものか。
Cow Girl
牛飼娘
彼女にとって大事なのは、いつだって
天気と、家畜と、作物と、そして彼のことだ。

Dwarf Shaman
鉱人道士
宝石も金属も、磨く前は全て石塊。
物事を見た目で判断する鉱人は、この世におらぬ。
High Elf Archer
妖精弓手
無知なる者こそが幸福である。知ることは
最上の喜びなのだから。――エルフの格言
Lizard Priest
蜥蜴僧侶
「竜とは逃げぬものなれば」
Goblin Slayer
He does not let anyone roll the dice.
CHARACTER PROFILE
ゴブリンスレイヤー
人物紹介

Contents

GOBLIN SLAYER!
He does not let anyone roll the dice.

第1章『ある冒険者たちの結末』……004
間章「神さま」……059
第2章『牛飼娘の一日』……061
第3章『受付嬢の思索』……091
第4章『山砦炎上』……109
間章「受付嬢」……124
第5章『思いがけない来客』……127
間章「重戦士」……159
第6章『旅の仲間』……162
第7章『小鬼を殺す者』……181
第8章『ゴブリン退治』……201
第9章『強き者ども』……219
間章「勇者」……242
第10章『まどろみの中で』……245
第11章『冒険者の饗宴』……281
第12章『小鬼どもの丘を越えて』……306
第13章『ある冒険者の結末』……330

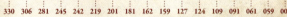

ゴブリンスレイヤー

蝸牛くも

カバー・口絵　本文イラスト
神奈月昇

むかし、むかし、今よりも星の灯《ひ》がずっと少なかった頃《ころ》。

光と秩序と宿命の神々と、闇《やみ》と混沌《こんとん》と偶然の神々の、どちらが世界を支配するのか。

戦いではなく、サイコロ勝負で決めることにしました。

神々は何度も何度も何度も、気が遠くなるほどサイコロを振りました。

でも、勝ったり負けたりの繰り返しで、いつまで経《た》っても決着がつきません。


やがて、神々はサイコロだけでは飽きてきました。

そこで駒と駒を置く盤として、さまざまな者たちと、彼らの住む世界をつくりました。

ヒュームやエルフやドワーフやリザードマン、ゴブリンやオーガやトロルやデーモンたち。

彼らは冒険をし、時に勝ち、時に負け、宝を見つけ、幸せになり、死んでいきます。


そんなある時、一人の冒険者が現れました。

彼が世界を救うことはないでしょう。

彼が何かを変えることはないでしょう。

彼はどこにでもいる、駒のひとつに過ぎないのですから――……。

第1章 『ある冒険者たちの結末』

その男は反吐《へど》が出るような戦いを終え、息の根を止めたゴブリンどもの屍《しかばね》を蹂躙《じゅうりん》する。

薄汚れた鉄兜《てつかぶと》と革鎧《かわよろい》、鎖帷子《くさりかたびら》を纏《まと》った全身は、怪物の血潮《ちしお》で赤黒く染《そ》まっていた。

使い込まれて傷だらけの小盾を括《くく》りつけた左手には、赤々と燃える松明《たいまつ》。

空《から》の右手が、踏み付け抑えた死骸《しがい》の頭蓋《ずがい》から、突き立った剣を無造作に引き抜く。

脳漿《のうしょう》をべったりと纏わせた、あまりにも中途半端《ちゅうとはんぱ》な長さの、安っぽい作りの長剣。

肩口を矢で貫かれ、地面にへたり込んだ少女は、怯《おび》えから、その細身を震わせた。

黄金に透ける長い髪の、清楚《せいそ》で可憐《かれん》な細面《ほそおもて》は、今や涙と汗とでぐしゃぐしゃに歪《ゆが》んでいる。

華奢《きゃしゃ》な体躯《たいく》、ほっそりとした腕、足を包むのは、神官である事を示す聖なる衣。

錫杖《しゃくじょう》を握りしめる手は、かたかたと細かく震えていた。


――目の前の男は、何者なのか。

ともすればゴブリンと同じか、それ以上に得体の知れない怪物のようにも思えてしまう。

それほどまでに男の姿は、身に纏った気配は、その立ち居振る舞いは、異様なものだった。

「……ッ、あの、あなたは……？」

少女が、恐怖と痛みを堪《こら》えながら誰何《すいか》の声をあげる。

果たして、男は、答えた。

「小鬼を殺す者《ゴブリンスレイヤー》」

――竜や吸血鬼ではなく、最弱の怪物たる小鬼を。ゴブリンを。殺す者。

平素に聞いたら笑ってしまうほど滑稽《こっけい》な名前も、今の彼女には、とてもそうは思えなかった。

§

よくある話だ。

神殿で育った孤児にとって十五歳の誕生日は、成人し、道を選ばねばならない日を意味する。

このまま神殿で神に仕《つか》えて暮らすか、神殿の外に出て俗世の中で生きていくか。

女神官が選んだ道は後者であり、その為《ため》に選んだ手段は冒険者ギルドを訪れる事だった。

冒険者ギルド――かつて勇者を支援するべく、酒場に集《つど》った者たちが始まりだという。

他《ほか》の職業組合とは異なり、冒険者ギルドは互助会というよりも斡旋所《あっせんじょ》といった方が良い。

延々と続く「言葉持つ者」と怪物どもの戦いで、冒険者は傭兵《ようへい》のような役目を担《にな》っている。

きちんと管理されていなければ、どうして武装した無頼漢《ぶらいかん》たちの存在が許されるだろうか。

女神官は街門を入ってすぐの所に建つ大きな支部に目を奪われ、まず立ち止まった。

次にロビーに入ると、朝だというのに大勢の冒険者で賑《にぎ》わっていることに、また驚く。

大きな宿屋と酒場――大概は一緒だけど――それと役所を組み合わせたような施設。

実際、その三つが合わさっているのだから、当然の結果なのだが。

鎧を纏った只人《ヒューム》がいれば、杖《つえ》持ち外套《がいとう》着込んだ森人《エルフ》の呪文遣い。

あちらには斧《おの》を携《たずさ》えた髭面《ひげづら》の鉱人《ドワーフ》。小柄な草原の民、圃人《レーア》も。

様々な武装、様々な種族、様々な年齢の男女が思い思いに談笑している間を縫って、受付へ。

依頼を受けにきたか、報告に来たか、あるいは依頼を出すのか、ずらりとした長蛇の列。

「で、峠のマンティコアはどんな塩梅《あんばい》だったんだ？」

「それほどでもなかったな。やっぱ実入りとしちゃあ、遺跡かなんか漁《あさ》った方が良いわ」

「まあ、そうだな。ただそれだけじゃあ、貢献ってことにはならないからなあ」

「そういや、都の方じゃあ最近、魔神だか何だかが現れて結構稼ぎ時だって話だぜ？」

「下級の悪魔《デーモン》くらいなら何とかなるけどなあ」

槍《やり》を担《かつ》いだ冒険者と、重厚な鎧を着込んだ冒険者とが交わす世間話。

その会話の想像もよらない内容に、三度女神官は驚き、決意を胸に錫杖を手繰《たぐ》り寄せる。

「……これからわたしも……！」

冒険者という職業が言われるほど楽なものではないという事を、彼女はよく知っている。

神殿に癒《いや》しの奇跡を求めて訪れる、傷ついた冒険者たちの姿を、女神官は間近で見てきた。

だがしかし、傷ついた人々に癒しを与える事こそが地母神《ちぼしん》の教えだ。

その為に危険へ身を晒《さら》す事を、どうして厭《いと》う事ができよう。

自分は孤児として神殿に救われたのだから、今度はその恩を返すべきだ――……。

「はい、本日はどうなさいましたか？」

そんな事を考えているうちに列がはけ、女神官の番が廻《まわ》っていた。

応対に出てきた受付嬢は、柔らかな表情をした年上の女性だった。

清潔感あふれる制服をきっちり着こなし、淡い茶髪を三つ編みにして垂らしている。

けれども冒険者ギルドの受付といえば激務であるのは、このホールを見れば一目瞭然《いちもくりょうぜん》。

なのに才女特有の張り詰めた雰囲気を纏っていないのは、己《おのれ》の仕事を理解している証《あかし》だろう。

女神官は、ほんの僅かに緊張が解けるのを覚え、こくんと唾《つば》を飲んだ。

「え、っと。冒険者になりたい、んですけど」

「そう、ですか」

だがしかし、見た目の印象と裏腹に、受付嬢が一瞬何とも言えない様子で言い淀《よど》んだ。

視線が自分の顔から、身体に向かうのを女神官は感じ、妙に気恥ずかしくて俯《うつむ》いてしまう。

それも受付嬢が、すぐににこやかな笑みを顔に貼《は》り付けた事で薄れていったけれど。

「わかりました。では、文字の読み書きはできますか？」

「えと、はい。神殿で習いましたから……多少なら」

「では、こちらに記入をお願いしますね。わからない箇所があったら、聞いてください」

冒険記録用紙《アドベンチャーシート》。薄茶の羊皮紙には、金の飾り文字が躍《おど》っている。

名前、性別、年齢、職業、髪、目、体格、技能、呪文、奇跡……。

記入事項は実に簡素なものだ。これだけで良いのかと、思わず疑ってしまうほどには。

「あ、技量点と、冒険履歴の所は空《あ》けておいてくださいね。そこは私たちで査定しますので」

「わ、わかりました」

頷《うなず》き、緊張に震える手でペンを持ち、インク壺《つぼ》に浸《ひた》すと、女神官は几帳面《きちょうめん》な文字を綴《つづ》った。

書き上がった記録用紙を差し出すと、受付嬢は逐一頷きながら確認し、銀の尖筆《せんぴつ》を手に取る。

それを用いて彼女は白磁《はくじ》の小板に、柔らかな筆致《ひっち》の文字を刻みつけていった。

女神官が手渡されて見れば、細かい文字で記《しる》された、冒険記録用紙《アドベンチャーシート》と同じ内容。

「身分証も兼ねていますが、いわゆる能力査定《ステータス》というものですね」

もっとも、見た通りの事しかわからないですけど。そう、彼女は悪戯《いたずら》っぽく付け加える。

目をぱちくりさせる女神官に、受付嬢はくすりと声を漏《も》らした。

「何かあった時に、身元を照合するのにも使いますから、なくさないように」

——何かあった時？

しっかり言い含めるような言葉に一瞬疑問符が浮かんだが、すぐに合点がいった。

身元を照合せねばならない時とは、つまり、二目と見られぬような死に方をした時だ。

はい、と頷いた声が、震えていなければ良いと女神官は思う。

「でも、こんな簡単になれてしまうんですね。冒険者って……」

「まあ、なるだけなら、ですけれど」

曖昧《あいまい》な表情。心配されているのか、それとも諦観《ていかん》。女神官には、判別がつかない。

「進級には倒した怪物、社会貢献度、人格の査定がありますから。なかなか厳しいですよ？」

「人格査定、ですか」

「たまにいるんですよ。俺《おれ》は強いから全部自分で解決してしまえば良い！　って人が」

他にも変わっている人はいますけどね。そう呟《つぶや》く時、ふっと受付嬢の表情が緩んだ。

それはとても柔らかく、懐《なつ》かしむような、暖かな微笑で。あ、と女神官は思った。

――この人、こういう顔もするんだ。

見られている事に気付いた受付嬢が、慌てて「こほん」と咳払《せきばら》いを一つ。

「依頼は、あちらに張り出されています。等級に見合ったものを選ぶのが基本ですが……」

と、示されたのは、一つの壁を埋めるように据え付けられた、巨大なコルク板だった。

先程までいた大量の冒険者たちが見て、千切《ちぎ》って持って行った為にだいぶ疎《まば》らだが……。

あの大きさの掲示板が必要になるという事は、それだけの依頼がある、という事だろう。

「ただ、個人的には下水道やドブさらいで慣れていく事をお勧めしますね」

「？　冒険者って、怪物と戦ったりするんじゃ――……」

「巨大鼠《ジャイアント・ラット》狩りも、立派な怪物退治で、社会貢献ですよ」

新人が行けるとなると後はゴブリン退治でしょうし。

そう呟く受付嬢の表情には、やはり、何とも言えないような雰囲気が漂っている。

「では、これで登録は終わりです。今後の活躍をお祈りしています」

「あ、はいっ。ありがとうございました」

ぺこりと女神官は頭を下げ、受付を離れた。首から白磁の認識票を下げ、ほっと一息。

ともかく登録が済んでしまえば、あっけないほど簡単に、彼女は冒険者となっていた。

――これから、どうしようかしら。

荷物と言えば聖印を兼ねた手の錫杖、着替えを含めた荷物と、幾ばくかの金子《きんす》のみ。

なんでもギルドの二階は、下等級冒険者向けの宿泊施設になっているという。

なら、ひとまず部屋を確保して、今日は、どのような依頼があるのか見てみるか――……。

「なあ、俺たちと一緒に冒険に来てくれないか？」

「ふぇっ？」

不意に声をかけてきたのは、傷一つない胸当てに鉢巻きを締め、腰に剣を吊《つ》るした若者だ。

女神官と同じく、彼の首には真新しい白磁の小板が下がっている。

白磁――最上位の白金《はくきん》等級から続く、十等級のうち最下位、登録直後の新人、という事。

「君、神官だろ？」

「あ、えと、はい。そう、ですけど」

「ちょうど良かった。俺の一党《パーティ》、聖職者がいなくって……」

見ると剣士の向こうには、二人の少女の姿があった。

髪を束《たば》ねて道着を纏った勝ち気そうな娘と、杖を手に冷たい視線を向ける眼鏡《めがね》の娘。

察するに、武闘家と魔術師、だろうか。

女神官の視線に気付いたか、剣士が「俺の一党《パーティ》さ」と頷いた。

「だけど急ぎの依頼で、せめてもう一人欲しいんだ。頼めないかな？」

「急ぎ、と言いますと……？」

「ゴブリン退治さ！」

聞けば、いつの頃《ころ》からか、村の近くにある洞窟にゴブリンが棲《す》み着いたという。

ゴブリン――それは数ばかりが取柄の、最も弱いとされる怪物だ。

背丈《せたけ》は子供並。膂力《りょりょく》も、知力も同様。しいて言えば、夜目が利《き》くという辺りが特徴か。

それ以外は人を脅かし、村を襲い、女を攫《さら》い、とまあ怪物らしい行動を取る事は変わりない。

いくら弱いとしても、触らぬ怪物に祟《たた》りなし。

当初は村人も無視していたが……やがて事情が変わった。

最初は、冬越しに備えて貯蓄されていた穀物が盗まれた。

種もみさえも奪われ、怒り狂った村人たちは柵を直し、松明を手に巡回をはじめ……。

そして、あっさり出し抜かれた。

ゴブリンどもは羊を盗み、ついでに羊飼いの娘と、物音に出てきた村娘を連れ去ったのだ。

事ここに至れば、もはや手段を選んでいる余裕などあるわけもない。

村人たちは、なけなしの財産を集めてギルド――冒険者の集う、冒険者ギルドを訪ねた。

冒険者たちに依頼を出せば、きっと間違いないだろうと信じて。

――ん、と……。

ひとしきり剣士が早口で捲《ま》くし立てる説明を聞いて、女神官は唇に指をあてがい、考え込んだ。

初めての冒険として、ゴブリン退治。やはり、よくある話だ。

その冒険に、誘われた。誘ってもらえた。これも何かの縁だろうか。

元より自分とて、一人でなんでもできる等と考えてはいない。

聖職者単独《ソロ》など自殺行為。いずれ一党《パーティ》を組まねばならないのだ。

見知らぬ人と行動を共にするのは、やはり不安が大きい。

それなら、まだ誘ってくれた人と一緒に行った方が安心だろうか。

男性に誘われるというのも初めての経験だが、他にも女性が二人いる、のなら……。

――なら、良いですよね。

「わかりました。……わたしなんかで、宜《よろ》しければ」

ややあって女神官が素直にこくんと頷くと、剣士は快哉《かいさい》をあげて喜んだ。

「本当かい！　やったな、皆。これでもう、冒険に出られるぞ！」

「あの……四人で、ですか？」

見かねた受付嬢が口を挟んだのにも、剣士は疑問を抱かなかったようだ。

「もう少ししたら、たぶん、他の冒険者の方が来ると思いますが……」

「ゴブリンなんて、四人で十分でしょう？」

剣士は「なあ！」と頼もしげに仲間を見まわして、快活に笑った。

「攫われた女の子が助けを待ってるんです。これ以上、時間をかけるわけにはいきません！」

ただ、そう告げられた受付嬢の、やはり何とも言えない表情を見て。

「………」

女神官の胸中には、得体の知れない不安が生まれたのも、事実だった。

§

ひょうと吹き抜けた生臭《なまぐさ》い風に、松明の灯《あか》りが頼りなげに揺れる。

昼間の太陽は洞穴の入口から満ちた闇《やみ》に遮《さえぎ》られ、その奥まではとても届かない。

揺れる火の動きに合わせ、ごつごつとした岩の影が、壁画の怪物が如《ごと》く岩壁に蠢《うごめ》き、踊る。

思い思いの粗末な装備を身に纏った、男女合わせて四人の若者たち。

彼らは深い闇の中を、おっかなびっくり、隊伍《たいご》を組んで進んでいた。

先陣を切るのは松明を握った剣士。続いて、女武闘家。最後尾を後衛の女魔術師が固める。

そして間に挟まれた三番目、錫杖を手におどおどびくびくと進む、神官衣の娘。

隊列を提案したのは女魔術師だった。

途中で分かれ道がない限り、背後からの奇襲は考えなくて良いだろう。

前衛が抜かれない限り、後衛である自分たちは安全で、援護を飛ばせば良い、と。

「……大丈夫、でしょうか」

だが、女神官の呟きからは不安の色が未《いま》だ色濃い。

洞窟に入ってから、それはより顕著になってさえいる。

「相手の事もよくわからないのに、いきなり跳び込んでしまって……」

「まったく、心配性だなぁ。神官《プリーステス》らしいといえばらしいけどさ」

洞窟の虚《うろ》と不釣り合いに快活な剣士の声が、反響して消えていく。

「ゴブリンくらい子供だって知ってるだろ？　俺は村に来たのを追っ払った事だってあるぜ」

「ゴブリンを倒したって何の自慢にもならないんだから。威張らないでよ、恥ずかしい」

そもそも倒してすらいないじゃない。

女武闘家が嫌みたらしく呟くと「別に間違ってはいないだろ」と剣士が唇を尖《とが》らせる。

呆《あき》れた、けれど、どこか楽しげな溜息《ためいき》を女武闘家は漏らした。

「まあ、この馬鹿が切り損ねても、あたしが殴り飛ばしてあげるから。そう心配しなさんな」

「おいおい。馬鹿とは手厳しいな……」

しょぼくれた顔を松明に照らした剣士は、しかし一転、気楽そうに剣を掲げてみせる。

「ま、俺たちなら、たとえ竜《ドラゴン》が出たって何とかなるさ！」

「……ずいぶん気が早い」

ぽつりと女魔術師が呟き、女武闘家がくすくす笑った。洞窟の中に、声が重なって響く。

それがまた闇の奥の何かを誘《おび》き寄せてしまいそうで、女神官は喋《しゃべ》る事さえ躊躇《ためら》っている。

「でも、いずれは竜殺しも目指したいわね。そうでしょ？」

頷く剣士と女魔術師に追従するよう、女神官は黙って微笑《ほほえ》んだ。

受付嬢と同じ表情の曖昧さを、暗影に隠しながら。

――果たして、本当にそうなのかしら。

そんな疑問を、女神官は決して口にはしない。胸中に、不安が渦巻いていたとしても。

『俺たちなら』と彼は言う。

だが、昨日今日出会ったばかりで、どうしてそう信じられるだろう。

悪い人でないことは、女神官もわかる。わかる、が――……。

「でもやっぱり、もう少し準備してからの方が……薬だって持ってないのでは」

「そんな事言ったって、買い物する金も時間もないからな」

女神官の震え声を意に介す事もなく、剣士は勇ましく言った。

「攫われた女の子が心配だし……もし怪我《けが》したって、君が治してくれるんだろう？」

「確かに癒しと、光の奇跡は授《さず》かっています、けど」

「なら大丈夫さ！」

たった三度だけですよ……。女神官が濁した言葉は、決して他の誰《だれ》にも届かない。

「そうやって自信満々なのは良いけどさぁ。まさか迷ったりしないでしょうね」

「おいおい。ここまで一本道だろ？　どうやって迷うってんだよ」

「どうだか。すぐ調子に乗るんだから。目が離せないったらないわ」

「そりゃ、お前もだろ……」

同郷だという剣士と武闘家が、ここまでの道中同様、和気藹々《わきあいあい》と言い合いを始める。

二人を追いながら女神官は、そっと両手で錫杖に縋《すが》り、口中で幾度も地母神の名を唱えた。

——どうか、無事に終わりますように。

その祈りは木霊《こだま》になる事もなく、暗闇の中へと落ちて、消えていく。

それが地母神の元まで届いたからなのか、あるいは彼女が祈りに耳を澄ませていた為か。

「ほら、遅れてる。隊列を乱さないで」

「あ、はい、ごめんなさい……っ」

果たして、最初に気が付いたのは女神官であった。

祈っている間に追い抜いた女魔術師に急《せ》かされ、小走りに彼女の前へ出た、その時。

がらり、と。微《かす》かに何か、岩が転がるような音。

「……っ！」

「また？　今度はどうしたの？」

びくりと身を震わせて立ち尽くす女神官に、最後尾についた女魔術師が苛立って問いかける。

都の学院を優れた成績で卒業し、呪文を授かった彼女は、女神官が苦手だった。

びくびく、おどおど。第一印象からして最悪だったが、洞窟に入ってからは尚酷《なおひど》い。

「今、何か崩れるような音が……」

「どこから？　前？」

「後ろから、ですけど」

――いい加減にして欲しい。

これでは慎重というよりも、臆病だ。冒険者など、致命的に向いていないのではないか。

女神官が立ち止まったせいで、既に先行する二人との距離は大きく離れてしまっている。

仲良く口喧嘩《くちげんか》をしている彼らは、こちらの様子に気付いた様子もない。

光源も遠のいて、濃度を増した闇の中、女魔術師の口からは溜息が漏れた。

「あのね。私たちは、入口から真《ま》っ直《す》ぐ進んできたのよ？　後ろに何かいるわけ――」

そして呆れたように振り向いた、女魔術師の冷静な声が――

「ゴブリン⁉」

――悲鳴に変わる。

確かに岩は崩れていた。いや、掘《ほ》り穿《うが》たれたのだ。

横穴から醜悪な怪物たちが跳び出し、不幸にして最後尾であった彼女へと群がっていく。

手に手に粗雑な武器を握り、おぞましい顔をした、子供ほどの――洞窟に潜《ひそ》む小鬼。

ゴブリン。

「ひ、ぃっ⁉」

ひきつった声をあげた女魔術師が、卒業の証である柘榴石《ざくろいし》の杖を振り上げる。

もつれた舌が呪文を紡《つむ》げたのは、奇跡のようなものだ。

「《サジタ《矢》……インフラマラエ《点火》……ラディウス《射出》》！」

脳裏に刻み込んだ呪文を塗《ぬ》り潰《つぶ》して、世界を改竄《かいざん》する、真に力ある言葉が迸《ほとばし》る。

拳大《こぶしだい》の柘榴石から赤々とした《火矢《ファイアボルト》》が飛び、ゴブリンの顔を撃つ。

肉の焦《こ》げる嫌な音、臭《にお》い。

――一匹仕留めた！

確かな勝利が、不敵な笑みと共に生み出す高揚感。

自分が二度も術を使える事は、絶大な自信を与えてくれる。

「サジタ……インフラマラエ……ラディ――きゃあっ⁉」

だがしかし、敵は自分たちよりもはるかに多い。

次の呪文が完成するよりも早く、女魔術師の細腕はゴブリンに掴《つか》まれた。

抵抗しようと力を込める暇すらなく、岩肌の地面に叩《たた》き伏せられる。

「あ、うっ⁉」

眼鏡が弾《はじ》けて飛んで、割れた。

視界が途端に朧《おぼろ》となった彼女の手から、杖があっという間にもぎ取られる。

「あ、ぁ……ッ！　か、返せ！　それは、お前らのようなものが触れて良いものじゃ……！」

杖や指輪、魔術の発動体は呪文遣いの生命線。それ以上に、彼女の誇りそのものだ。

しかしそれは半狂乱になって叫ぶ目の前で、見せつけるように、音を立ててへし折られる。

途端、女魔術師の顔がくしゃりと歪む。冷静さという仮面は、もはや完全に剝《は》がされていた。

「この……こ、のぉ！」

豊かな胸を揺らし、ろくに鍛えられてない脚を振って、じたばたと暴《あば》れ、もがき、足掻《あが》く。

だが、それが良くなかった。苛立つ小鬼が、錆《さ》びた短剣を容赦なく彼女の腹へ突き立て抉《えぐ》る。

「うあああああ……っ⁉」

臓腑《ぞうふ》を引き裂かれた女の、悲痛な叫び。

無論、他の仲間たち——否、女神官とて黙って見ていたわけではなかった。

「あ、あなたたち！　彼女から離れなさい！　やめなさい……！」

女神官は華奢な細腕で懸命に錫杖を振り回し、ゴブリンを追い散らそうとする。

無論、聖職者の中には武術に長《た》けた者もいる。

長らく冒険を続けた結果、相応の力量に達する者もいよう。

しかし、女神官のそれは非力な一撃だった。

そもそも恐怖に駆られてがむしゃらに振り回した武器が、まともに当たろうはずもない。

錫杖の先が岩に、地面にあたっては、軽い音が響く。

だがしかし幸か不幸か、ゴブリンどもは躊躇うように一歩退いた。

彼女を武僧やもと警戒したか、まぐれにでも当たる事を厭うたのかもしれない。

その一瞬の隙《すき》をついて、女神官は女魔術師をゴブリンの群れから引きずり出す。

「しっかり……しっかり！　…………ッ⁉」

返事はない。揺さぶるように呼びかける彼女の手が、べたりと赤黒く染まる。

錆びた刃をうずめたままの女魔術師の腹は、見るも無残に引き裂かれ、掻き回されていた。

あまりの惨状に、ひゅっと、女神官の喉《のど》がか細い息を吸い込んで音を立てる。

「あ、…………あ……」

だが、彼女は生きている。びくびくと痙攣《けいれん》してはいても、死んではいない。

まだ間に合う。間に合わせなければならない。女神官は、ぐっと唇を噛《か》み締めた。

「《いと慈悲深き地母神よ、どうかこの者の傷に、御手をお触れください》……！」

錫杖を胸元《むなもと》に手繰り寄せ、はみ出た臓物を押さえるように手を宛てがっての、奇跡嘆願。

魔術が世界の理《ことわり》を改竄するものならば、《小癒《ヒール》》は間違いなく神々の御業《みわざ》だ。

魂削るような祈りを受け、女神官の掌《てのひら》に淡い光が産まれ、女魔術師へと飛び移る。

その光が泡立つようにして消えると共に、破れた腹が徐々に塞《ふさ》がり始めた。

無論、そんな悠長な事を許すゴブリンどもではない、が。

「おのれ、ゴブリンどもめ！　よくも皆をッ!!」

ようやく後方の異常に気づいた剣士が仲間を庇《かば》うように飛び込んでくれれば、そうもいかない。

松明を投げ捨て、両手にしっかと握った長剣を、まずは一突き。ゴブリンの喉を貫く。

「Ｇｕｉａ!?」

「次……ッ!!」

強引《ごういん》に剣を引き、振り返りざまにもう一匹。ゴブリンを袈裟懸《けさが》けに、上半身へ斬りつける。

おぞましい怪物の血がパッと飛沫《しぶ》く中、剣士は雄々しく叫んだ。

「さあ、どうした！　来い！」

血に酔う、という言葉がある。

彼は——剣士は農村の次男坊だ。そして幼い頃から騎士となる事を夢見ていた。

どうすれば騎士になれるかは知らなかったが……少なくとも、弱くては騎士になれまい。

寝物語に聞いた騎士とは、怪物を倒し、悪を討ち、世を救うものなのだから。

こうして小鬼どもを蹴散《けち》らし、か弱い女性、仲間を救う自分の姿は、まさに騎士だ。

そう思えばこそ剣士の顔には笑みも浮かぶ。

振るう手には力も入り、滾《たぎ》る血液がわんと耳鳴り、全《すべ》てが目前の敵一匹へと集中する。

「待って！　一人じゃ無理よ！」

だが、彼は未だ騎士ではない。

女武闘家の声が届くよりも前に、錆びた短剣が剣士の太ももに突き刺さった。

「っ、あ!?　こ、のぉっ!!」

胸に深々と傷の奔《はし》ったゴブリン。血脂で鈍《にぶ》った刃では、殺しきるには僅かに足りなかった。

剣士は体勢を大きく崩しながらも第二撃を繰り出し、今度こそ声もなくゴブリンは息絶える。

だが、次の瞬間、剣士の背中めがけて新たなるゴブリンが跳びかかり――……

「じゃ、まだァッ!!」

切り返すべく振り抜かれた長剣が、ガッと鈍い音を立てて洞窟の岩壁に突っかかった。

それが最期《さいご》だった。

地に落ちた松明が燃え尽き、押し寄せてきた闇の中、濁った悲鳴は驚くほどに良く響く。

見栄えが悪く金もないからと、剣士は盾も兜も持たず、身の守りは薄っぺらな胸当てのみ。

引き倒されて切り刻まれ、呆気《あっけ》なく死ぬのは、避けられない。

「……ッ！　そんな……！」

手を出しかねていた女武闘家は、憎からず思っていた男の死に、蒼白《そうはく》になって立ち尽くす。

震える拳を握りしめ、構えを取れただけでも上等とすべきだろう。

「……二人とも、逃げなさい」

「で、ですが……！」

静かな言葉に言い返す女神官だが、しかし、どうにもならない事は彼女にもわかっていた。

腕の中、《小癒《ヒール》》の奇跡を受けたにもかかわらず、女魔術師の呼吸は浅く早く、反応も薄い。

見ればゴブリンの群れは、残った獲物を目掛けてじりじりと迫って来ている。

今はまだ女武闘家を警戒しているのだろうが、程なく押し寄せてくるのは明白だった。

女神官は女魔術師と女武闘家、斃《たお》れた剣士を未だ痛めつけているゴブリンたちとを見比べた。

二人が動かぬと見た女武闘家は、微かに舌打ちを一つ。

「せ、りゃあ……っ！」

覚悟を固めた彼女は気合の声も凛々《りり》しく、自ら臨んでゴブリンの群れへ飛び込んでいく。

しなやかに鍛え抜かれた四肢から繰り出すは、亡き父より授かった格闘技の真髄《しんずい》だ。

ここで死ぬ訳にはいかない。亡父の武術は、こんな小鬼どもに敗れるはずがない。

——何より、アイツを殺した事は、絶対に許さない！

心身ともに鍛えぬかれたその正拳突きは、見事なまでに一匹のゴブリンの水月《すいげつ》を撃ち抜いた。

嘔吐《おうと》し吐瀉物《としゃぶつ》を撒《ま》き散らしながら仰向《あおむ》けに斃れる敵を払い、振り返りざまに手刀一閃《しゅとういっせん》。

致命的一撃《クリティカルヒット》。

強烈なダメージを首筋に受けたゴブリンが、あり得ざる角度を向いて崩折《くずお》れる。

同時、それによって開いた間合いに踏みこんだ勢いを乗せ、右足で空を薙《な》ぎ払う。

練りに練った回し蹴り。それは二匹のゴブリンをまとめて岩肌に叩きつけ息の根を止め……。

「あっ……⁉」

しかし三匹目のゴブリンによっていとも容易《たやす》く受け止められて、その足首が掴まれる。

筋骨を軋《きし》ませる握力に、さっと女武闘家の顔が青ざめた。

ゴブリンは子供程度の大きさしかない、という。だが、しかし。

「ＨＵＲＧＧＧＧＧＧ……！」

喉を鳴らし、腐った息を吐《は》いて唸《うな》るそのゴブリンは、巨大だった。

決して小柄とはいえない女武闘家でさえ、見上げねばならない体格差。

掴まれた足が軋むほど痛み、悲鳴が漏れる。

「っ、あ、い、痛……っ！　はな、せぇ――――ぅあッ⁉」

瞬間、巨大なゴブリンは片足を握りしめたまま、無造作に女武闘家を洞窟の壁に叩きつけた。

乾いたものが砕ける鈍い音。

声も出せず悶絶《もんぜつ》する女武闘家は、続けて反対側の壁に叩きつけられた。

「ひ、ぎゅっ⁉」

人の物とは思えない悲鳴。女武闘家が血混じりの吐瀉物をまき散らし、地面へ投げ出される。

そこに、残りのゴブリンどもが群がるように飛びかかった。

「うがっ⁉　いぐっ⁉　がっ⁉　げほっ⁉　ぇっ⁉　う、ぁあっ⁉」

女武闘家は泣き叫んだが容赦なく棍棒《こんぼう》で滅多打ちにされ、その衣服が破り捨てられた。

自分たちを殺しに来た冒険者への慈悲など、ゴブリンは持ちあわせていない。

おぞましい行為を受ける少女の、甲高い悲鳴。

それに混じった言葉を、女神官は確かに聞いた。

――はやく、にげて
「……ッ！　すみません……！」

洞窟に木霊する陵辱《りょうじょく》の音に耳を塞ぎ、女神官は女魔術師を支え、転げるように走り出した。

走る。走る。走る。転びそうになって、必死に踏ん張って、なおも走る。

暗闇の中、石塊の並ぶ不確かな足元を、それでも女神官は懸命に駆けていく。

「……めんなさい……ごめ、なさい……ごめんなさい、ごめんなさい……っ！」

息がつまり、あえぐように口を開く。

もはや明かりもなく、自分たちが奥へ奥へと追い込まれていると、わかっていても……。

「っ、う、あ、……！」

木霊する悲鳴を残して、徐々に徐々に迫りくるゴブリンの足音が、何よりも恐ろしい。

足を止めることはおろか、振り返ることもできない。

振り返ったとしても、闇を見通す事はできないが。

今なら、受付嬢の曖昧な表情の理由も、わかる。

なるほど、確かにゴブリンは弱かった。

駈け出し冒険者である剣士が、女武闘家が、女魔術師が、それぞれ仕留めて見せたように。

体格も、知力も、膂力も、ほとんど全てが子供並だった。聞いていた通りだ。

だが、子供が殺意と凶器を持って悪知恵を働かせ、十匹以上で襲ってきたらどうなるのか。

女神官たちはそんな事を考えもしなかった。

彼女たちは弱く、未熟で、不慣れで、金と運がなく、そしてゴブリンの数は遥《はる》かに多かった。

それだけの……よくある話、なのだ。これは。

「あっ……！」

とうとう神官衣の裾《すそ》が足にからんで、女神官は無様に転げた。

顔を、掌を、砂利で擦《こす》った痛みより、女魔術師が放り出されてしまった事の方が重要だ。

女神官は慌てて駆け寄り、出会ったばかりの仲間の身体を抱き起こす。

「す、すみません！　大丈夫ですか⁉」

「お、ぇ……」

ごぼり、と。返事の代わりに女魔術師の口から、血泡が吐き出された。

必死に走っていたせいで気付かなかったが、女魔術師はがくがくと痙攣まで起こしている。

その全身はひどく熱を持ち、汗は分厚い魔術師のローブをもじっとりと湿らせていた。

「ど、どうして……⁉」

疑問は真っ先に自分へ向いた。もしや自分の祈りが、神に正しく届かなかったろうか。

女神官はそう思い、貴重な時間を使って、女魔術師の服をはだけさせ、手探りで傷を検《あらた》めた。

だが奇跡は正しくもたらされていた。

血に汚れてはいても、その腹は滑らかで、傷一つないようだ。

「……え、えと、こ、こういうとき、こういうときは、どうすれば……っ」

何をどうすれば良いかまるでわからなかった。

多少なり応急手当の知識はある。奇跡もまだ使えるだろう。

だが、もう一度癒しの奇跡を施《ほどこ》せば彼女は治るのか？　他の方法を試すべきではないのか？

いや、そもそも千々に乱れた心では、神の御許《みもと》へ嘆願を届ける事ができるのか――……。

「う、ぁあ……ッ⁉」

その一瞬が致命的だった。突然の激痛に、女神官は悶絶して崩折れる。

ひゅっと闇の中を何かが走ったかと思うと、左肩を貫く焼けるような痛みが走ったのだ。

見ればそこには、深々と突き立った矢。法衣の上にまで赤い血が滲《にじ》む。

女神官は、鎧を着ていなかった。服を貫き通した矢は、華奢な肩を容赦なく引き裂いている。

戒律で過度な武装は禁じられているというのもあったし、それに何より金がなかったのだ。

わずかな身じろぎでさえ何百倍にも拡大され、傷が火箸《ひばし》を突き刺されたように熱く、痛む。

「うぅ、うぅぅぅ……ッ！」

女神官にできるのは、歯を食いしばり、目に涙を溜《た》め、ゴブリンどもを睨《にら》みつけるだけ。

武器を手に近づいてくるゴブリンは、たったの二匹。

にやにやと笑う裂けた口から、涎《よだれ》が滴《したた》っていた。

舌を嚙んで死ぬ事ができれば、まだ良かったかもしれない。

だが彼女の神は自死を許してはおらず、仲間たちが辿《たど》った未来は避けられそうになかった。

切り刻まれるか、おぞましい行為をされるか、あるいは両方なのか。

「ひ、ぅ、ぅ……ぅ……」

かちかちと歯が鳴り、震えが納まらない。

女神官は女魔術師を庇うべく抱き寄せたが、不意に自分の下半身が生暖かくなるのを感じた。

それを嗅ぎつけたらしいゴブリンどもが、厭《いや》らしく顔を歪める。

それから眼を背《そむ》けるように、女神官は、懸命に地母神の名を唱えた。

救いはなかった。

だが――……。

「……ぁ……？」

闇の奥に、光があった。

押し寄せる黄昏《たそがれ》に塗り潰された空の中、誇り高く輝く宵《よい》の明星《みょうじょう》のように。

ぽつんと一点、僅かな、しかし鮮烈な煌《きら》めきが、徐々にこちらへと近づいてくる。

同時、響き渡るのは無造作で、かつ決断的な、迷いない足音。

ゴブリンどもが、戸惑ったように振り返る。仲間が獲物を取り逃がしたか？

そして女神官は怪物どもの肩越しに、彼を見た。

それは、あまりにもみすぼらしい男だった。

薄汚れた革鎧と鉄兜。小さな盾を括りつけた左手には松明、右手には中途半端な長さの剣。

駆け出しの自分たちの方が、まだマシな装備をしている。女神官はそう思う。

――ダメです……！　きては、ダメです……！

そう、叫べれば良かったのだが。恐怖は舌の根を凍りつかせ、声が出ない。

女武闘家のような勇気を持ち合わせていない事が、彼女はどこまでも恥ずかしかった。

そんな無力な獲物など、後でどうとでもなると思ったのだろう。

男を振り向いたゴブリンのうち、片方が矢を弓に番《つが》え、引き絞り、放った。

石の鏃《やじり》の粗雑な矢。その弓術も、実際としては、取るに足らない稚拙《ちせつ》なもの。

だが、闇はゴブリンの味方だ。

人が見通せない闇の中から放たれた矢は、到底避けられるものでは――……。

「ふん」

しかし男が鼻を鳴らすのと、鋭く振るわれた剣が苦もなく矢を叩き落とすのは、ほぼ同時。

それがどういう事か、状況を理解する事もできぬまま、もう一匹のゴブリンが跳びかかる。

覆《おお》いかぶさるように突きたてられるのは、やはり錆びた短剣。肩口、鎧の隙間《すきま》へ深々と。

「あぁ……ッ！」

女神官は悲鳴を上げる。だが、響いたのはそれだけだ。後は微かな金属音。

短剣を止めたのは、革鎧の下の鎖帷子。

ゴブリンが困惑しながらも、貫き通すべく力を籠《こ》める。

「GYAOU⁉」

その一瞬が致命的だった。

鈍い音と共に叩きこまれた盾が、ゴブリンを岩肌に抑え込み、押し潰す。

「まず一つ」

男は、淡々と呟く。その意味はすぐに理解できた。

ゴブリンの顔面へ、男は無造作に松明の炎を押し付けたのだ。

聞くに堪《た》えない濁った悲鳴。肉の焼ける嫌な臭いが漂い、洞窟に充満していく。

ゴブリンは半狂乱になってもがくが、盾に阻《はば》まれて顔を掻《か》き毟《むし》る事さえできない。

やがて動きが止まり、だらりと四肢から力が抜けたのを確かめ、男はゆっくり盾を離した。

どさり。重たい音を立てて、焦げた顔のゴブリンが岩肌に落ちる。

それを男は、無造作に蹴り転がし、前へ踏み込んだ。

「次だ」

異様な光景だった。怯えたのは女神官だけではない。

弓を手にしたゴブリンが思わず後ずさり、仲間を見捨て逃げようとしたのも無理はない。

勇敢《ゆうかん》さというのは、ゴブリンと最もかけ離れた言葉の一つなのだから。

しかしそのゴブリンの背後には今、女神官がいる。

「……っ！」

女神官は、今度こそ行動を起こした。

矢で射《い》られ、失禁し、腰が抜け、瀕死《ひんし》の仲間に縋るような無様な姿であっても。

彼女は動く片腕で、ゴブリンへと錫杖を突き出したのだ。

余りにも意味のない、ささやかな抵抗。それも考えてのものではなく、反射的なものだった。

だが、ゴブリンに一瞬の躊躇《ちゅうちょ》を起こさせるには十分すぎる。

彼はその一瞬、どうするべきかを今までの一生の中で一番頭を使って考えた。

そして結論を出す前に、鎧の戦士の投げた剣によって、生涯最期の答えは岩壁に飛び散る。

一瞬の間をおいて、頭蓋を砕かれたゴブリンが斃れた。

「これで二つ」

その男は反吐が出るような戦いを終え、息の根を止めたゴブリンどもの屍を蹂躙する。

薄汚れた鉄兜と革鎧、鎖帷子を纏った全身は、怪物の血潮で赤黒く染まっていた。

使い込まれて傷だらけの小盾を括りつけた左手には、赤々と燃える松明。

空の右手が、踏み付け抑えた死骸の頭蓋から、突き立った剣を無造作に引き抜く。

脳漿をべったりと纏わせた、あまりにも中途半端な長さの、安っぽい作りの長剣。

肩口を矢で貫かれ、地面にへたり込んだ少女は、怯えから、その細身を震わせた。

目の前の男は、何者なのか。

ともすればゴブリンと同じか、それ以上に得体の知れない怪物のようにも思えてしまう。

それほどまでに男の姿は、身に纏った気配は、その立ち居振る舞いは、異様なものだった。

「……ッ、あの、あなたは……?」

少女が、恐怖と痛みを堪えながら誰何の声をあげる。

果たして、男は、答えた。

「小鬼を殺す者《ゴブリンスレイヤー》」

——竜や吸血鬼ではなく、最弱の怪物たる小鬼を。ゴブリンを。殺す者。

平素に聞いたら笑ってしまうほど滑稽な名前も、今の彼女には、とてもそうは思えなかった。

§

肩の痛みさえ忘れて呆然《ぼうぜん》としている様を男――ゴブリンスレイヤーはどう見たのだろうか。

ずかずかと無遠慮な足取りで目前まで迫られ屈《かが》み込まれ、女神官はびくりと身を震わせた。

松明の灯《ひ》の下で間近に迫って尚、鉄兜の奥、面頬《めんぼお》に隠された男の双眸《そうぼう》は見えない。

さながら、鎧の中にも闇が満ち満ちているかのよう。

「駆け出しか」

首から下げた認識票を認め、ゴブリンスレイヤーは静かに言った。

松明を床に置く彼の胸元でも、認識票が揺れている。

暗がりの中で鈍く煌めくその色は、見紛う事なき銀の光。

「あ…………」

小さく声を漏らした女神官は、もちろんそれが意味する所を知っている。

冒険者ギルドに所属する、十段等級中の第三位。

史上数名しかいない白金等級という例外、国家規模の難事に関《かか》わる金等級。

それらに次ぐ、事実上の在野最優冒険者。

「……銀の、冒険者」

最下位である白磁等級の女神官とはかけ離れた、紛れもない熟練者《ベテラン》だ。

――もう少ししたら、たぶん、他の冒険者の方が来ると思いますが……。

受付嬢の言葉が女神官の脳裏に過《よぎ》る。もしかして、彼のことを言っていたのだろうか……？

「喋れるようだな」

「えっ？」

「運が良い」

ゴブリンスレイヤーの手つきは残酷なまでに無造作で、女神官は何かを言う暇もなかった。

「う、ぁ……ッ!?」

鏃の返しが肉を引き裂き、あまりの激痛に女神官は喘《あえ》いだ。

矢を強引に引き抜かれた傷口から溢《あふ》れる血に合わせ、目尻《めじり》に浮かぶ涙が、ぽろぽろとこぼれる。

ゴブリンスレイヤーは、やはり無造作な手つきで、腰のベルトポーチから小瓶《こびん》を取り出す。

「飲め」

硝子《ガラス》を透かして薄く燐光を放つ、緑色の薬――治癒の水薬《ヒールポーション》。

女神官たちが欲し、しかし金も時間もないが故に、購入を諦《あきら》めた物。

差し出されるまま受け取ったは良いが、視線が小瓶と傷ついた女魔術師との間で行き交う。

「あ、あのっ！」

一度声を出してしまえば不思議なもので、あとの言葉はすらすらと続いた。

「か、彼女に、使っても、構いませんか！　わたしの奇跡じゃ…………」

「どこを、何でやられた」

「え、えと、短剣で、お腹《なか》を刺された、みたいで」

「……短剣」

ゴブリンスレイヤーは、やはり無遠慮な手つきで女魔術師の腹をまさぐった。

ぐ、と指を押し付けると、ごぼりと彼女はまた血を吐く。

縋るように見守る女神官を一瞥《いちべつ》さえせず、手早く診察を終えた彼は、淡々と言い放った。

「諦めろ」

「…………ッ！」

蒼白になった女神官が息を飲み、女魔術師を抱く腕に力を込める。

「見ろ」

ゴブリンスレイヤーは自分の肩口、鎖帷子に食い込んだままだった短剣を引き抜いて見せる。

刀身には得体の知れないドス黒い粘液が、ベッタリと、絡《から》みつくように塗りたくられていた。

「毒だ」

「ど、毒……？」

「野山で拾い集めた草、自分たちの糞尿《ふんにょう》、唾液、それを適当に混ぜ合わせ、こしらえる」

――運が良い。

先んじてゴブリンスレイヤーの呟いた言葉の意味を理解した女神官は、ひゅっと息を飲んだ。

鏃には、その毒が塗られていなかったのだ。だから自分は、こうして無事でいる。

あるいは二匹のゴブリンのうち、短剣を持ったほうが先に彼女を襲っていたら……。

「喰《く》らうと息が詰まり、舌が震え、全身が痙攣し、熱が出て、意識が混濁し、そして死ぬ」

刃毀《はこぼ》れした短剣をゴブリンの腰布で拭《ぬぐ》いベルトに手挟《たばさ》んで、彼は兜の奥で呟いた。

「奴《やつ》ら、不潔だからな」

「な、なら、解毒さえできれば、彼女は……！」

「解毒剤《アンチドーテ》はあるが、毒が巡っている。もう、間に合わん」

「あ…………」

その時、女魔術師の虚《うつ》ろな瞳《ひとみ》が僅かに焦点を結んだ。

喉が血泡でゴボリと鳴って、唇が震えながら、音とも声ともつかぬ、微かな言葉を呟く。

「…………お、ろ、…………て」

「わかった」

次の瞬間、ゴブリンスレイヤーは躊躇なく女魔術師の喉を剣で突いた。

あっと呻《うめ》いた女魔術師がびくりと跳ね、やがてぶくぶくと血泡を吹き出し、息絶える。

引き抜いた刃を検め、脂で鈍ったのを認めたゴブリンスレイヤーは、舌打ちをして言った。

「苦しませるな」

「そんな⁉　まだ、助かったかも、しれないのに……！」

ぐったりと力の抜けた彼女の亡骸《なきがら》を抱いて、青ざめた女神官は叫んだ。

――だけど。

それ以上は、言葉にならなかった。助からない。本当にそうか？

そうだったとして、ここで殺すのが彼女のためになったのか？

女神官には、わからなかった。

いずれにせよ《解毒《キュア》》の奇跡は、未だ与えられていない。

解毒剤を飲ませたくとも、持っているのは目前の男だけ。自分の物ではない。

女神官は水薬を飲む事も、立ち上がる事もなく、ただ震える事しかできなかった。

「いいか。奴らは馬鹿だが、間抜けじゃない」

ゴブリンスレイヤーは吐き捨てるように言った。

「少なくとも、呪文遣いを最初に狙《ねら》う程度には。……見ろ」

壁に吊るされたネズミの髑髏《どくろ》と、カラスの羽を指さす。

「ゴブリンどものトーテムだ。つまり、シャーマンがいる」

「シャーマン……？」

「知らないのか」

女神官は不安そうにしながらも、こくんと小さく頷いた。

「呪文遣いだ。この娘よりは上手《うわて》の」

女神官は、呪文を使えるゴブリンなど、聞いたこともなかった。

もし存在を知っていれば、彼女の一党《パーティ》は全滅などしなかったろうか？

――ううん。

諦めたように、女神官は内心で否定する。

よしんば聞いたことがあったとしても、それを脅威とは、きっと思わなかったろう。

ゴブリンとは初めての冒険において蹴散らされる、腕試しの怪物だ。

少なくとも、さっきまでは――そう思っていたのだから。

「大柄の奴を見たか？」

続けざま、ゴブリンスレイヤーはへたり込んでいる女神官の顔を覗《のぞ》きこむ。

今度は――微かに、瞳が見えた。

薄汚れた鉄兜の奥には、機械じみた冷たい光。

兜の奥からじっと見られ、女神官は居心地悪げに身じろぎして、びくりと身体を硬直させる。

下半身の生暖かさと湿り気を、急に思い出したからだ。

ゴブリンに襲われ、瞬く間に仲間が死に、一党《パーティ》が壊滅し、自分だけは生き延びたという事実。

あまりにも現実感がない。

それよりもズキズキと鈍く痛む肩と、失禁した感触と羞恥のほうが、遥かに確かだった。

「いた、と思います、けど……。逃げるのに、精一杯だったので……」

故に曖昧模糊《あいまいもこ》とした記憶を懸命に辿った女神官は、ふるふると力なく首を振った。

「大物《ホブ》だな。『渡り』を用心棒にでもしたか」

「田舎者《ホブ》……ですか?」

「似たようなものだ」

武具を検めて、装備の具合を確かめ、ゴブリンスレイヤーは立ち上がる。

「俺はあの横穴から行く。ここで叩かねばならん」

女神官はその姿を見上げた。彼は既に彼女を見ていない。真っ直ぐ、広がる闇を睨んでいる。

「お前はどうする。戻るか、ここで待つか」

女神官は力の入らない手で錫杖を握り直した。

震える膝《ひざ》に力を入れて、ぽろぽろと涙をこぼしながら立ち上がる。

「行き……ます……っ!」

一人で帰るのも、一人きりで放置されるのも耐えられない。彼女は、そうするしかなかった。

ゴブリンスレイヤーは頷いた。

「なら、水薬を飲め」

小瓶に詰まった苦い薬液を女神官があえぎあえぎ飲み干すと、肩の傷の熱が薄れていく。

十数種類の薬草を用いて造られたそれは、劇的に傷を癒やす事はないが、痛み止めになる。

ほう、と安堵《あんど》から息が漏れたのも無理はない。彼女は初めて水薬を飲んだのだ。

「よし」

それを見て、ゴブリンスレイヤーは暗闇の中へと踏み込んだ。

その足取りは迷いなく、女神官の方を振り返ろうともしない。

女神官は慌てて小走りで、置いていかれないよう彼の後に続いた。

去り際《ぎわ》、ちらりと背後を振り返る。息絶えた女魔術師の方を。

「…………」

ぎゅっと唇を噛み締めて、女神官は深々と頭を下げた。

後で必ず、迎えに来よう。

§

横穴まで、さほどの距離もなく、どういうわけかゴブリンどもの姿もなかった。

かわりに、もはや人であったかもわからぬ肉の塊が無残に放置されていた。

噎《む》せ返るほどの血と、臓物の臭いが、洞窟の空気と入り混じり、渦巻いている。

「っ、ぐ、う、ぇぇぇぇ……」

女神官は剣士の亡骸を見て、こらえ切れずに跪《ひざまず》いて吐いた。

神殿で最後の食事として、パンとぶどう酒を食べたのが、何年も前のよう。

いや、それを言えば剣士に冒険へ誘われた事も、遥か昔の事に思えてくる。

「九か」

その有り様を無視してゴブリンの死体の数を数え、ゴブリンスレイヤーは頷いた。

「この規模の巣穴なら、残りは半分もいるまい」

彼は剣士の死体から剣と短剣を拾い上げて、ベルトに挿《さ》し入れる。

ゴブリンの得物も検めたが、満足行くものは見当たらなかったらしい。

口元を抑え、拭う女神官が咎《とが》めるような目で見たが、彼は気にもとめなかった。

「何人だ」

「えっ？」

「受付嬢からは、新人がゴブリン退治に来たとしか聞いていない」

「え、あ、四人――……」

そこで女神官は「あっ！」と思わず叫びそうになり、慌てて両手で口元を抑える。

「あ、あの、仲間が、その、もう一人……！」

どうして今まで忘れていたのだろうか。

身代わりとなって筆舌に尽くしがたい行為を受けた武闘家の姿は、どこにも見当たらない。

「女か」

「はい……」

ゴブリンスレイヤーは松明を近づけ、洞窟の床を丹念に調べた。

真新しい足あとが幾つかと、血、汚液、そして何かが引きずられていった痕《あと》。

「奥に運ばれたようだ。生きているかどうかは知らん」

皮膚のこびり付いた長い髪の毛を何本か指に絡めとり、ゴブリンスレイヤーは結論付ける。

「なら、助けないと……！」

女神官は必死に自分を奮い立たせてそう言った。

だがゴブリンスレイヤーは応じず、新しい松明に火を移し、古い方を脇道《わきみち》へ放り込んだ。

「奴らは夜闇の中でも目が見える。とにかく火を焚《た》け。暗がりは敵だ。音を聞け」

ゴブリンスレイヤーに言われるがまま、女神官はそっと耳を澄ませた。

松明の光も届かぬ穴蔵の奥から、ぺたぺたという足音が駆けてくる。

――ゴブリン！

恐らく、松明の光に気づいて様子を見に来たのだろう。

ゴブリンスレイヤーはベルトに手挟んだ短剣を抜き放ち、闇の奥へと投げ撃った。

何かが突き刺さる鋭い音。松明の朧な灯に、仰向けに転げるゴブリンの姿が映る。

そこを目掛けてゴブリンスレイヤーは素早く飛び掛かり、心臓を突いてトドメを刺した。

喉元に短剣の埋まったゴブリンは、声も立てず息絶えた。目にも留まらぬ早業だった。

「十」

ゴブリンスレイヤーは淡々と数を数える。横穴を覗き込み、女神官はこわごわと聞いた。

「……あなたも、暗いところが見えるのですか?」

「まさか」

ゴブリンスレイヤーは血脂で鈍った剣をゴブリンに埋めたまま、抜こうとはしなかった。

代わりに剣士の持っていたものと交換し、閉所では長過ぎる刃渡りへ舌打ちをする。

続いて、彼は今しがた殺したゴブリンから槍を取り上げた。

獣の骨で作られた粗雑な造りの長槍だが、只人《ヒューム》にとっては手槍の長さだ。

「練習をした。奴らの喉の高さを狙って」

「練習って、どれくらい……?」

「沢山だ」

「沢山……」

「質問ばかりだな」

「……」

女神官は恥じ入るようにして俯いた。

「何が使える？」

「……えっ」

質問の意図を解しかねながらも、慌てて顔をあげた。

油断なく穴の奥を監視しながら、ゴブリンスレイヤーは言葉を続ける。

「奇跡だ」

「……《小癒《ヒール》》と《聖光《ホーリーライト》》を、授かっています」

「回数は？」

「全部で三回。……残り、二回……です」

それを自慢する事は決してないが、駆け出しの神官として、彼女は優秀な方だった。

まず神へ祈りを捧《ささ》げ、嘆願し、奇跡を賜《たまわ》る事ができるだけでも一つの才能だ。

そして幾度も神と魂を繋《つな》ぐことに、耐えうる者は多くいない。経験が必要だ。

「予想よりずっとマシだ」

とはいえ、ゴブリンスレイヤーの言葉を「褒められた」と受け取る事はできなかった。

彼の口調はひたすらに義務的で、淡々として、感情というものがおよそ見られない。

「なら《聖光《ホーリーライト》》だ。どうせ《小癒《ヒール》》は物の役に立たん。無駄に使うな」

「わ、わかりました……」

「さっきのヤツは斥候《スカウト》だ。やはり、この穴が当たりだ」

手槍の穂先が、ゴブリンの来た穴の奥を示す。

「だが斥候《スカウト》は帰ってこない。お前の仲間を殺した奴も。俺が殺したからだ」

「……」

「どうする？」

「えっ」

「お前がゴブリンならどうする？」

唐突な質問。女神官は、顎《あご》に細い指を当てて、必死に考えた。ゴブリンならどうするか。

神殿の勤めで奉仕作業に従事していただろう手は、冒険者とは思えないほどに白い。

「……待ち伏せ、ます」

「そうとも」

ゴブリンスレイヤーは淡々と言った。

「そこに踏み込む。覚悟をしろ」

女神官は、真《ま》っ青《さお》になって頷いた。

ゴブリンスレイヤーは一巻きのロープと木杭《きぐい》を取り出し、足元にそれを張り出す。

「まじないのようなものだ」

ゴブリンスレイヤーは手元から目を逸《そ》らさぬまま、言った。

「覚えておけ。脇道の入口だ。忘れるな。死ぬぞ」

「は、はいっ」

女神官はぎゅっと両手で錫杖を握りしめた。

脇道の入口、脇道の入口と、必死になって口の中で繰り返す。

頼れるのは、ゴブリンスレイヤーを名乗る、得体の知れないこの男だけだ。

この男に見捨てられたら彼女も、女武闘家も、攫われた村娘たちも、おしまいだ。

その間にゴブリンスレイヤーは仕掛けを終える。

「行くぞ」

女神官は懸命に彼の後を追って、ロープを越えて穴に脚を踏み入れた。

横穴はとても奇襲用に掘り抜いたとは思えぬほど、存外にしっかりとしていた。

歩く都度に木の根の生《は》えた天井《てんじょう》から土が零《こぼ》れ落ちるのを除けば、崩れる恐れはない。

しかし、徐々に下方へと降りていくなだらかな坂は、女神官を不安にさせた。

もはやここは、人の――只人《ヒューム》の領域ではない。

最初からわかっていなければならない事だった。ようやく気づいても、手遅れだが。

――ゴブリンは、地下に棲まうものだから……。

考えてみれば、そうなのだ。鉱人《ドワーフ》とは比べ物にならないにしても。

どうして、ただ身体的に弱いというだけで、あんなにも自分たちは侮《あなど》れたのだろう。

――もう、後悔しても遅いけれど……。

女神官は松明の微かな灯を頼りに足元を確かめながら、そっと男の背中を窺《うかが》う。

迷いも、恐れも、彼の動きには一切《いっさい》見られない。

この先に何があるか、彼はわかっているのだろうか——……。

「そろそろだ」

不意にゴブリンスレイヤーが立ち止まり、女神官は危うく転げそうになった。

ぐるりと無機質な動きで彼が振り返るより早く、慌てて姿勢を正す。

「《聖光《ホーリーライト》》だぞ」

「は、はい。いつでも、祈れ、ます」

大きく息を吸って、吐いて。それからしっかと錫杖を構えた。

同様にゴブリンスレイヤーも、松明と手槍とを両手に握り直す。

「やれ」

「《いと慈悲深き地母神よ、闇に迷えるわたしどもに、聖なる光をお恵みください》……!」

ゴブリンスレイヤーが地を蹴って駆け出し、女神官が錫杖を闇へ突き出した。

掲げた錫杖の先で光が灯り、太陽の如く燦然《さんぜん》と煌めく。地母神の奇跡だ。

その光を背中に受けて、ゴブリンスレイヤーは小鬼どもの広間へ、敢然《かんぜん》と飛び込んでいく。

洞窟の中で最も大きい洞をそのまま流用したのだろう。

粗末な造りのその広間で待ち構えていた小鬼どもの、醜悪な姿が浮かび上がる。

「GAUI⁉」

「GORR?」

広間のゴブリンは六匹。その他に大柄な者が一匹と、椅子《いす》に座り髑髏を被《かぶ》った者が一匹。

清浄な光に突如として照らされた小鬼どもは、眩《まぶ》しげに目を細め、狼狽《うろた》えて声をあげた。

その他、広間にはぴくりともしない女たちが幾人か転がされていた。

陰惨な行為が繰り広げられていただろう事は、もはや言うまでもない、が。

「六、ホブ一、シャーマン一、残り八」

ゴブリンスレイヤーはそれらに声を震わせる事もなく、淡々と残敵数を確かめる。

無論、ゴブリンとて、ぎいぎいと悲鳴を上げて目を閉じているばかりではない。

「OGAGO……GAROA……」

玉座に君臨するシャーマンが、手にした杖を振りかざし、得体の知れぬ呪文を唱えだす。

「GUAI⁉」

だが、そこにゴブリンスレイヤーの手槍が飛んだ。

胴体を串刺しにされたシャーマンは断末魔の声をあげ、もんどり打って椅子から転げ落ちる。

長の惨状に、小鬼どもは反応する事ができない。ゴブリンスレイヤーはその隙を見逃さない。

腰に手挟んでいた剣士の剣を、鞘走《さやばし》りの音も高らかに引き抜き放つ。

「よし、退くぞ」

「えっ⁉　あ、はいっ！」

言うなり、さっとゴブリンスレイヤーは身を翻《ひるがえ》して走りだした。

その転身の素早さに驚き、訳もわからぬまま、女神官もそれに倣《なら》う。

その後に続くのは、光が消えて混乱から復帰したゴブリンたちだ。

坂を必死になって走る女神官を置いて、ゴブリンスレイヤーが一息に駆け抜ける。

前衛職と後衛職、あるいは経験や鍛錬によるものだろうか？

だがしかし革鎧と鎖帷子を着込み、鉄兜で視界を遮られ、ああも機敏に動けるとは。

その彼が横穴の出口でひらりと跳躍するのを見て、女神官も何とか思い出す事ができた。

「え、や……！」

辛《かろ》うじて仕掛けを飛び越える頃には、ゴブリンスレイヤーは壁際へ身を寄せている。

それを見た女神官もまた、慌てて同じように反対側の壁へと背を押し付けた。

「ＧＵＩＩＩ‼」

「ＧＹＡＡ‼」

罵声、足音、近づいてくるそれは、ゴブリンたちが坂道を駆け上がってくる証拠だ。

ちらりと女神官が覗き込むと、先頭は大柄な個体――ホブゴブリン。

「もう一度だ。……やれ！」

ゴブリンスレイヤーの指示が飛ぶ。

女神官は頷き、聖印の下がった錫杖を横穴へ突き出した。躊躇わず、祈りの言葉を口にする。

「《いと慈悲深き地母神よ、闇に迷えるわたしどもに、聖なる光をお恵みください》……！」

慈悲深き地母神が再びもたらした光は、しかし無慈悲にホブゴブリンの目を焼いた。

「GAAU⁉」

視界を奪われたホブゴブリンは、必然、足元のロープに気づく事なく無様に転がり……。

「十二」

そこへゴブリンスレイヤーが飛び掛かり、容赦なく延髄に剣を突き立て、抉った。

ホブゴブリンはがぼがぼと意味不明の言葉を叫んで痙攣し、そして死ぬ。

「つ、次のが上がって来ます……！」

もはや奇跡は尽きた。魂削る祈禱《きとう》の連続に、女神官の顔からは血の気が失せ、真っ青だ。

「わかっている」

ゴブリンスレイヤーは素早くポーチから瓶を取り出し、ホブゴブリンの死体に叩きつけた。

陶器が砕けて、中に詰まっていた黒い泥のような、ねっとりとした液体が飛び散る。

鼻につく臭いもそうだが、女神官には見たことのない、得体のしれない毒のように思えた。

「じゃあな」

黒く汚れたその巨体を、ゴブリンスレイヤーは穴の中に蹴り込む。

後から続いてきたゴブリンたちは、突然降ってきた肉の塊に勢い良く武器を突き出す。

咄嗟《とっさ》の事だ。故に、それが用心棒だと知ればゴブリンどもは当然慌てる。

小鬼どもは深く刺さった武器をどうにか引き抜いて、べたついた物を拭おうとし――……。

「十二、十三」

もはや、手遅れだった。

ゴブリンスレイヤーが、無慈悲に松明を投げ入れる。

ボンと音がして、ホブゴブリンの死体ごと二匹のゴブリンが炎に包まれる。

「GYUIAAAAAAA!?!?!?!?」

甲高い悲鳴。ゴブリンたちは、もがき、焼け焦げながら穴底へと転がり落ちていく。

立ち昇る肉の焼ける臭いと煙に、女神官はケホケホと咳き込んだ。

「い、今のは……」

「メディアの油とか、ペトロレウムとかいう、燃える水《ガソリン》だ」

錬金術士から買った、と。事もなげにゴブリンスレイヤーは呟く。

「高い買い物のわりに、効果は薄いな」

「あ、な、中！　さ、攫われた女の人たちが……！」

「死体二つ三つでは、たいして炎も広がらん。生きてさえいれば、死ぬこともない」

ゴブリンどもも全滅はすまい。そう付け加えられた言葉に、女神官はぐっと唇を噛む。

「……なら、また、乗り込むんですか？」

「いや。息ができなくなれば、自分たちから出てくる」

ゴブリンスレイヤーの剣はホブゴブリンに突き立ったまま、失われていた。

もっとも脳漿でぬめった刃で戦う気はないのだろう。

ホブゴブリンの手から零れ落ちた石斧を拾い上げ、握りしめる。

石を枝に括りつけただけ。あらゆる意味で乱暴な武器だが、それ故にどう使っても構わない。

ぶんと素振りして石斧の具合を確かめる。片手でも問題はなさそうだった。

ならばとゴブリンスレイヤーはポーチを探り、新しく松明を取り出す。

「あ」と女神官が火打ち石を取り出すが、彼はそちらを見ようともしない。

「連中、自分らが待ち伏せされるとは思いもよらんらしい」

「……」

「安心しろ」

器用に斧を持った手で火打ち石を叩きながら、ゴブリンスレイヤーは言った。

「すぐに終わる」

果たして、その通りだった。

炎と煙の中から飛び出してきたゴブリンを、彼は淡々と始末した。

一匹はロープで転んだ所で頭蓋を砕いた。

二匹目はロープを飛び越えた所を目掛けて石斧を打ち込んだ。三匹目も同じ。

四匹目が額《ひたい》に斧を埋《うず》めたまま斃れたので、ゴブリンスレイヤーはその棍棒を奪った。

「十七だ。中に入るぞ」

「は、はいっ」

煙の渦巻く中へと踏み込むゴブリンスレイヤーを、女神官は必死に追いかける。

広間は凄惨たる有り様だった。

見る影もないほどに黒く焼け焦げたホブゴブリンと、ゴブリンの死体。

槍に貫かれたまま転がる、ゴブリンシャーマン。

そして汚物にまみれ、床に転がされている女たち。

ゴブリンスレイヤーの言うとおり、煙は彼女たちよりも高みにあった。

だが、死んでいないからといって、幸福であるとは限らない。

女神官は、女武闘家を見出した時に、それを思い知った。

「う、っぐ、ぇぇぇ……」

女神官は空っぽの胃から、げぇげぇと胃液を吐き出す。

喉奥が酷く苦く、焼けるように痛み、また目尻から涙が滲む。

「さて」

ゴブリンスレイヤーはそれに構わず、床の油で燃える炎を踏み消した。

彼はずかずかと、槍に貫かれて仰向けに斃れているシャーマンに近づいていく。

シャーマンは自分の死に驚いたような表情のまま、身じろぎ一つしない。

その硝子球のような瞳に、見下ろすゴブリンスレイヤーの姿が映り込む。

「やはりか」

すかさずゴブリンスレイヤーが棍棒を振り上げた。

「GUI!?」

びくりと跳ね起きようとしたシャーマンは、次の瞬間に頭を叩き割られ、今度こそ死ぬ。

ゴブリンスレイヤーは、棍棒にこびり付いた脳漿を素振りして払い、呟いた。

「十八。上位種は無駄にしぶとい」

そうして名実共に空になった玉座を、ゴブリンスレイヤーは乱暴に蹴倒した。

がらがらと崩れるそれは只人《ヒューム》の骨を組み合わせたもので、女神官はまた嘔吐する。

「定番だな。……見てみろ」

「……う、ぇ？」

目尻を擦り、口元を拭って、女神官は顔を上げる。

玉座の裏には、扉代わりの腐りかけた木板が据え付けられていた。

隠し倉庫――いや、それだけだろうか？

がたごとと内側から聞こえる物音に、女神官はぎゅっと錫杖を握りしめる。

「お前は、運が良かった」

ゴブリンスレイヤーが板を引き剝がすと、中から甲高い悲鳴が幾つも上がった。

倉庫には略奪品の他、怯えた顔をしたゴブリンの子供が四匹潜んでいたのだ。

「奴らはすぐ増える。もう少し遅ければ五十匹ばかりに増えて、襲ってきただろう」

女神官はその光景を考え、自分の辿る未来を想像し、ぞっとした。

何十匹ものゴブリンに群がられ、ゴブリンの母となる自分。

身を縮めて震える小鬼たちを前にして、ゴブリンスレイヤーは棍棒を握り直す。

「……子供も、殺すんですか?」

――聞く必要も、ないかもしれない。

女神官は自分の声が、驚くほど冷めていた事に気づき、身を震わせた。

心が、気持ちが、現実に直面して――麻痺してしまっているのか。

そうであって欲しい、と思う。今、この時だけだ、と。

「当たり前だ」

ゴブリンスレイヤーは、淡々と頷いた。

恐らく、こんな光景を何度も、何度も、繰り返し見てきただろう男。

女神官は、彼がどうして「小鬼を殺す者」を名乗るのか――わからなくもなかった。

「奴らは恨みを一生忘れん。それに巣穴の生き残りは、学習し、知恵をつける」

ゴブリンスレイヤーは無造作に棍棒を振り上げた。シャーマンの脳漿がぼたぼたと滴る。

「生かしておく理由など一つもない」

「……善良なゴブリンが、いたとしても……？」

「善良なゴブリン」

心底不思議そうに呟いたゴブリンスレイヤーは、ふむ、と声を漏らした。

「探せば、いるかもしれん。だが……」

「………」

「人前に出てこないゴブリンだけが、良いゴブリンだ」

ゴブリンスレイヤーは言った。

「これで、二十二」

§

よくある話だ、という。

ゴブリンどもによって村が襲われ、娘が攫われたことも。

新米の冒険者たちが、初めての冒険としてゴブリン退治に赴《おもむ》いたことも。

それがゴブリンによって追い詰められ、全滅してしまったことも。

ゴブリンの巣穴から、冒険者によって娘たちが救出されたことも。

助けだされた娘たちが、ゴブリンの慰み者にされた事を儚《はかな》んで神殿に入ったことも。
仲間を失った冒険者が、茫然自失《ぼうぜんじしつ》となって、故郷に引きこもったことも。
何もかもが、この世界では日常茶飯事な、よくある話だ。
女神官には、よくわからない。
あのような人の一生を破壊してしまうような事件が、本当によくある事なのか？
だとすれば自分は……その現実に直面して尚、地母神を信じ続けられるのだろうか？
結局、彼女にわかっている事は、たったの二つしかない。
自分は、未だ冒険者を続けているという事。
そしてもう一つ。
ゴブリンスレイヤーは、間違いなくゴブリンを皆殺しにした、という事。
だがしかし、それさえもまた、よくある話の一つに過ぎなかった……。

間章「神さま」

ここではないどこか。ずっと遠くて、すごく近い場所で。

ころころ、ころころ、ある神さまが、サイコロをふっていました。

愛らしい女の子の姿に見えるその神さまは、《幻想》とよばれています。

くりかえし、くりかえし。わりと良い目がつづいて、《幻想》もニコニコです。

ですがサイコロというのは、神さまの思いどおりになるものではありません。

あっと可愛《かわい》らしい悲鳴をあげて、《幻想》は顔をおおいました。

なんともまあ、ひどい出目です。それこそ目も当てられません。

どんなに美しくて優しい《幻想》でも、サイコロの出目ばかりは変えられません。

装備を整《ととの》えたり、きちんと戦術を考えたりしても、どうしようもありません。

偶然か、宿命なればこそ、こういう事は、まま起こりうるからです。

がっくりとうなだれて落ちこむ《幻想》を、けらけらと指さして笑う神さまもいました。

その神さまは《真実》です。だから言ったのにと、手を叩《たた》いて大喜びしています。

なにせ《真実》というのは、無慈悲なものです。残酷なものです。

Goblin Slayer

He does not let anyone roll the dice.

ありったけの困難を用意して「依頼を請けた事が失敗だった」などとのたまいます。
《幻想》はぐぬぬとうなりますが、それもまた仕方のないことです。
自分だって宿命に導かれた冒険者たちと戦うときは、手を抜いたりしません。
だから自分の冒険者たちが偶然に死んでしまっても、文句は言えません。
そういうものだからです。
こんな事をいうと、神さまは人をオモチャにしていると怒る人もいます。
ですが、宿命にも偶然にも左右されない道とは、どのようなものでしょうか?
ともあれ、冒険者が全滅してしまったならしかたありません。
残念ですが、ここで冒険はおしまい。
新しい冒険者を用意して、もう一度やってみましょう。
なあに、大丈夫。今度の冒険者は、きっとうまく——……。
その時、盤面に新たな冒険者が現れたことに、二人の神さまは気がつきました。
げ、と《真実》が唸《うな》ります。うわ、と《幻想》がつぶやきます。
『彼』が、やってきたのです。

第2章

『牛飼娘の一日』

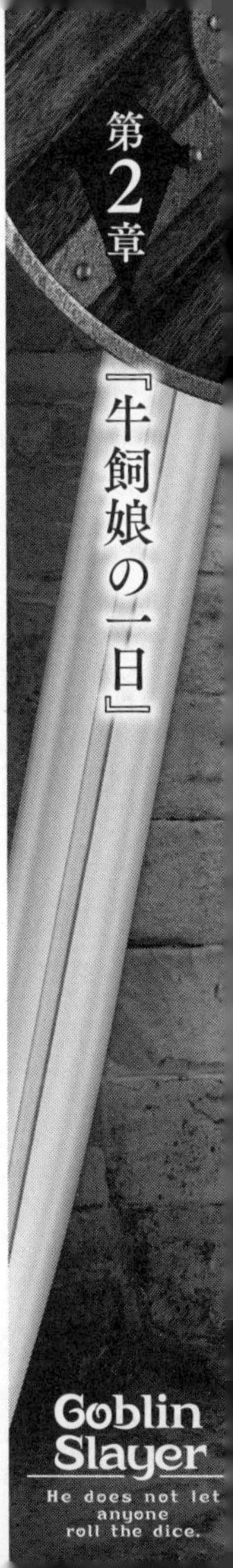

懐《なつ》かしい夢を見た。

まだずいぶんと小さかった頃《ころ》の、夏の日の夢。八歳、くらいだったはずだ。

その日、彼女は牛のお産を手伝うため、叔父の牧場に一人で泊まりに行く事になっていた。

まだ幼かった彼女は、そういう名目で遊ばせてもらえるのだと、気づきもしなかった。

だけど牛のお産の手伝いだ。立派な仕事だ。

それに何より、村から離れて一人で街に行くのだ！

当然のように彼女が自慢をすると、彼がふてくされた顔をしたのを覚えている。

彼は彼女より二歳年上だったが、住んでいる村以外の事を知らなかったのだ。

村の外……都どころか、街というのがどんな場所か、想像もできなかった。

それはもちろん彼女だって同じだったのだが……。

結局、きっかけが何だったのか、もう覚えていない。

とうとう彼を怒らせて、喧嘩《けんか》になって、そして、二人とも泣いてしまった。

今にして思えば、男の子相手だったから、遠慮しないで言いすぎたのかもしれない。

言いすぎて、本気で怒るほど、傷つけてしまったのかもしれない。

彼女は、そんな事を思いもしなかった。やっぱり、幼かったのだろう。

そのうちに彼を、彼の姉が迎えにきて、彼の手を引いて帰っていってしまった。

本当は、彼を「一緒に行こう」と誘いたかったのに。

隣街へ向かう馬車に乗った時、彼女は幌《ほろ》の中から村を振り返った。

見送りにきていたのは父と母。彼の姿はなくて、彼女は両親に手を振って別れを告げた。

がたごとと揺れる馬車のなかで、やがてウトウトとしながら、彼女はほんの少し後悔する。

結局、彼にごめんなさいを言ってなかったのだ。

帰ったら仲直りをしようと、そう思って――……。

§

牛飼娘の朝は早い。

彼が夜明け前、鶏が朝を告げるよりも早く起き出すからだ。

起きた後、彼はまず牧場の周囲を一周する。それが彼の、欠かすことのない日課だ。

前に牛飼娘が聞くと、彼は足跡を調べているのだと教えてくれた。

「ゴブリンは夜に動きまわる。朝が来れば巣に戻るが、襲う前には必ず偵察をする」

だからゴブリンの徴候を見落とさないように、彼は足跡を調べるのだと言う。

足跡を確認したら、念の為《ため》にもう一周。

今度は牧場の柵に緩《ゆる》みや破損がないかどうか、丹念に点検をしながら。

そして壊れている箇所があれば、補修用の木杭《きぐい》や横木を勝手に持ちだし、修理する。

牛飼娘が目を覚ますのは、彼が窓辺を通る足音が耳に届くから。

遅れて、ようやく鶏が鳴いた。

ずかずかという無造作な足音に、彼女は藁《わら》のベッドから這い出て裸体を晒《さら》した。

大きく伸びをして、欠伸《あくび》を一つ。健《すこ》やかに肉づいた体へ下着をつけて窓を開ける。

早朝の風が、冷たく、爽《さわ》やかに吹き込んできた。

「おはよ！　相変わらず早起きだね」

牛飼娘は豊かな胸を枠に乗せ、窓の外に身を乗り出し、柵を調べる彼の後ろ姿を呼んだ。

「ああ」

彼が振り向いた。

薄汚れた装甲に革鎧《かわよろい》と鉄兜《てつかぶと》を身につけ、左手に盾を括《くく》り、腰に剣を下げた彼。

いつもと寸分変わらぬその姿。目を細めて太陽を透かし見ながら、牛飼娘は言う。

「今日は良い天気だね。お日様が眩《まぶ》しいや」

「そうだな」

「叔父さんはもう起きてる？」

「わからん」

「そっか。でも、そろそろ起きてくると思うんだよね」

「そうか」

「お腹《なか》減ってるでしょ。すぐ支度《したく》するから、朝ごはんにしよっ」

「わかった」

彼はゆっくりと頷《うなず》いた。相変わらず無口だなあ、と牛飼い娘は思い、笑った。

小さい頃はそうでなかった、はずだけれど。

日によって天気については多少変われども、いつもと変わらない会話。

だが、彼は冒険者なのだ。冒険をするのが仕事の、危険な職業だ。

こうして朝、彼と無事に話せるだけでも、文句を言ってはいけないだろう。

牛飼娘は笑顔のままでその体を作業服に押し込んで、軽《かろ》やかに台所に向かう。

一応、日々の食事準備は当番制……と、なっている。

しかし、料理をするのは牛飼娘の仕事だ。

なにせ共に暮らしだしてからこちら、数年間で彼が料理を作ってくれた事はほとんどない。

——二、三回、かな？　たしか、風邪《かぜ》引いた時に。

味が薄くて煮込みが足りないシチューだった、なんて言うと怒りそうだから言わないけれど。

牛飼娘も、彼は早起きなのだから作ってくれれば良いのに、と思う事はある。

しかし、冒険者は不規則な生活なのだ。仕方ないかと、咎《とが》めたりする事はしなかった。

「おはよっ、叔父さん。もうすぐできるからねー」

「ああ、おはよう。今日も良い匂《にお》いだ。腹が減ってきたよ」

やがて牧場主の叔父が起きだして、その頃には点検を終えた彼も戻ってくる。

「おはようございます」

「うむ……おはよう」

几帳面《きちょうめん》とも義務的とも言える彼の挨拶《あいさつ》に、叔父は何とも言えないような歯切れの悪さで頷く。

食卓の上に並ぶのはチーズやパン、牛乳を使ったスープだ。全《すべ》て牧場で作った物だ。

彼はもそもそと兜の隙間《すきま》から料理を押しこみ、食べる。牛飼娘はニコニコとそれを眺める。

「今月分です」

ふと思い出したように、彼が言った。腰に吊《つ》るしたポーチから革袋を取り出し、卓に置く。

それはずいぶんと重たい音を立て、緩んだ口から、中に金貨が詰まっているのが見えた。

「……」

叔父は、それを受け取るのにいささかの躊躇《ためら》いを覚えたらしい。

無理もない、と思う。

こんな牧場の馬小屋に間借りしなくても、良い宿《ロイヤルスイート》に泊まれるのに。

ようやく決心がついたか、叔父は溜息を吐《は》くようにしながら袋を引きよせる。

「冒険者とは、稼ぎが良いんだな」

「最近は、仕事が多かったので」

「……そうか。なあ、君、その……」

やっぱり、叔父の言葉は歯切れが悪かった。

人の良い叔父が、彼と話すといつもこうなってしまう。

牛飼娘には、それがどうも、よくわからないのだが……。

ややあって、叔父が怯《おび》えたように、諦《あきら》めたように、彼へ言葉を続けた。

「……今日も行くのかね」

「はい」

彼は淡々と応じる。いつも通りに、ゆっくりと頷いて。

「ギルドに行きます。仕事は多いので」

「そうか。……大概にしておけよ」

「はい」

その平坦な声に、叔父は渋い顔をして、暖めた牛乳のカップを啜《すす》る。

それっきり会話が途絶えてしまうのも、毎朝のことだ。

だから牛飼娘は、その雰囲気を追い払うように、努めて明るい声で言った。

「じゃあ、あたしも配送あるから、一緒に行こう！」

「構わない」と、彼が頷くのを見た叔父が、厳つい顔をことさらにしかつめらしくする。

「……いや、それなら、私が荷馬車を出すから――」

「平気へーき。叔父さんったら過保護すぎだよ。こう見えて、あたし力持ちなんだから」

むん、と牛飼娘は袖《そで》をまくり、力瘤《ちからこぶ》を作るふりをして見せる。

同年代の街娘より腕が太いのは、まあ、ともかく。流石《さすが》にそこまで筋肉はないのだが。

「わかった」

彼はそれだけ言って、あっさり朝食を片づけてしまった。ご馳走さまの一言もなく席を立つ。

「あ、ちょっと、ほら、急ぎすぎ。こっちの準備もあるんだから、待ってよう」

だが、まあ、それさえもいつもの事だ。牛飼娘は自分の朝食を、行儀悪く頬張《ほおば》る。

身体を一杯動かすから多めの食事を牛乳で流し込み、彼の食器とまとめて、洗い場へ。

「じゃ、叔父さん、行ってきます！」

「……ああ、行っておいで。気を付けてな。くれぐれも」

「だいじょぶだって。一緒に行くんだしさ」

椅子《いす》についたまま、叔父はくしゃくしゃの顔をしていた。「だからだよ」とでも言いたげに。

叔父が親切で善良で、心優しい牧場主である事は、牛飼娘もよく知っている。

だが、叔父は彼の事が苦手なようだった。恐れている、の方が近いかもしれない。

——怖《こわ》がるようなこと、ないと思うんだけどな。


食べ終えて外に出ると、既に彼は牧場の柵を越えて、道を歩き出している所だった。

こうしちゃいられないと、慌てず騒がず駆け足で、裏手の荷車へと急ぐ。

前日の内に荷物を積んであるから、後は横棒を摑《つか》んで、よいせと足を踏みだすだけ。

車輪ががらがら回ると、荷車の上で食材や酒が音を立てる。

街まで続く並木道をずずかと彼は歩く。牛飼娘は荷車を曳《ひ》いて、その後を追う。

荷車が砂利の上で揺れる度、同じ様に牛飼娘の豊かな胸が揺れる。

別にこの程度でバテるような事はないが、それでも額《ひたい》に汗は滲《にじ》むし息も上がる。

「…………」

と、不意に彼の歩調が緩んだ。緩んだだけで、待ったりする事は決してないけれど。

牛飼娘は逸《はや》る気持ちと同じく、少しだけペースを上げて足を進め、その隣に並ぶ。

「ありがとね」

「……いや」

彼は言葉少なに、首を左右に振った。兜ごとだからか、その動きが妙に大きく見える。

「かわるか?」

「ううん、だいじょーぶ!」

「そうか」

冒険者ギルドは宿屋や酒場も兼ねている。そこに食材を届けるのは牛飼娘の仕事だ。

そして彼も依頼を請けに冒険者ギルドまで行く。これは彼の仕事だ。

牛飼娘は彼の仕事を手伝えないのだから、そこで甘えるのは何か申し訳ないな、と思うのだ。

がらがらと音を立てて荷車を引きながら、牛飼娘は、ずかずかと歩く彼の横顔を窺《うかが》った。

といっても、彼は起きてる間ずっと鉄兜を被《かぶ》っている。

どんな表情をしているのかは、わからない。

「最近、どんな感じ？」

「ゴブリンが増えた」

やっぱり、彼の答えは短い。短いが、それで十分な事もある。牛飼娘は明るく頷いた。

「そっか」

「普段より多い」

「忙しいの？」

「ああ」

「最近、よく出かけてるもんね」

「ああ」

「お仕事が増えるのは、良いことだね」

「いや」と、彼は静かに首を横に振った。「悪い」

「そうなの？」

牛飼娘が尋ね、彼は答えた。

「ゴブリンはいない方が良い」

「……そだね」

――本当、その通りだ。

牛飼娘は、頷いた。

§

道が徐々に舗装され、喧騒が耳に届く頃になると、門の向こうにそびえる建物が見えて来る。

冒険者ギルドは、だいたいの場合、街の入口にあるそうで、この街でも例外ではない。

それればかりか街で一番大きな建物で、背も高く、養護院が併設された地母神《ちぼしん》神殿よりも広い。

余所《よそ》から依頼に来る人も結構多いから目に留まりやすく、だとか。

わかりやすいのは良い事だと、牛飼娘は思う。

他《ほか》にも冒険者という無頼漢《ぶらいかん》を、さっさと囲んでしまいたいという理由もあるらしい。

――まあ、見た目だけだと、荒っぽい人多いもんね。

物々しい武装で行き交う人々と、町中だというのに鎧兜を着込んでいる彼を見て、苦笑い。

「あ、ちょっと待ってて。荷物、置いてきちゃうから」

「ああ」

牛飼娘はさっさと荷車を裏手の搬入口に置いて、ふう、と息を吐いて額の汗を拭《ぬぐ》った。

ベルを鳴らし、出てきた厨房《ちゅうぼう》の料理長さんに割符《さいふ》を見せて合わせ、納品の確認印をもらう。

後は、これを受付に持って行ってもう一つ確認印を貰《もら》えば、配達は終わりだ。

「お待たせ」

「いや」

とととっと駆けて戻ると、彼はやっぱり待っていてくれた。

連れだって、自在扉を開けてホールに入ると、日蔭《ひかげ》の涼しさを吹き飛ばすような人いきれ。

今日も冒険者ギルドは大賑《おおにぎ》わいだ。

「じゃあ、私は印、貰ってくるから」

「わかった」

待っていてもらったとはいえ、結局はここでお別れだ。

彼はずかずかとした足取りで壁際《かべぎわ》の席に向かい、指定席のように、どっかと腰を下ろす。

牛飼娘はそんな彼へ軽く手を振って、来訪者たちがずらり並んだ受付の方へ向かった。

冒険者たちもいれば、依頼人もいるし、それ以外の関係者だっている。

鍛冶師や故買屋、薬売りと出入り業者も多い。冒険者だって、何かと物入りなのだ。

「で、だ。俺《おれ》は迫り来る巨人《トロル》の一撃を、こうやって捌《さば》いて、間一髪踏み込んでだなぁ！」

「なるほど。お疲れ様でした。よろしければ強壮の水薬《スタミナポーション》をどうぞ」

牛飼娘が見ると、帳場で受付嬢へ熱心に声をかけているのは、槍《やり》使いの冒険者だった。

限界ぎりぎりまで細く絞りこみ、鍛え抜いた肉体は、それだけで男の強さを物語る。

首に銀の小板を下げているところを見ると、銀等級なのだろう。

牛飼娘は、それが十等級の第三位の証《あかし》だと知っていた。彼の等級だからだ。

「いやいや。俺は槍一本で巨人に立ち向かったんだ。どうだい、凄《すご》いだろう？」

「はい。巨人が強敵だという事は理解しておりますので……」

その時だ。

ふと困ったように流れた受付嬢の目が、壁際の彼の方を向いた。

「あっ！」

途端、ぱっと受付嬢の顔が明るくなる。

「……げっ。ゴブリンスレイヤー！」

槍使いもまた受付嬢の目線を追って彼の姿を認め、露骨な舌打ちと、嫌そうな声。

その声が、やたら大きく響いたからだろう。

ギルドの中がざわついた。

冒険者たちの視線が、あるいは依頼人の視線が、次々と彼へ突き刺さる。

「あれが私たちと同じ、銀等級とはな」

やれやれと、呆《あき》れたように首を横に振るのは、見目も麗《うるわ》しい女騎士だ。

しかし白銀の騎士甲冑《きしかっちゅう》には、歴戦を思わせる傷が多く、立派な風格を漂わせている。

「大物と戦えるかも怪しい、雑魚《ざこ》狩り専門だというのに。等級審査も緩くなったものだ」

「放っておけよ。俺たちと関《かか》わることもないヤツだ」

女騎士へ「どうでもいい」と鬱陶《うっとう》しげに手を振るのは、大鎧を着込んだ重戦士。

伊達《だて》か酔狂か、見かけ倒しと思われそうな物々しい装備でも、平然と振る舞っている。

二人共々、首から銀の認識票を下げているのを見るに、相応の実力はあるようだ。

「おい、見ろよ。あんな小汚い装備見たことないぜ」

「俺たちだって、もうちょっと良い装備してるのに……」

その一方では、薄っぺらな革鎧と短剣、ローブに短杖を持った少年たちが、顔を見合わせる。

安っぽさは彼と同じでも、傷一つない真新しさは、なるほど、確かに「良い」装備だろう。

「やめなさい。きっと私たちと同じ新人なのよ。聞こえたら悪いわ」

二人とそう歳《とし》の変わらない少女、神官戦士が口さがない彼らを咎めるように言う。

駆け出しの少年少女らの口調に滲むのは、どこかほっとした、格下を認めた時の嘲《あざけ》りだ。

白磁《はくじ》の認識票を下げた三人は、彼の首で揺れる銀の認識票に気付いた様子はない。

「ふ、ふふ……」

その様をどこか楽しげに見守るのは、煽情的《せんじょう》にローブを着崩した三角帽の呪文遣い。

魔女と呼ばれる銀等級の魔術師は、悩ましげに杖《つえ》を抱いたまま、我関せずと壁の花だ。

彼を知る熟練冒険者も、彼を知らない新人冒険者も、ひそひそと声を殺して囁《ささや》き合う。

その中にあって、彼は気にした様子もなく、黙って椅子に座っていた。

興味がない――意地を張っているのでも何でもなく、本当に興味がないのだ。

――だから、あたしが怒っても仕方ないんだけど、さぁ。

何とも言えないが、面白《おもしろ》くはない。

知らず眉《まゆ》をひそめてしまった牛飼娘は、ふとその時、受付嬢と目があった。

にこにことといつものように笑っていた彼女だが、その瞳《ひとみ》には、牛飼娘と同じ感情が滲む。

諦め。苛立ち。呆れ。そして――仕方ないな、という許容。

――わかりますよ、その気持ち。

受付嬢は一瞬だけ目を閉じて、溜息《ためいき》を一つ吐いた。

「あの、すみませんが。ちょっと失礼しますね」

「え、あ、お、おう。頼むぜ。まだ俺の武勇伝、もとい報告は終わってないからな！」

「はい、わかっていますから」

奥の事務所に引っ込んだ受付嬢は、しばらくして、ひょこっとホールに顔を覗《のぞ》かせた。

両腕に抱えるようにしているのは、見た目にも重そうな紙の束《たば》。

それを彼女は掲示板の前まで、えっちらおっちらと運んで行って。

「はーい、冒険者の皆さん！　朝の依頼張り出しのお時間ですよー！」

ホールのざわめきをかき消すように、よく通る声をギルド中に響かせた。

受付嬢が大きく両手を振ってアピールをすると、合わせて三つ編みが元気よく跳ねる。

「待ってました！」

文字通り眼の色変えた冒険者たちが快哉《かいさい》を上げ、次々に席を蹴《け》って受付へと殺到《さっとう》する。

何と言っても仕事にありつかなければ、今日の食事だって事欠くのが冒険者というものだ。

さらに依頼内容と獲得した報酬から算出される、冒険者としての評価。

俗に「経験点」と呼ばれる社会貢献度を高め、上の等級を目指したいのは皆同じ。

なにしろ冒険者の等級は、彼らの社会的信用度とイコールだ。

どんなに実力があったとしても、白磁や黒曜《こくよう》の冒険者では、重要な依頼を任せてもらえない。

「白磁等級向けの依頼は……安いなぁ。ドブさらいとかもしたくないし」

「あんまり贅沢《ぜいたく》言ってられないぜ。あ、これなんてどうだ？」

「ゴブリン退治ね。良いじゃない、いかにも新人向けって感じで」

「あ、いいな。俺らもゴブリン……」

「ダメよ、受付さんが言ってたじゃない。あたしたちは、まずは下水道から！」

「ドラゴンだ、ドラゴン退治はないか！　ここらで武勲の一つでも……！」

「やめとけって。装備が足らねえよ。山賊討伐あたりにしとけ。報酬も悪くない」

「おいこら、その依頼は俺が目をつけてたんだ！」

「先にとったのは私たちの方だ。他を当たれ」

依頼を掲示板から剝《は》いだ冒険者たちが、受付の前で怒号と罵声を交わし合う。

出遅れた槍使いが押し退けられて尻《しり》もちをつき、雄叫《おたけ》びを上げて再び飛び込んでいく。

「はいはい。皆さん、喧嘩をしてはいけませんよー」

その様を見守る受付嬢は、ニコニコと笑顔を顔に貼《は》り付けている。

「……ふぅん」

牛飼娘は、ちょっともやっとした物を覚えつつ、受付から離れた。

巻き込まれるのもいやだったし、これでは確認印もしばらくは貰えないだろう。

手持ち無沙汰《ぶさた》になった牛飼娘は、視線を受付から離して壁際へと向けた。

「……」

彼はそこに座ったままだった。

前に一度「早く行かないと、お仕事なくなっちゃうよ？」と聞いたことがある。

彼は「ゴブリン退治は人気がない」と、言葉少なに教えてくれた。

農村の依頼だから報酬が安く、新人向けだから熟練者は選ばない。

なので彼は受付が空《あ》くのを待っている。急ぐ必要はないのだから。

それに……と、言葉にはしないけれど、牛飼娘は思う。

――新人さんの後に、依頼を取りに行く程度には、気を使ってるんだろうな。

もしそう言っても、彼はいつも通り、「そうか？」とか、呟《つぶや》くだけだろうけれど。

「ん…………」

どうせなら傍《そば》に行って一緒に待とうか、牛飼娘は少し迷った。

迷ったのが、致命的だった。

「あ……」

彼女よりも早く、さっと彼の元へ向かう者がいたのだ。

若い、女の冒険者。華奢《きゃしゃ》な体に神官衣を纏い、地母神の聖印が下がった錫杖《しゃくじょう》を持っている。

「……どうも」

彼の前に立った女神官は、ぶっきらぼうに言った。不服そうな顔で、ぺこりと会釈《えしゃく》をする。

「ああ」

彼はそう言ったきり、口を閉ざしてしまう。兜のせいで、何を考えているかもわからない。

どうやらろくに挨拶してもらえず、ますます女神官が拗《す》ねているのに、気付いてないようだ。

「この間、教わった通り、防具を、買いました」

一語一語区切っての喋《しゃべ》り方は、ふてくされた子供のような態度そのものだ。

女神官はそう言って、神官衣の裾《すそ》をたくし上げる。

ほっそりとした体軀《たいく》を覆《おお》って、真新しい鎖帷子《くさりかたびら》が鈍《にぶ》く光っていた。

「悪くない」

状況と言葉尻だけ見れば女性にとっては侮辱的なものだったが、声にそんな気配は一切《いっさい》ない。

ここで初めて彼は女神官の方を向くと、細い体を上から下まで眺め、頷いた。

「多少、目が粗くとも、奴《やつ》らの刃はそれで防げる」

「神官長様にさんざん嫌味を言われました。地母神に仕《つか》える者が鎧を着るとは何事だって」

「ゴブリンを知らんのだろう」

「そういう問題じゃなくて、戒律の問題です……！」

「奇跡が起こせなくなるなら、改宗したらどうだ」

「地母神への祈りは届きます！」

「なら、どういう問題だ」

そう言うと、女神官は不機嫌そうに頰を膨《ふく》らませて黙った。

「……」

「……」

「座らんのか」

「あっ、いえ、す、座ります！　座りますとも！」

顔を赤らめ、慌てて女神官は彼の隣に腰をおろした。薄い尻がぺたんと音を立てた。

錫杖を膝上《ひざうえ》に乗せ、両手を握り、女神官は身を縮こまらせている。緊張しているようだった。

「……………むぅ」

思わず唸《うな》ってしまったが、牛飼娘も、彼女の事を聞いていないわけではない。

一ヶ月ほど前から彼がパーティを組んでいるという、新人の冒険者だ。

彼女の初仕事で知り合って、面倒を見ている――とは、もちろん言っていなかったけれど。

ぽつぽつ途切れ途切れの言葉をまとめていくと、どうもそういう事らしかった。

彼が常に単独で行動している事が心配だったから、それを聞いて安心したものだが……。

――……………まさか女の子だったとはね。

彼と一緒にギルドに赴《おもむ》くのは牛飼娘の日課だったが、女神官の顔を見るのは初めてだ。

今にも折れそうなほど華奢な彼女の身体の線と、肉のついた自分の身体。

比べて、小さく溜息。

「せ、先日の、一件、ですけどっ！」

そんな牛飼娘の様子を知らず、女神官は意を決したように、真《ま》っ赤《か》な顔で口を開いた。

声がやや上擦《うわず》って、早口なのは、単に緊張しているだけ……だろう。きっと。

「やっぱり火の秘薬で洞窟を崩す、というのは、やり過ぎだと思うんです！」

「それがどうした」

何を当たり前の事を言っているんだと、彼は声の調子を一切変えない。

「ゴブリンを放置するよりは遥《はる》かにマシだ」

「もっと、こう、後の事を考えるべきでは？　山だって、崩れてしまうかも、ですし……」

「ゴブリンの方が問題だ」

「ですからっ！　そういう考え方が良くないと、わたしは言っているんですっ」

「……そうか」

「あと、あとっ！　あの臭《にお》い消しの方は、もうちょっとこう、なんとか……！」

身を乗り出して食い下がる女神官に、彼は面倒くさそうに言った。

「それで、襲撃の時間は覚えたか」

う、と。女神官は言葉に詰まる。

露骨な話題の切り替え。聞くともなしに聞いていた牛飼娘は、くすりと笑った。

――本当、小さい頃から何も変わってない。

「……早朝か、夕方、です」

納得してませんからね。表情で必死にそう伝えながら、女神官は渋々と答える。

「理由を言え」

「ゴ、ゴブリンにとっての『夕方』か『早朝』、だからです」

「そうだ。真昼、つまり『真夜中』は却《かえ》って警戒が強い。次だ。突入する際の手順」

「えと。可能なら、火を焚《た》いて燻《いぶ》ったりして、追い出し、ます。巣穴の中は、危ない、から」

「そうだ。踏み込むのは他に手がないか、時間がないか、確実に皆殺す時だけだ」

考え考え答える女神官に、彼は次々と質問を繰り出した。

「道具」

「水薬《ポーション》と松明《たいまつ》を中心に揃《そろ》え、ます」

「それだけか?」

「あ、あと、ロープ。ロープは、どんな時でも役に立つ……ハズです」

「忘れるな。呪文、奇跡」

「じゅ、呪文と奇跡は、道具で代用ができるから節約して、必要な時は、躊躇わない、です」

「武器」

「えと、武器は……」

「奴らから奪え。剣も槍も斧《おの》も棍棒《こんぼう》も弓もある。発動体とやらは知らん。俺は戦士だ」

「……はい」

女神官は、こくんと頷いた。教師に叱《しか》られる子供のように。

「手をかえ、品をかえろ。同じ戦術を連続で使うな。死ぬぞ」

「え、えと、メモを取っても……良いですか?」

「ダメだ。奴らに盗まれれば、奴らも学ぶ。頭に入れろ」

彼が淡々と喋り、女神官が懸命に応じ、覚えようとついていく。

それは本当に、教師と、教えを請う生徒のやり取りそのものだ。

——彼って、こんなによく喋ったっけ？

ふとそんな疑問が脳裏に浮かび、牛飼娘は、居心地悪く身じろぎをした。

何故《なぜ》か酷《ひど》く落ち着かなかった。早く、早く受け取りの印をもらって、帰りたい。

「よし」と、不意に彼が席を立った。

見ると、ちょうど受付に集まっていた冒険者たちがはけ、どやどやと出立する所だった。

装備の調達、食料や消耗品の買い出し、事前の情報収集。やるべき事は山ほどある。

そんな冒険者たちを尻目にズカズカと受付に向かう彼を、女神官が慌てて後を追った。

「あ……」

またしても出遅れた牛飼娘の声が、伸ばした手と共に宙を彷徨《さまよ》った。

「あっ！　ゴブリンスレイヤーさん、おはようございます！　今日も来てくれたんですね！」

対照的に、受付嬢はパァッと顔を輝かせて彼を迎えた。

「ゴブリンだ」

「はい！　今日はちょっと少ないですけど、三件依頼がありますね」

淡々と告げる彼に、受付嬢は慣れた様子で書類を手に取る。既に準備をしておいたらしい。

「西の山沿いの村に中規模の巣、北の河沿いの村に小規模の巣、南の森に小規模の巣」

「村か」

「ええ。相変わらず、農村ばかりですね。狙《ねら》っているんですかね、ゴブリンも」

「かもしれん」

受付嬢の冗談めいた言葉に、彼は大真面目《おおまじめ》な調子で頷いた。

「他が請けた箇所はあるか」

「はい。南の森は、新人さんが請けましたねー。近くの村からの依頼ですね」

「新人」彼は呟いた。「構成は？」

「えっと……」

ぺろりと親指を舌で軽く舐《な》め、受付嬢はペラペラと書類を繰る。

「戦士が一人に、魔術師が一人に、神官戦士が一人。全員が白磁等級です」

「ふむ。バランスは悪くない」

「さっきロビーにいた……三人じゃ無理ですよ！」

平然と言う彼に、女神官が必死の顔で口を挟む。

「わたしたちだって、四人で…………」

彼女の顔は青ざめ、体は微《かす》かに震えていた。両手でぎゅっと錫杖を握りしめる。

牛飼娘は、胸の中のもやもやがざわめくような思いで、そっと目線を逸《そ》らした。

――どうして、気付かなかったんだろう。

新人の冒険者さんが、たった一人、初仕事で彼と出会う。

それがどういう事なのか、考えればわかったはずなのに。

「ちゃんと説明はしたんですけど……ね。大丈夫大丈夫って言われちゃうと、その……」

やはり女神官の事情を知っているらしい受付嬢は、困った様子で説明する。

冒険者にとって、全ては自己責任だ。

女神官は、縋《すが》るように彼を振《ふ》り仰《あお》いだ。

「放っておけません！　すぐ助けに行かないと……！」

彼の答えは、一切の迷いがない。

「好きにしろ」

「え……」

「俺は山の巣を潰《つぶ》す。最低でも田舎者《ホブ》かシャーマンがいるはずだ」

女神官は、呆然《ぼうぜん》とした様子で彼の顔を見た。鉄兜に隠れて表情はわからない。

「いずれ、もっと大規模になるだろう。そうなったら面倒だ。ここで叩《たた》かん手はない」

「み、見捨てるんですか……⁉」

「何を勘違いしているのかは知らんが……こちらを放置するわけにはいかん」

彼は淡々と言って、首を横に振った。

「だから、お前は好きにすれば良い」

「それじゃあ、あなた一人でゴブリンの群れに行く事になるじゃないですか！」

「何度もやった事だ」

「……ああ、もうッ！」

女神官はぎゅっと唇を噛《か》み締める。

牛飼娘から見ても、彼女は震えていた。だが、表情に怯えの色は、ない。

「本当に仕方のない人ですね、あなたは……！」

「来るのか」

「行きます！」

「……だ、そうだ」

「いやもう、ほんっとうにいつもいつも、助かります……！」

彼に話を振られ、受付嬢は二人を拝《おが》むように頭を下げた。

「ゴブリン退治をきちんと引き受けてくれる熟練の方って、あなたしかいないんですよぉ」

「……わたしは白磁等級です」

女神官は不満げに呟く。唇を尖《とが》らせて、拗ねた子供のように。

「あははは、いや、その、えっと……。それじゃあ、お二人で宜《よろ》しいですね？」

「ええ、不本意ながら……！」

不承不承といった様子で、女神官は頷く。

彼の準備は、いつだって万全だ。事務処理を終えると、二人はすぐに出立するらしかった。

ずかずかとエントランスへ向かう二人が、牛飼娘の方へと近づいてくる。

擦《す》れ違《ちが》わなければ外へは出られない。何を言うべきか、言わないべきか。

迷い、何か言いかけるように、幾度か口を開いて。

結局、牛飼娘は何も言えない。

「俺は行くぞ」

だが、彼はぴたりと彼女の目の前で足を止めるのだ。いつものように。

「えっ？　あっ……うん」

こっくりと彼女は頷いた。

「……気をつけてね」

ようやく、絞りだすように、それだけを伝える。

「気をつけて帰れ」

すれ違いざま、女神官がぺこりと頭を下げるのを、牛飼娘は曖昧《あいまい》な笑顔で見送った。

彼は、最後まで振り返らなかった。

§

牛飼娘は空《から》の荷車を引き、一人で牧場に戻って、黙々と家畜の世話をこなした。

だらだらと太陽が天頂へ昇ると、牧草地で昼食にサンドイッチを食べた。

そしてようやく日が暮れた頃に、彼女は叔父と二人で食卓を囲んで夕食を摂《と》る。

味のよくわからない料理を食べ終えると、牛飼娘は屋外に出た。

夜気を孕《はら》んだ冷たい風が吹いて頬を撫《な》で、見上げると満天の星に、二つの月。

彼女には、冒険者とか、ゴブリンとか、そういった事はよくわからない。

十年前、村がゴブリンに襲われた時、彼女はそこにいなかった。

その日、彼女は牛のお産を手伝うため、叔父の牧場に一人で泊まりに行く事になっていた。

まだ幼かった彼女は、そういう名目で遊ばせてもらえるのだと、気づきもしなかった。

運良く災難を逃れた。そういう事なのだろう。

両親がどうなったのか、彼女は知らなかった。

空の棺が二つ並んで埋められた事だけを覚えている。

神官が何か尤《もっと》もらしい事を言っていた事も。

父と、母は、いなくなった。それが全てだ。

最初は寂《さび》しかったように思うが、実感は何一つ残らなかった。

そして、もし。もしも。あの日、彼と喧嘩をしなかったら。

――何か、変わったのかなぁ。

「……夜更《よふ》かしすると、明日が辛《つら》くなるぞ」

背後から、下生《したば》えを踏んでの足音。低い声。

牛飼娘が振り返ると、叔父は朝と同じように、顔をしわくちゃにしていた。

「うん。もう少し待ったら、寝るね」

彼女はそう応《こた》えたが、叔父はしかめっ面《つら》のまま首を横に振る。

「奴も奴だが、お前もお前だ。金を払うから泊めてるが、あまり、関わるもんじゃない」

「……」

「幼馴染《おさななじみ》というのはわかるが、昔はどうであれ――……」

叔父は言った。

「今のあれは、たがが外れっちまってる」

お前だって、わかっているだろう。

「……でもさ」

そう言われて、牛飼娘は笑った。

そして星を見上げた。二つの月と、その下に続く道の先を見た。

彼の姿は、まだ見えない。

「もうちょっと、待つよ」


その夜、彼は帰ってこなかった。

彼が帰ってきたのは、翌日の昼ごろ。それから、明け方までベッドで眠った。

そして次の日、疲れを一切見せず、彼は女神官と共に南の森の巣穴へと向かった。

ゴブリン退治に向かった新人冒険者は、遂に帰らなかったのだと、後で聞いた。

その晩も、牛飼娘は懐かしい夢を見た。

結局、彼女はまだ、ごめんなさいを言えていない。

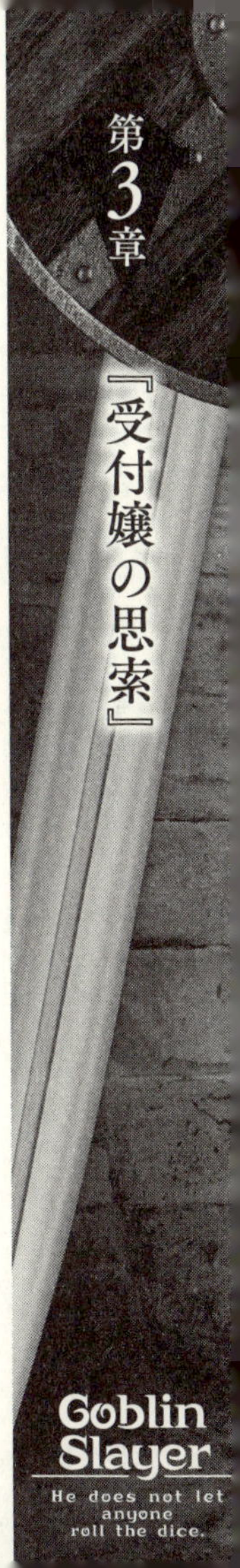

第3章『受付嬢の思索』

「たすけてけろぉっ！　たすけてけろぉっ！　おらの村さにコオニがでたんよぉっ！」

「はい、依頼ですね。ではこちらの書類に必要事項をお願いします」

差し出された書類を農夫が感極まって握《にぎ》り潰《つぶ》し、受付嬢は新たな書類を出した。

この程度は冒険者ギルドでは毎日のこと、受付嬢にとっては日常茶飯事だ。

冒険者は一日がかりの仕事が多いから、朝夕に最も多くギルドを訪れる。

だが、依頼人側はそうとも限らない。

神々による戦いが長く続く昨今、怪物は世に溢《あふ》れて久しい。

村が襲われるなどいつもの事で、すぐ近くに怪物が巣食う古い遺跡が見つかる事もある。

昼下がりのギルドを訪れた彼も、切羽詰まった人物の一人であった。

「こんままじゃベコもやられってまう。畑も焼かれってまうよぉ……！」

震える手で農夫はペンを走らせ、何度も書き損じ、受付嬢は新たな書類をその度に渡す。

そう、その度――怪物が現れ、どこかの村を襲う度、冒険者たちの出番が来る。

ドラゴン、悪魔《デーモン》、冒瀆《ぼうとく》的な名前の大目玉、そして時として心ない山賊たち。

言葉持つ者にとって不倶戴天《ふぐたいてん》の敵。祈らぬ者《ノンプレイヤー》ども。

まあ邪神に仕《つか》える神官なども含まれるから、この呼び方もどうか、とは思うのだが。

中でも数が多いのは……言うまでもない。ゴブリンだ。

「それにおらの村さ若いおなごつったら、おらんとこの娘っきゃいねぇだよぉ……！」

受付嬢は目を細め、蚯蚓《みみず》ののたくった拙《つたな》い字を眺めた。読めなくもないといった有り様だ。

読み書きができるという農村の重鎮でも、ようやく、この程度。

どういうわけか、ゴブリンどもが狙《ねら》うのは、きまってこんな辺境の村々ばかり。

狙っているのか、どうか。村が多いせいかもしれない。ゴブリンが多いせいかもしれない。

受付嬢には、わかりようもない話だ。

「書類の内容は問題ありません。報酬はお持ちになりましたか？」

「あ、ああ。コオニは女おそってテゴメにして喰《く》っちまうってほんとだか……？」

「そういうケースがあるのは、事実ですね」

見る間に血の気が引いて、青ざめた農夫がズタ袋を取り出した。

受付嬢はニコニコとした笑みを崩さず袋を受け取る。ずしりと重い、が……。

その中身はほとんどが銅貨で、銀貨が数枚。金貨は一枚もない。

受付嬢はカウンターの下から天秤《てんびん》ばかりを取り出した。規定の重りをつかって額を量る。

「……はい、確認しました。問題ありません」

金貨に換算してようやく十枚になるかどうか、といった所。

白磁《はくじ》等級の冒険者を数人雇える、ギルドの規程、ぎりぎりの金額。

依頼仲介の際に差し引く手数料なんかを考えると、赤字かもしれない。

だがしかし、土にまみれ、錆《さ》びて、新旧入り混じったその貨幣《かへい》の山の意味。

それを理解できない者は、ギルドの受付になど立てないだろう。

「安心してくださいね。数日中には必ず冒険者さんが討伐に向かいますから」

受付嬢は、あらゆる内心の上に笑顔を貼《は》り付ける。農夫は、ホッとしたように頷《うなず》いた。

きっと煌《きら》びやかな装備の冒険者が現れ、颯爽《さっそう》と解決してくれると思っているのだろう。

受付嬢は知っている。そうはならない。送り込まれるのは白磁等級、新人の冒険者だ。

そしてその多くは傷つき、悪くすれば、死ぬ。村が滅びるという最悪の事態も、起こりうる。

だからこそ——気休めかもしれないが、全《すべ》ての報酬は後払いなのだ。

小鬼——ゴブリンは絶えない。誰《だれ》かが失敗する度に小鬼が一匹生まれるという言葉もある。

数ばかり多く、村を襲う怪物の類《たぐい》では一番弱い。巨人《トロル》などとは比較にもならない。

そう、ゴブリンは子供程度の知恵、力、体格しかない。

逆を言えば子供と同じ程度には知恵が回り、力があり、すばしこいという事だ。

そしてゴブリン退治の報酬は安い。熟練者は面倒がって依頼を請けない。

結局、新人を送り込むしかないのだ。

彼らは死ぬか、傷つきながら、ゴブリンを退治する。

最初の冒険者が全滅したとしても、二度か三度目には、必ずゴブリンは退治される。

そう、退治できてしまう。だから、国は動かない。

もっと他《ほか》に対処すべき事があるからだ。悪魔だとか。混沌《こんとん》の勢力だとか。

「そんなら、おねげえしますだ。……どうか、どうかおねげえしますだ」

もろもろの手続きを終えた農夫は、何度も頭を下げて組合を後にした。

それを受付嬢はニコニコと笑って見送りながらも、溜息《ためいき》を押し殺す。

「これで今日三件目なんですけどね」

新人冒険者三組を死地に送り込むか、村三つが滅びるのを待つか。

それを想《おも》うだけで、胃がきりきりと痛んだ。良い気分はしない。

もちろん受付嬢も新人冒険者に説明をし、危険を説き、他の依頼も紹介する。

だが下水道のネズミ退治といった『冒険』は、彼らのお気に召さないようだ。

その一方で、熟練の冒険者は人里離れた山奥の怪物を退治して喜んでいる。

ゴブリン退治に向かって、無事に帰って来られる冒険者は……少ない。

夢見る初心者ばかりが多く、残りは一握りの熟練者ばかり。

中堅どころが育たないのは、いつだって冒険者ギルドの悩みの種だ。

そして好き好んで厄介極まりないゴブリンの相手をする、経験豊富な冒険者は、いない。

「……ほとんど、ですけどね」

自分の思考に自分で独りごちて、受付嬢はカウンターに突っ伏した。

曇りなく磨き抜かれた天板はひんやり冷たく、火照《ほて》った額《ひたい》や頬《ほお》に気持ち良い。

家柄ある令嬢として受けた教育的にも、役人のはしくれとしても、行儀が悪いのは重々承知。

だけどたまに、こうして崩れてしまいたくなる時もある。幸い、今は来訪者もいないのだし。

――早く来てくれないかなぁ……。

と、不意にからからとベルが鳴ってギルドの入口が開いた。

受付嬢はパッと顔を上げる。

「お嬢さぁん！　盗賊団を退治してきましたよッ！」

飛び込んできたのは、槍《やり》使いの冒険者だった。何が楽しいのか、顔はだらしなく緩んでいる。

彼の後をしゃなりしゃなり、腰を揺らし歩く魔女と目が合う。

ごめんなさいねと片目を瞑《つむ》られて。受付嬢は、すぐにニコニコとした笑みを貼り付けた。

「お疲れ様でした。では、報告して頂けますか？」

「いやあ、苦労しました！　なにせ奴《やつ》は街道に陣取っていましたからね！」

「お疲れ様でした。詳細は報告書で提出してくださいね」

「数が多いのなんのって、二十人か二十一人か、それを相手に切った張ったをですね！」

「お疲れ様でした。体力回復には、強壮の水薬《スタミナポーション》がオススメですよ」

「……一本ください」

「はい、お買い上げありがとうございます！」

ギルドが出入りの業者から仲介している商品は、流石《さすが》にそう質が高いものではない。

この精力剤もまた、魔法の薬などではなく、複数の薬草を混ぜて煎《せん》じた代物だ。

だがそれでも体力回復の役には立つ。持ってもらって、飲んでもらって、損はないはずだ。

実際、こうして買ってもらえれば、そのお金を様々な方面に回せるのだし。

――でも、もう二度とあそこへ顔を押し付けたりしないようにしよう。

槍使いがカウンターに突っ伏すのを受付嬢はニコニコと笑いながら、しっかり決意する。

と、そこで再びベルが鳴った。

「あっ！」

「げっ……！」

ドアから現れた人物を見て、受付嬢の顔が輝き、槍使いが露骨に舌打ちをする。

ずかずかという無造作で、乱暴な歩調。

薄汚れた革鎧《かわよろい》に、鉄兜《てつかぶと》。安っぽく、みすぼらしい装《よそお》いの冒険者。

首から下げた銀の認識票を見なくとも、それが誰かはこの支部にいる全員が知っている。

ゴブリンスレイヤー。

「お疲れ様でしたっ！　大丈夫でしたか？　ケガとかしてませんか？」

「問題ない」

貼り付けた笑顔を内から破って、ぱっと花咲くような微笑《ほほえ》みが浮かぶ。

槍使いが言いようもない表情なのを余所《よそ》に、ゴブリンスレイヤーは頷いて言った。

「小規模の巣穴だったが、田舎者《ホブ》がいた。少し手こずった」

「詳しい話は今聞きますから、まずは座って休んで……あ、お茶も淹《い》れますね！」

受付嬢は三つ編みを元気よく跳ねさせ、コマネズミのように走り回り、奥へと引っ込む。

ゴブリンスレイヤーが、どっかと無造作に椅子《いす》へ腰を降ろし、ふと隣の槍使いと目が合う。

ようやく、彼に睨《にら》まれている事に気付いたらしい。ふむ、と声を漏《も》らして。

「横入りしたなら、謝るが」

「…………別に。もう報告は終わってっから、かまわねぇよ」

「そうか」

けっと毒を吐《は》いて、槍使いの冒険者は席を蹴《け》った。

そうして向かう先の長椅子では、全てお見通しと、魔女がニヤニヤ顔で待っている。

「盗賊、なんて……その道を、通らなければ、干上がる、ものね」

「うるせぇな！　悪かったよ！　良いじゃねえか、少し自慢したって！」

「自慢と言ったって……」と赤い唇が弧を描き、呟《つぶや》く。

「私の、呪文も、あったのだけ、ど？」

「……わかってるっての」

「ほら。辺境、最強が、拗《す》ねないの……」

槍使いは、ぶすぅと不貞腐《ふてくさ》れて、腕を組む。それを見守る魔女が、またコロコロと笑った。

そんな二人のやりとりを聞きながら、受付嬢はふんと鼻を鳴らした。内心で舌を出す。

もちろん、盗賊団退治だって立派なお仕事なのはわかっている。

あの槍使いとて銀等級――その名も轟《とどろ》く「辺境最強」と言えば、槍使いの彼だ。

だから軽んじる気はない。無下に扱うつもりもない。ない……のだけれど。

ただ単に強いだけの冒険者と、誰もやりたがらない仕事を率先して引き受けてくれる人。

――対応が違うのは、当たり前じゃないですか。

だから、これは私情ではない。決して。おそらく。

§

ことりと置かれた綺麗《きれい》な陶磁のカップ。湯気を立てる淡い色合いの紅茶。

それをゴブリンスレイヤーは兜の隙間《すきま》から流し込むように飲む。香りも味も関係ない。

都から取り寄せた私物の茶葉で淹れて、強壮の水薬《スタミナポーション》を垂らしたとっておきの逸品《いっぴん》なのだが……。

「えっと、ひとまず、お疲れ様でした！」

いつもの事なので気にもせず、受付嬢は努めて柔らかく言った。

「最近は一党《パーティ》を組んでましたし、久々の単独《ソロ》だと、大変だったんじゃないですか？」

「前は一人だったからな。なんとでもなる」

彼はカップを置いて頷いた。一滴も残っていないというだけで、彼女は満足だ。

――少なくとも、彼に紅茶を拒まれた事はないものね。

「そうでしたか」

ただ……思う所が、ないわけでもない。

もうダメだろうと諦《あきら》めていた女神官が、彼によって救われた事は純粋に嬉《うれ》しい。

いつもいつも単独で行動していた彼が、仲間を得たというだけでも安心できる。

――けど、女の子と二人っきりっていうのは、ううん……。

唯一の救いと言えば、彼がとことん硬派で、あの娘が敬虔《けいけん》な聖職者という辺りか。

……何かの間違いはない、と信じたい。

いや、まあ、彼が牧場に住み込んでいるという時点で、今更な心配なのだが。

実際、女神官は聖職者としての務めとかで、三日ほど前から神殿に籠《こも》っている。

聞いた話では、今日明日には戻って、ゴブリンスレイヤーと合流するそうだが……。

その合間に依頼を請けて、こなしてしまう辺り、彼らしいなと受付嬢は笑った。

「どうした？」

「いえ……無理や無茶は、しないでくださいね？」

「無茶をしてゴブリンを退治できるならするが、それで上手《うま》く行くなら苦労はしない」

淡々と語られるいつも通りの徹底的なゴブリン退治。

それを記録にまとめつつ、受付嬢は書類に目を落とした振りをして、鉄兜をそっと窺《うかが》った。

もちろん、表情はまるでわからない。わからない、が……。

受付嬢が彼と知り合って——確か、もう五年になるか。

都で研修を受けて正式に配属されたばかりの頃《ころ》。

やはり新人の冒険者として、彼はふらりとギルドに現れた。

別に、その時は特に何とも思っていなかった……ように思う。

けれど、彼女が有り余るゴブリン退治の依頼を捌《さば》けずにいると、必ず彼が現れた。

そして彼は必ず帰ってきた。依頼も、必ず達成してきた。どんな時も。必ず。

力を振りかざすでもなく、功績を自慢するでもなく。

淡々とやるべき事をやり続け、銀等級まで上り詰めた。

危険な行為を注意し、それとなく気遣い、心配して帰りを待ちわびた甲斐《かい》があった。

——出会った時から装備が変わってないというか、相変わらずですけれど。

受付嬢は懐《なつ》かしさに頬が緩むのを自覚しながら、それを引き締めようとはしなかった。

「本当、いつもいつも助かります」

「そうか？」

「はい！」

「……そうか」

受付嬢は親指を軽く舐《な》めて書類をめくり、いつものようにゴブリン退治の依頼を確認する。

この間も、今日も、彼はゴブリンを退治した。他の初心者でも、上手い事やった一党《パーティ》はいる。

にもかかわらず、ゴブリン退治の依頼は尽きない。毎日毎日、最低一件は持ち込まれる。

冒険者が増えると小鬼の巣ができるのか。小鬼の巣穴ができるから冒険者が増えるのか。

「なんでゴブリンって、こんなにしょっちゅう村を襲うんでしょうね？」

そういえば、と。受付嬢はふと疑問に思った事を口にした。

せめて蜥蜴人《リザードマン》みたく文化が違うだけならもっと楽なのだけど、なんて。

「……人、襲うの楽しんでますよね、ゴブリン」

それは受付嬢にとっては、単なる世間話のつもりだった。

ゴブリンという共通点がある。半ば愚痴めいた、それだけのつもりだった。

「なんだ、そんな事か」

彼は言った。簡単な話だ、と。

「……ある日突然、自分たちの住処《すみか》が怪物に襲われた、と考えてみろ」

受付嬢は、両手を膝《ひざ》の上に置いてきちんと座り直した。
耳に意識を集中させる。聞く体勢だ。彼が饒舌《じょうぜつ》になる事はそう多くない。

——そう、ある日突然、自分たちの住処が怪物どもに襲われる。
奴らは我が物顔でのし歩き、友達を殺し、家族を殺し、略奪して廻《まわ》る。
他にも例えば、自分の姉が襲われ、嬲《なぶ》り者にされ、玩具にされ、殺された、とする。
連中はげたげたと笑って、好き勝手し放題して、家族の死体を放り捨てた、とする。
その光景を、初めから終わりまで、隠れて息を殺して見続けていた、とする。
許せるわけがない。
武器を取り、自分を鍛え、考え、成長し、とにかく報復してやろうと、行動に移す。
探して、追いつめ、戦い、襲いかかり、殺して、殺して、殺して、殺していく。
もちろん上手くやれる時もあれば、失敗する時もあるだろう。
ならば次はどう殺そう、どう殺せば良いか、何日、何ヶ月と考え続ける。
もちろん機会があれば、思いついたアイデアを、片っ端から試していく。
そうしている内に——……

「楽しくなってくるわけだ」

受付嬢はごくりと唾《つば》を飲む。

「あ、あの、そ、それって……」

それは果たしてゴブリンの話なのかどうか。受付嬢にはわからなかった。

なんとなく、目の前の男の話なのではないか、とさえ思う。

だが、その疑問を口にするよりも早く、彼は言葉を続ける。

「間抜けな『お優しい』奴らが、子供を見逃してやろうなどと、したり顔でのたまう」

──そいつが生き延びる為《ため》に村を襲い、家畜を攫《さら》うとも思わないで。

微《かす》かな震えを覚えながら、受付嬢は頷いた。良くわかる話だった。

冒険者志望の若者や、白磁等級の冒険者は自信たっぷりに言うのだ。

ゴブリンなら村に来たのを追い払った事がある。あれは雑魚《ざこ》だ。大丈夫だと。

村の力自慢が追い払ったという小鬼は、つまり、焼け出されて逃げてきた手合でしかない。

これで自信をつけて、彼らは冒険者になる。

一方、経験を重ねて生き延びたゴブリンは『渡り』と呼ばれ、成長していく。

やがて、『渡り』は巣穴の長や、用心棒となる。

その後の結果、どちらが勝つかは……実力というより、運次第だろう。

「まあ、事の起こりは、そんな所だな」

彼は、淡々と言った。

「つまり俺は、奴らにとってのゴブリンだ」

言葉を失い、受付嬢は息を呑《の》む。

渦巻く感情を、どう受け止めたものか。いや、それ以前に……彼の事だ。

まったく、と。受付嬢は息を吐く。

——まったく、もう。

「……あのですね」

「なんだ」

憐《あわ》れむとか、悲しむとか、同情よりも先に——……。

「その理屈だと、あなたに依頼を仲介してる、私たちはどうなります？」

「む……」

——どういうわけか、怒りが湧《わ》いてくる。

いつも通り、にこやかな笑顔を貼り付けて、受付嬢はとんとんと指先でカウンターを叩《たた》く。

「魔神とか邪神とか、その類ですか？　ひどいですね、私そんなに怖《こわ》い顔してます？」

「……そんなつもりはないが」

「そう聞こえるんですよ！」

ばん、とカウンターを叩くと、彼が「むう」と困ったように唸《うな》るのがわかった。

「そんな事ばっかり言っていると、ギルドの評価が下がります！」

「……むぅ」

「って事になっちゃうので、依頼の斡旋《あっせん》、してあげませんよ?」

「……それは、困るな」

「でしょう?」

素直に「困る」と認める仕草が、なんだか幼い少年のようで。

貼り付けた笑みが、自然と崩れてしまいそうになる。

「誰かがやらなきゃいけない事をやっているんです。そこは、堂々としてください」

じゃないと、ギルドや私たちの評判に関《かか》わるんです。言い含めるように、人差し指を振る。

だって、そうだ。彼は、自分の担当する冒険者で。それだけでなくて。

「あなたは銀等級の、冒険者なんですから」

「…………」

今度は、ゴブリンスレイヤーが黙りこむ番だった。

そう、鉄兜を被《かぶ》っているから、彼の表情はわからない。

だが五年も付き合っていると、わからないからといって、理解できないわけでもなく。

「……それで、ゴブリンはどこだ。規模は」

「はい、はい」

——今日はこのくらいで、勘弁してあげましょうか。

くすくす笑いながら、受付嬢の手が弾《はず》むように動いて依頼を束《たば》ねて差し出す。

彼女は三枚の書類を出し、彼はそこから一枚を選んだ。

数日前から残されていた——言うまでもなく、ゴブリン退治。

「北の山奥ですね。村のそばに、古い砦《とりで》と言いますか、山城がありまして」

「棲《す》みついたか」

「ええ。既に被害も出ています。依頼者様の妹さんが攫われた他……」

紙をめくって、受付嬢は微かに溜息を漏らした。あまり良くない事なのだけれど。

「善意で救助を請け負った通りすがりの冒険者も、未《いま》だ戻っていない、と」

「……手遅れだな」

ゴブリンスレイヤーは、淡々と冷静に言う。

「往復の日数踏まえて、もう無理だろう」

だが、と彼は立ち上がる。いつものように、迷いなく。

「放置はできん。今潰せば、これ以上にはなるまい」

「……はい」

ああ、だからだ。

だからこそ、彼は銀等級、辺境最優なのだ。

強い怪物と戦って、倒す事ができる者はいるだろう。

だが、戦い続ける事ができる者は、果たしてどれほどいるだろう。

彼のお陰で助かっている人はいる。

彼は世の中の役に立っている。

——少なくとも、私は、救われている。

なら、自分が何をしてあげるべきか、何をしてあげられるか。

「では、よろしくお願いします。……ゴブリンスレイヤーさん！」

彼が胸を張って振る舞えるように、してあげなくては。

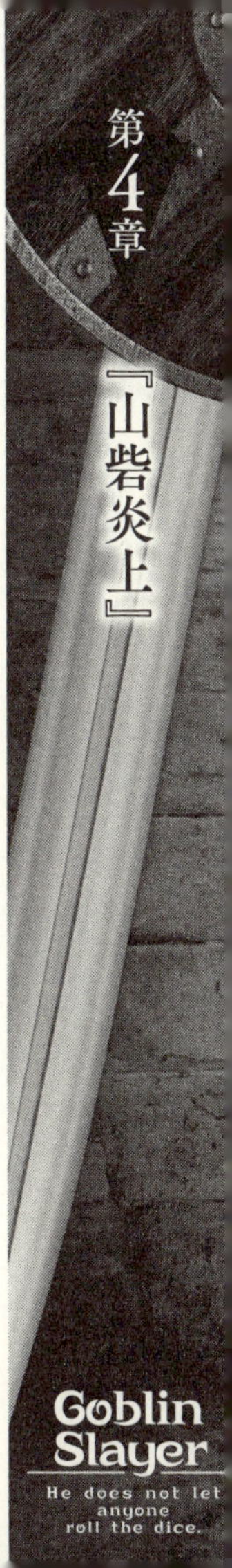

第4章『山砦炎上』

三日三晩に亘《わた》った宴《うたげ》を終えて、ゴブリンたちは大いに満足していた。

汚物と腐臭と屍《しかばね》で汚しつくされた壮麗な大広間に、獲物たちの残骸が散らばる。

ここのところ痩《や》せこけたのが一匹だけだったのが、新鮮な獲物が四匹もかかったのだ。

それもメスが四匹。只人《ヒューム》はもちろん、森人《エルフ》や圃人《レーア》もいた。

ゴブリンどもが昂《たか》ぶるのも当然で、宴は無礼講——礼儀などそもそもないが——だった。

哀れな女たちへ、それを遥《はる》かに上回る数のゴブリンが寄ってたかって蹂躙《じゅうりん》したのだ。

彼女たちがどうなったかは、言うまでもない事ではあろう。

だがしかし、彼女たちは、単なる村娘などではなかった。

無残に服を剥《む》かれ露《あら》わにされた肢体は程度の差こそあれ、しっかりと鍛錬を経《へ》た者のそれ。

肌は日に焼け、傷跡が残り、弄《もてあそ》ばれる度に柔らかな脂肪に包まれた筋肉が透けて見えた。

さらに広間の隅には、まるでガラクタのように、略奪された鎧《よろい》兜《かぶと》や剣盾が山と積まれている。

彼女たちは、第八位の鋼鉄等級冒険者だ——……いや、だった、と言うべきか。

もはや、誰《だれ》一人として息をしている者はいないのだから。

――どうしてこうなったのだろう。

末期《まつご》、一党《パーティ》を率いていた貴族令嬢――頭目の脳裏に浮かんだ疑問。

攫《さら》われた村娘を助ける為《ため》、義憤に駆られて冒険に挑んだ事が、そんなに悪かったろうか？

ゴブリンの眠る真昼時を狙《ねら》い、音もなく忍びこんだ彼女たちに、慢心があったとは言えない。

かつて森人《エルフ》が古木で築いた山砦《さんさい》は、冒険者たちにとって未踏の遺跡、地図なき迷宮だ。

だから、油断はしていなかった。

小さな村で可能な限り、きちんと装備を整《ととの》えたし、ゴブリンが多勢なのも理解していた。

山砦に巣食ったゴブリンどもの手から、攫われた村娘を救い出さねばならないのだ。

幾度かの冒険を経て相応に鍛えられた実力は、まるっきりの初心者とは比較にもならない。

前衛として頭目である彼女が武器を構え、圃人《レーア》の野伏《レンジャー》が周囲を探る。

後衛では森人《エルフ》の魔術師が呪文を準備し、只人《ヒューム》の僧侶が奇跡を祈る。

隊伍《たいご》を組んで、油断なく、じりじりと探索を進めていった事の、どこに間違いがあるだろう。

冷徹に真実を告げるとすれば、彼女たちは、ひとえに運が悪かった。

第一に、これはある種当然だったのだが、この山砦には数多くの仕掛けがあった。

森人《エルフ》がゴブリンを退ける為に拵《こしら》えた罠《わな》が、皮肉にもゴブリンどもの守りに転じていたのだ。

その緻密で繊細、致命的な罠の数々を探索し、解除するのに野伏《レンジャー》が消耗したのが大きい。

彼女らは砦《とりで》最奥へ進むも、最後の最後に、野伏《レンジャー》は警報の仕掛けを見落とした。

「皆、備えろ！」

鳴子が激しく響く中、頭目の号令一下、彼女たちは素早く円陣を組んだ。

中央に魔術師を置いて、三方を頭目、野伏《レンジャー》、僧侶で囲む。

鉄壁とは言えずとも、十分に堅牢《けんろう》な戦闘態勢。

だがそれ以上に、彼女らを囲み、押し寄せてきたゴブリンどもは多かった。

端的に言えば、数の暴力というものだ。

野伏《レンジャー》の射撃技術は天与のものだが、矢より多くの敵を射抜《いぬ》く事はできない。

魔術師は四つ、五つと数多くの術を駆使したが、やがて気力が尽きた。

僧侶のもたらす奇跡や加護も、彼女が祈りを保てないほど困憊《こんぱい》すれば、それまで。

やがて血みどろになって剣を振るう頭目も疲弊し、ゴブリンに引き倒され、狩りは終わった。

死屍累々――一時間もかかっていなかったろう。

そして矢で射抜かれ、切り刻まれ、燃やされた死体の山の中、宴が始まった。

「ひ、ぃ……っ」

「く、くるな、くるなよぉ……」

怯《おび》えて引きつった声をあげる森人《エルフ》に、顔をくしゃくしゃにする圃人《レーア》。

僧侶は声もなく祈るばかりで、頭目はぎりっと血が滲《にじ》むほどに唇を噛《か》みしめる。

肩を寄せ合い、抱き合いながら身を震わせる獲物を前に、小鬼どもは舌舐《したな》めずり。

第三の不運は、敵がゴブリンであったという事につきる。

小鬼だとて普段なら捕虜《ほりょ》を食事か孕《はら》み袋にしておしまいだし、少しは節約もする。

だが、今日は違う。

仲間の多くが冒険者たちによって殺されている。簡単に終わらせる気は皆無だった。

ゴブリンたちにとって、同胞を犠牲にして勝つ、生き残る事は当然の理《ことわり》だ。

決して仲間の死を悼《いた》む事はない。ただ、仲間を殺された怒りと憎悪だけが根深く残るだけ。

「GARUUURU」

「GAUA」

女たちから奪った糧秣《りょうまつ》には酒も入っていたので、ゴブリンたちは大いに盛り上がった。

酔ったゴブリンのちっぽけで悪辣《あくらつ》な脳は、残酷な遊びを次々と思いつく。

それに近々、麓《ふもと》の村を襲って大いに奪うのだから、前祝いにパーッと使い捨てて損はない。

なにせ囚われていた哀れな村娘は数十の小鬼の相手に耐え切れず、とうの昔に事切れている。

もはや望みは絶たれた。

衣服を剝《は》がれ、ゴブリンによって抑えつけられた頭目は、吠《ほ》えるように叫んだ。

「おのれ！　辱《はずかし》めるならば、私からにしろ！」

彼女は貴族の令嬢として生まれ、法と正義を担《にな》う、至高神《しこうしん》に仕《つか》える遍歴の自由騎士となった。

なればこそ、如何《いか》なる邪悪な拷問にも、決して屈《くっ》しまいと覚悟していた。

だが、それは自分が犠牲になるならば、だ。

まず野伏《レンジャー》が目前で射的の的にされて死んだ。頭目はゴブリンに縋《すが》り、仲間の助命を請うた。

僧侶が殺された時には舌を噛もうとした為、ゴブリンに仲間の臓物を口へ押し込められた。

魔術師が生きながら焼き殺された時、彼女の心は千々に破れ、その魂は砕け散っていた。

そして群がったゴブリンどもが、ようやく頭目の望みを叶《かな》えたのは、三日三晩が過ぎた頃《ころ》。

もはや彼女が何も感じなかったのは幸いだった。正気であれば、地獄の時間だったろう。

三日目に人とも思えぬ彼女の亡骸《なきがら》が川へ捨てられるまで、何をされたかは筆舌に尽くし難《がた》い。

流れ着いた冒険者の死体と、谷に木霊《こだま》すゲタゲタという哄笑《こうしょう》に、麓の村人たちは恐れ慄《おのの》いた。


しかし、何事にも例外はある。

例えば夜風吹き抜ける防壁の上、粗雑な槍《やり》を手にした見張り役のゴブリン。

彼は、彼だけは、笑っていなかった。

もちろん、哀れな女たちへの同情心が湧《わ》いた、などという事ではない。

単に宴から爪弾《つまはじ》きにされた事が、面白《おもしろ》くなかっただけである。

麓の村への物見を押し付けられた見張り役は、今回の『狩猟』には参加できなかったのだ。

参加していないのだから、当然『お楽しみ』にだって加わる資格はない。

そう言われてしまえば反論もできず、体よく見張り役は防壁へと追いやられていた。

山下ろしが身を切るように吹く中、寒々とした防壁の上で見張り役は肩を震わせる。

まったく、とんだ貧乏くじを引いたものだ。

彼に与えられた分け前ときたら、焼《や》け焦《こ》げた指を一本きり。どうせなら圃人《レーア》のが欲しかった。

口寂《くちさび》しげにそれを咥《くわ》え、名残《なごり》惜しく味わいながら、見張り役のゴブリンは深々と息を吐く。

もちろん物見に行かなければ砦で冒険者と戦い、死んでいたかもしれない、とは考えない。

仲間を前に出し、自分は安全な所から隙《すき》を見て襲いかかろうと、全ゴブリンが思うものだ。

それはそれとして仲間が殺されれば怒るのだから、始末が悪いのだが……。

「GUI……」

だいたい、襲う村の下調べはともかく、外敵を警戒して見張る意味があるのだろうか？

ゴブリンたちは興味もないが、この山砦は遥か遥かな昔、森人《エルフ》が築いたものだ。

森人《エルフ》が去り、忘れ去られ、もぬけの殻になっていた所へ棲みついたのが、ゴブリンだった。

小鬼にとって大事なのは砦がとても頑丈で、安全で、獲物を捕るのに適していることだけ。

かくして先人の作り上げた罠も、仕掛けも、防壁も、何もかも全《すべ》てゴブリンの物となった。

この砦に見張り役などいらない。見張り役のゴブリンは大いに不満だった。

だから、それに気付いた時、彼の胸の内は喜びで一杯になった。

「Grrrrr?」

──冒険者だ。それも二人。

薄汚れた革鎧と鉄兜の戦士が、木々の間からずかずかと無造作に姿を現した。

腕に小さな盾を括《くく》りつけ、背には矢筒、手には弓、腰には剣を吊《つ》るしている。

だが、そんな弱そうな奴《やつ》はどうでも良い。

見張り役のゴブリンが目をつけたのは、その隣に佇《たたず》むもう一人。

不安げな顔で、両手に錫杖《しゃくじょう》を握ってぎこちなく立つ、神官衣を纏《まと》った華奢《きゃしゃ》な娘。

彼女の錫杖は不思議と光輝いており、薄闇《うすやみ》の中、その整った顔立ちを照らしていた。

見張りのゴブリンは舌なめずりをした。肉付きは悪いが、新たな獲物なら自分も楽しめる。

彼は醜悪な顔を歪《ゆが》め、涎《よだれ》を垂らしながら、室内を振り返って仲間を呼んだ。

それは必要な行為だったが、だとしても、彼は冒険者から目を離すべきではなかった。

戦士が弓に矢を番《つが》えた。ぎりぎりと弦《つる》を引き絞る。

鏃《やじり》にはメディアの油に浸《ひた》された布が巻かれていた。女神官がそれを火打ち石で打つ。

「GAAU!」

「GOURR!」

呼ばわれ、わらわらと表に出てきたゴブリンどもが冒険者を指さし、口々に喚《わめ》いた。

──だが、もう手遅れだ。

「やけに多いな」

ゴブリンスレイヤーは兜の奥で呟《つぶや》き、矢を放った。

木の防壁に突き立った火矢が舐めるように壁を燃やし、ゴブリンの悲鳴があがる。

続けて第二の火矢が飛び、瞬く間に火勢が増した。

「GAUAUAAAAA!?」

逃げ出そうとした一匹が慌てて脚を踏み外し、仲間を巻き込んで防壁から落ちて死んだ。

見張り役もその中に混ざっていたが、ゴブリンスレイヤーには興味がない。

「三」

彼は淡々と数を数え、さらに次の火矢を放った。

無論、森人《エルフ》にとって火は天敵だ。かつてならば、こうも容易《たやす》く火攻めはできなかったろう。

しかし精霊たちへ嘆願し、火勢を衰えさせるよう頼む森人《エルフ》は、もうここにはいない。

古《いにしえ》より張り巡らされていたであろう、火除の結界は、とうの昔に消え失せた。

目前に聳《そび》え立つのは、もはや堅牢な、しかし木造の砦というだけの事。

「こちらの手伝いはもう良い。準備をしろ」

「あ、は、はいっ!」

弓を引き絞るゴブリンスレイヤーの指示を受け、女神官は両手で縋るように錫杖を構える。

神々への魂削る祈りのはじまり。

彼女を庇《かば》い立つゴブリンスレイヤーは、狭間《はざま》から逃れんとすゴブリンの眉間《みけん》を矢で撃ち抜く。

頭に矢をはやしたゴブリンは、そのまま燃え始めた砦の内へと仰向《あおむ》けに倒れ込んだ。

「馬鹿め。四だ」

次の瞬間、鈍《にぶ》い音を立てて石弾が彼の兜にぶち当たった。

「――ッ！　大丈夫ですか⁉」

「……騒ぐな」

精神集中を乱して叫ぶ女神官に面倒くさそうに応じ、彼は軽く頭を振る。兜が窪《くぼ》んでいた。

舌打ちを一つして見れば、狭間から紐《ひも》を手にしたゴブリンの姿が認められた。

投石紐《スリング》は、強力な武器である。

ただ紐で括った石を投げ撃つだけにもかかわらず、致命的な速度と威力に至る。

何よりも弾が尽きる事がほとんどないという辺りも、ゴブリンスレイヤーとしては好ましい。

加えて、たとえ投石紐《スリング》がゴブリンの手に渡ったとしても……。

「洞窟ならばともかく、この距離ではな」

閉所で接近戦を強いられるのでなければ、ゴブリンの膂力《りょりょく》は問題にもならない。

連中に狙い定める技量があるわけもなく、今のはまぐれ当たりと見るべきだろう。

それでも、もし見栄えを気にして顔を隠さない新米なら、話は違ったはずだが……。

ゴブリンスレイヤーは徹底的だった。

彼は無造作にゴブリンの投石手へ射返し、その喉《のど》を鏃で貫いて殺す。

煌々《こうこう》と燃え盛る炎を前に、夜目の有無は、一切障害《いっさい》とならない。

「五。……そろそろ来るぞ」

その言葉通り、山砦の入口には炎を逃れ、何匹かのゴブリンがたどり着いていた。

ゴブリンたちは、酒も獲物も略奪品も放り出し、仲間を押しのけ我先に逃げようとする。

だが、住み慣れた山砦の中を懸命に駆けて行くうち、彼らの恐怖は怒りへと変わったらしい。

その醜悪な顔は、待ち受けているゴブリンスレイヤーと女神官への殺意で満ち満ちていた。

燃え上がる山砦を出たらどう二人を殺し、陵辱《りょうじょく》してやろうか、邪《よこしま》な妄想が溢《あふ》れ出ている。

ゴブリンたちは手に手に武器を取って、入口に佇む女神官目掛け飛びかかり――……。

「《いと慈悲深き地母神《ちぼしん》よ、か弱き我らを、どうか大地の御力でお守りください》……!」

――そして不可視の壁へ、したたかに頭をぶつけ砦の中へと転がり戻る。

山砦の入口を閉ざすように聳える、ゴブリンどもの行く手を阻《はば》む神聖な力場。

慈悲深い女神は、《聖壁《プロテクション》》の奇跡で覆《おお》い、敬虔《けいけん》な信徒を守ったのだ。

「GORRR⁉」

「GARAAR⁉」

閉じ込められた事に気付いたゴブリンたちは、恐慌状態に陥《おちい》った。

不可視の壁を手で叩《たた》き、棍棒《こんぼう》を振るい、それでも出られないとなると悲痛な声で泣き喚いた。

やがてゴブリンたちの姿は徐々に煙と炎に隔たれ、入口からは見えなくなっていく。

「お前が新たな奇跡を授《さず》かったと聞いたのでな」

狭間から逃がれんとするゴブリンを無造作に射殺して、ゴブリンスレイヤーは言った。

「六。お陰で、手早く片付いた」

「……《聖壁《プロテクション》》の奇跡を、こんな風に使うなんて……」

女神官は掠《かす》れた声で呟いた。無論、生き物が焼ける煙を吸い込んだからではない。

ここ数日、彼女が神殿に籠《こも》っていたのは、ひとえに新たな奇跡を授かる為の試練であった。

《聖壁《プロテクション》》は、その結果として与えられた二つの奇跡のうち一つ。

在野に下った聖職者たちは、その力量と位階によって、神託と共に新たな奇跡を与えられる。

どうやら彼女の信仰心は、彼女自身が思っていたよりも、強固であったらしい。

神官長から幾度かの冒険の成果を褒められるのは、実に居心地の悪い時間だったが……。

だが新たな奇跡があれば、ゴブリンスレイヤーを支える事ができると信じて、試練に挑んだ。

その結果が、これだ。

——地母神様は、何故《なぜ》この奇跡をわたしに賜《たまわ》ったのでしょうか……。

女神官の口から、やるせない吐息が漏《も》れる。

「裏手、あるいは脱出路があるかもしれん。気を抜くな」

「……よくそんな事、考えられますね」

「想像力は武器だ」

そう呟くゴブリンスレイヤーは、油断なく矢を番える。

「それがない奴から死ぬ」

「……先に潜《もぐ》った、人たちみたいに、ですか」

「そうだ」

山砦が、燃える。

これで、あの村はゴブリンという災禍を免《まぬが》れることができた。

死んでいった者の魂も、各々が信ずる神の御下に召されるだろう。

ゴブリンと、冒険者や攫われた娘たちの肉体が焦げ、煙が空へ昇っていく。

「消火の算段もある。燃え尽きたら、生き残りを探して、始末するが……」

それを何の感慨もなく見上げたゴブリンスレイヤーは、淡々と言った。

「……やはり、銀等級らしく振る舞うのは、難しいな」

女神官は、痛ましい物を見るように、彼を見つめた。

鉄兜に遮《さえぎ》られて表情はわからない。わからない、はずなのに。

女神官は知らず、両手を小さな胸の前で組み、跪《ひざまず》いて祈った。

炎の熱と煙は暗雲に転じて空を埋め、やがてぽつぽつと黒い雨が降りだす。

全身を雨粒に打たれ、聖衣を煤《すす》で黒く染《そ》めながら、彼女は祈り続けた。

ただただ、救いが欲しかった。

それが誰に対して、何に対してなのかも、彼女にはわからなかったが――……。

§

「小鬼殺しの鋭き致命の一撃《クリティカルヒット》が、小鬼王の首を宙に討つ」

ぽろろん、と。吟遊詩人がリュートの弦《げん》を爪弾《つまび》いた。

「おお、見るが良い。青に燃ゆるその刃。まことの銀にて鍛えられ、決して主《あるじ》を裏切らぬ」

夕暮れ時、大路に響くその音色《ねいろ》。勇壮で物悲しい旋律に、知らず足を止めて聞き入る人々。

「かくて小鬼王の野望も終《つい》には潰《つい》え、救われし美姫《びき》は、勇者の腕に身を寄せる」

老若男女、貧富と職業入り混じった客層は、吟遊詩人も望む所。

一風変わったその叙事詩。遍《あまね》く者の興味を引けるかは、己《おのれ》の力量一つにかかっている。

「しかれど、彼こそは小鬼殺し。彷徨《ほうこう》を誓いし身、傍《そば》に侍《さぶら》う事は許されぬ」

ほう、と。前列で聞き入っていた、若い娘が熱く切なげな息を漏らす。

吟遊詩人はしてやったりと浮かびかけた笑みを押し殺し、あくまでも厳《おごそ》かに。

「伸ばす姫の手は空を摑《つか》み、勇者は振り返ることなく立ち出づる」

ぽろん、ぽろろん、ぽろん。

「辺境勇士、小鬼殺しの物語より山砦炎上の段、まずはこれまで……」

都の大路に集《つど》っていた聴衆たちが、どやどやとざわめきながら去っていく。

音を立てて帽子に放り込まれる小銭を前に、吟遊詩人は優雅に一礼をした。

危険なる辺境で、損得抜きにゴブリン退治を引き受ける銀等級の冒険者。

ゴブリンの被害に苦しむ村々にとっては、まさに白金《はくきん》の勇者のような男。

風のように現れて、風のように去っていく勇士。

偶然耳にした噂《うわさ》を元に爪弾いた英雄譚《えいゆうたん》は、それなりに好評なようで、何よりだった。

「……………ねえ」

涼やかな声。不意に話しかけられた彼は、お捻《ひね》りを拾いかけた姿勢のまま顔をあげた。

そこには観衆が立ち去った後にもかかわらず、外套《がいとう》で頭をすっぽり隠した人物が佇んでいる。

「今、歌っていた冒険者だけれど、ホントにいるの？」

「ああ。もちろんだとも」

詩人は、堂々と胸を張って言った。

当節、詩人の歌う武勲詩こそが真実とされるものだ。

まさか風聞を元にまとめただけなどと、言えるわけもない。

何より、顔も知らぬゴブリン退治の名人には、今もだいぶ稼がせてもらっている。

恩を返さないでは、詩人の名折れというものだ。

「こっから西の辺境へ、二、三日ばかし行ったとこの街さ」

そう、と。外套の人物は頷《うなず》き、ゆっくりとフードを跳ね上げる。
しなやかな全身を狩人装束《かりうどしょうぞく》で覆い、背には大弓。
現れたのは見目も麗《うるわ》しい細身の女だった。
思わず吟遊詩人は目を見張る。彼女の美しさに対して、だけではない。
その耳が、まるで笹葉のように長く伸びていたからだ。
「……オルク、ボルグ」
そっと不可思議な旋律を口にする彼女は——森人《エルフ》の冒険者だった。

間章「受付嬢」

はい、いらっしゃいませ。冒険者ギルドへようこそ！　依頼ですか？　それでしたら……。

え、インタビュー？　えと、……これ業務ですよね？　大丈夫？　良かった。

こほん。

冒険者ギルド——ふふ、無頼漢《ぶらいかん》の職業組合なんておかしい、とは良く言われます。

実際、大元の大元はギルドなんかじゃなくって、冒険者が集まる酒場だったそうです。

なんでも時の王様が、勇者——後の白金《はくきん》等級冒険者を支援する為《ため》に、整《ととの》えさせたそうです。

今では立派なお役所です。私も、ちゃあんと試験に合格した、立派な役人なんですよ？

才媛です、才媛。……ふふ。まわりの同僚も皆そうだから、自慢になりませんけど。

ともかく、これが大当たりでした。

冒険者さんは頑張ればきちんと公的な信用が得られますし、信用は良いお仕事に繋《つな》がります。

依頼者様は、等級で力量を判断できますし、報酬を不正に支払わされる事もありません。

それと、ほら、良くお話とかで、いるじゃないですか。

伝説の武器に選ばれた！　神様の加護がある！　って、風来坊の凄《すご》く強い冒険者が大暴《おおあば》れ。

難しいですね。実績ないですし、好き勝手やる人は、うかつにお客さんに勧められません。

だいたい、その人がどんな能力かなんて、わかりやすく数字で見れたりもしませんから。

いたんですよ、俺《おれ》は女子にモテて当然って、胸とか、お尻《しり》触ってくる人……ほんとに、もう。

なので、当ギルドでは、三つの基準を評価判断にしています。

社会への貢献度、獲得した報酬総額、面談による人格査定。

全部まとめて「経験点」なんて呼ぶ人もいますね。

第一位：白金。これはもう、規格外ですね。史上数人なので、考えるだけ無駄かと。
第二位：金、第三位：銀、第四位：銅。実力と信用兼ね備えた、最優の人たち。凄いですよ？
第五位：紅玉《こうぎょく》、第六位：翠玉《すいぎょく》、第七位：青玉《せいぎょく》は中堅ですね。最近、あまり人が育たなくて。
第八位：鋼鉄、第九位：黒曜《こくよう》、第十位：白磁《はくじ》は新人さん。実際、慣れてきた頃《ころ》が危ないです。

やっぱり、三等級ごとに壁がありますね。それが目安、でしょうか？

え？　依頼が受諾されないまま放置される事はあるのか？　……ない、とは言えません。

ゴブリン退治なんかは、数が多いわりに、依頼者様が農村だったりしますので、ええ。

人気がないですね。手間もかかりますし。報酬も少なくて。ゴブリン、数、多いですから。

確かに初心者向けとは言えなくもないんですけど、ううーん……はぁ……。

あ、ごめんなさい、冒険者さんが来たので。ちょっと、中断しますね。

こほん！

はい、いらっしゃいませ！　今日はどうしました？

「ゴブリンだ」

第5章『思いがけない来客』

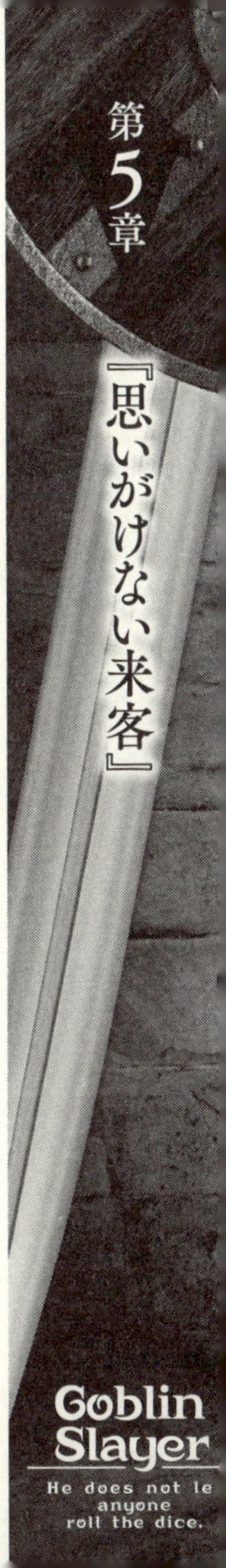

「オルクボルグよ」

その森人《エルフ》は、涼やかな呪文のような声で、真っ先にそう言った。

昼前――遅く起き出してきた冒険者が、余った依頼を求めてギルドに姿を現す頃《ころ》。

朝に比べれば落ち着いたとはいえ喧騒に満ちたホール中の視線が、彼女に刺さる。

「うわぁ……おい、見ろよ、すっげえ美人」

「……ちょっと」

新米戦士の少年が思わず口笛を吹き、一党《パーティ》である見習聖女に小突かれる。

少年は「ごめん、ごめん」等と笑っているが、ちらちら目線が森人《エルフ》に向かう。

無理もない。森人《エルフ》というのは生来、浮世離れした美しさだが、中でも彼女は群を抜いていた。

森人《エルフ》の年齢など考えるだけでも無意味だが、見た目は十七か、八か。

すらりと背が高く、細身をぴったりと狩人装束《かりうどしょうぞく》で覆《おお》い、身のこなしは鹿のように軽快。

背には大弓を背負っているところから野伏《レンジャー》か、弓手。首に下がった認識票は、銀板である。

「あれは上《かみ》の森人《エルフ》ですね。……本物の妖精《ようせい》の末裔《まつえい》ですよ」

「確かに、耳が長いですね。他《ほか》の森人《エルフ》よりも……」

重戦士の一党《パーティ》である巫術師《ドルイド》、圃人《レーア》の少女が、軽剣士の半森人《ハーフエルフ》と囁《ささや》き合う。

横で聞いていた少年斥候《スカウト》が、「間違いない」と訳知り顔で知ったかぶる。

そんな存在を前に応対した受付嬢は、緊張こそせずとも、聞き慣れない言葉に首を捻《ひね》った。

「えっと、樫《オーク》の木……ですか？」

カウンターに来るなり怪物の名を告げられるのは、ある種いつもの事だが、聞き覚えがない。

もちろん怪物というのは五万（比喩ではない！）といるから、未知の存在という事もあろう。

それとも、彼女の名前だろうか。森人《エルフ》の言葉は、呪文か歌のように響くものだが。

「違うわ。オルク。オルクボルグ」

そう繰り返す妖精弓手《エルフ》も、うん？　と首を捻った。おかしいわねと小さく呟《つぶや》く。

「ここにいる、と聞いたのだけれど」

「えっと、そうなると冒険者の方でしょうか？」

流石《さすが》に受付嬢と言えど、膨大な冒険者の全名を記憶しているわけではない。

振り返って書棚から、分厚い台帳を引っ張り出そうとしたところで、

「馬鹿め。これだから耳長どもは気位ばかり高くていかぬのじゃ」

妖精弓手の隣にいた、ずんぐりむっくりとした鉱人《ドワーフ》が口を挟んだ。

カウンターからやっと覗《のぞ》くのは、つるりとした禿頭《とくとう》。長い白髭《しろひげ》を、しごくように撫《な》でていた。

纏《まと》った衣服は東洋風の奇妙なもので、腰にはガラクタめいたものの詰まった大鞄《おおかばん》。受付嬢は、彼は呪文遣い――鉱人道士《ドワーフ》だと判断した。やはり首から銀の認識票を下げている。

「ここは『のっぽ《ヒューム》』の領域じゃい。耳長言葉が通じるわけがあるまいて」

「あら。それなら何と呼べば良いのかしら？」

ふん、と上森人《ハイエルフ》らしからぬ表情で小鼻を鳴らした妖精弓手が、厭味《いやみ》たらしく言った。

それを受け、鉱人道士は自慢気に口髭を捻る。

「『かみきり丸』に決まっておろう！」

「あの、そういう名前の方は……」

受付嬢は申し訳なさそうに言った。

「……おらんのか⁉」

「言いにくいのですけれども、その、はい」

妖精弓手はやれやれとわざとらしく首を振り、これ見よがしに肩を竦《すく》めて溜息《ためいき》を吐《は》いた。

「やはり鉱人《ドワーフ》はダメね。頑固で偏屈、自分ばかり正しいと思っている」

「なにおうッ⁉」

それに鉱人道士が食って掛かるが、彼と彼女は背丈《せたけ》が二倍ほどにも違う。

妖精弓手には飛び上がっても届かない。ますます妖精弓手が勝ち誇る。

ぐぬぬと唸《うな》った鉱人道士。ふとある事に気付いたらしく、にやりと不敵に笑みを浮かべた。

「……ったく。森人《エルフ》ときたら、金床《いかに》に相応《ふさわ》しい心の狭さだからのう」

「なッ⁉」

今度は、さっと妖精弓手が顔を赤くする。思わず胸を庇《かば》うように、鉱人道士を睨《にら》みつける。

「そ、それは関係ないでしょう！　そ、それを言ったら、鉱人《ドワーフ》の女子なんて樽《たる》じゃやない！」

「ありゃ豊満と言うんじゃ。金床よりマシだわい」

喧々囂々《けんけんごうごう》。

森人《エルフ》と鉱人《ドワーフ》の仲が悪いのは、それこそ神代の頃から続く伝統であるらしい。

とはいえ、理由はハッキリしていない――寿命を持たぬ森人《エルフ》にとっても、さだかでないのだ。

太古の戦争から続く因縁、木を尊び火を嫌う森人《エルフ》と、木を切り火を焚《た》く鉱人《ドワーフ》の相性の悪さか。

いずれにせよ簡単に止められるわけもなく、受付嬢は焦《あせ》りの上へ懸命に笑顔を貼《は》り付ける。

「ええと……あの、喧嘩《けんか》はやめて――」

「すまぬが二人とも、喧嘩ならば、拙僧《せっそう》に見えぬところでやってくれ」

喧嘩を遮《さえぎ》って、ぬっと巨大な影が覆いかぶさるように現れた。

見上げるようなその体軀《たいく》、鱗《うろこ》の生えた全身、シュゥッと鋭く生臭《なまぐさ》い吐息。

受付嬢も思わず「わ」と声が出そうになったその男は、蜥蜴人《リザードマン》だった。

見た事もない民族的な衣装を身に纏い、首からは銀板の他、奇妙な護符を下げている。

蜥蜴人《リザードマン》の僧侶は、不可思議な手つきで合掌し、受付嬢に頭《こうべ》を垂れた。

「拙僧の連れが騒ぎを起こしてすまぬな」

「あ、いえ！　冒険者は皆さん、元気の良い方ばかりですから、慣れてます！」

とはいえ、奇妙な一行だった。

単に、異種族であるというだけではない。

上森人《ハイエルフ》は珍しいが、高潔な森人《エルフ》の中でも好奇心の強い『若者』が冒険者になる事がある。

頑固な鉱人《ドワーフ》もまた、只人《ヒューム》同様に武勲や財宝を好む性質が強いから、冒険者も多い。

蜥蜴人《リザードマン》は時として怪物扱いされるが、部族によっては友好的で、極稀《ごくまれ》に冒険者となる。

だが、それが三人。しかも全員が、第三等級の証《あかし》である銀の小板を首から下げている。

こういった異種族たちが一党《パーティ》を組んでいるとなると、受付嬢も見たことはなかった。

「えっと……」

受付嬢は、ちらと口論を続ける妖精弓手と鉱人道士とを見て、蜥蜴僧侶《リザードマン》へと目を移す。

今にも牙《きば》を剝《む》いて襲いかかって来そうな厳つい外見ではあるが……。

「それで、どなたをお探しですか……？」

結局、一番与《くみ》し易いだろうと蜥蜴僧侶に声をかける事にした。

「うむ。生憎《あいにく》と、拙僧も人族の言葉に明るいわけではないのだが」

「はい」

「オルクボルグ、かみきり丸、とは、その者の字名でな。つまり……」

彼女の期待に応じるように、蜥蜴僧侶は重々しく頷《うなず》いて、言った。

「小鬼殺しという意味だ」

「ああ！」

途端、パッと受付嬢の顔が輝いた。思わず彼女は手を打った。

やった、と快哉《かいさい》をあげたくなる気持ちをぐっと抑える。

余所《よそ》の冒険者が、彼を探し求めてここまで来たのだ。評価されている、のだろう。

――ここで逃しては、彼の為《ため》にならない……！

「その人なら知ってます、とっても良く！」

「おお、そうであったか！」

蜥蜴僧侶が目を見開き、口から舌がちょろちょろと出る。どうやら、笑ったようだった。

受付嬢はその獰猛《どうもう》な笑顔を前にして、小揺るぎもしない。

「あ、宜《よろ》しければお茶なんていかがですか？」

「いや、拙僧は……。おう、二人とも。件《くだん》の人物はここにいるようだ」

「ほら。やっぱり私の言った通りじゃない」

「伝わらなかった癖《くせ》に何を言うておるのじゃ」

「あなたに言われたくないわよ」

「なんじゃとうっ!!」

蜥蜴僧侶がシューッと口から息を吐いた。妖精弓手と鉱人道士は顔を見合わせて黙った。

「……して、受付殿。小鬼殺し殿はどこにいるのかな」

「ええと、三日前にゴブリン退治に出かけていまして……」

「ほほう。……なるほど、流石だ」

「もうそろそろ、戻ってくる頃だと思うんですが」

受付嬢はそっとギルドのエントランスを窺《うかが》った。

心配こそしていても、彼が戻ってくる事は確信している。

言うまでもない事だが、彼がゴブリンに、負けるわけがない。

「あっ！」

その時、からからとベルを鳴らしながら訪れた二人の冒険者に、受付嬢は声をあげた。

つられて蜥蜴僧侶と妖精弓手、鉱人道士らがそちらを向き……得も言われぬ表情をする。

華奢《きゃしゃ》な体軀に神官衣を纏い、両手で錫杖《しゃくじょう》を握った若い娘。女神官。それは、まだ良い。

問題はその前を、迷いなくずかずかと歩いている男の方だ。

薄汚れた革鎧《かわよろい》と鉄兜《てつかぶと》、中途半端《ちゅうとはんぱ》な長さの剣を持ち、円盾を括《くく》った……みすぼらしい格好の男。

駆け出しの冒険者と言えど、もう少しマシな格好をしているだろう。

彼は真っ直ぐ無造作な足取りで、カウンターへ向かってくる。

女神官は小走りになって追わねばならず、彼が歩調を緩め、ようやく横に並ぶ事ができた。

「おかえりなさい、ゴブリンスレイヤーさん！　お二人とも、ご無事で何よりです！」

彼ら二人へ、受付嬢は大きく手を振る。あわせて、三つ編みが元気よく跳ねた。

「無事に終わった」

「……はい、何とか、無事に」

淡々としたゴブリンスレイヤーに、いささか疲れた様子で女神官が続ける。

彼女は気丈にも微笑《ほほえ》んでいたが……受付嬢は頷いた。無理もないと思う。

ゴブリンスレイヤーは連日連夜、ほとんど休むことなく依頼を遂行し続けている。

それについていくのは、大変だろう。

「あ、じゃあ後で報告聞かせてくださいね。今じゃなくて良いので」

「そうか」

「ええ。お客さまですよ、ゴブリンスレイヤーさんに」

言われて初めて気付いたというように、彼は隣に並んでいる一党《パーティ》に目を向けた。

森人《エルフ》の弓手、鉱人《ドワーフ》の呪文遣い、蜥蜴男の僧侶。

女神官は驚きからか、声の出かけた口元を慌てて抑えた。

「……ゴブリンか？」

「違うわよ」

何を言っているんだと妖精弓手は疑わしげな様子だが、彼は「そうか」とあっさり頷いた。

「……あなたが、オルクボルグ？　そうは見えないけど……」

「当然だ。俺《おれ》はそう呼ばれた事はない」

妖精弓手がむっと唇を尖《とが》らせ、鉱人道士が笑いを噛《か》み殺しながら髭を捻った。

どうやら苦労しているらしい蜥蜴僧侶は、二人の様子にも慣れたもの。

奇妙な手つきで合掌をすると、ゆるやかな動作でゴブリンスレイヤーへ頭を垂れた。

「拙僧らは小鬼殺し殿に用事があるのだ。時間をもらえるかな」

「構わん」

「でしたら二階に応接室があるので、よろしければ……」

受付嬢が声をかけると、蜥蜴僧侶はありがたいと合掌して応じた。

そんな一同のやりとりを、黙って見守っていた女神官だったが……。

「では、行こう」

「あ、あの、わ、わたしは……」

ゴブリンスレイヤーが歩き出そうとすると、慌てて、縋《すが》りつくように言った。

「同席した方が……良いですよね？」

ゴブリンスレイヤーは彼女の細い体を上から下まで眺め、首を横に振った。

「休んでいろ」

ぶっきらぼうな一言だった。女神官は、こくんと小さく頷く。

そしてゴブリンスレイヤーは振り返りもせず、ずかずかと無造作な足取りで階段を登る。

「じゃ、ちょっと借りるわね」

妖精弓手が女神官に会釈《えしやく》して通り過ぎた。鉱人道士、蜥蜴僧侶が後に続く。

女神官は、取り残された。

§

「はぁ……」

ぽつねんと、一人。

ロビーの壁際《かべぎわ》、隅の方、彼の定位置となっている椅子《いす》に、女神官はちょこんと座っていた。

両手で包むように持っているのは、受付嬢が淹《い》れてくれた紅茶のカップ。

たぶん、気を利《き》かせてくれたのだろう。そっとお茶を口に運ぶ。

「あ……」

ほっと息が漏《も》れた。体中にじんわりとした熱が広がってくる。

女神官も、最近ようやくこの感覚に慣れたが、これは強壮の水薬《スタミナポーション》だ。

受付嬢が垂らしてくれたそれは、ずいぶんと疲労の溜《た》まった体に心地良かった。

——足手まとい、なんでしょうか。

彼は銀等級、自分は白磁《はくじ》等級。その差を抜きにしても、そんな事はない、と思うのだけれど。

女神官は何度か目をこすった。瞼《まぶた》が重い。

冒険者たちのざわめきが聞こえる。今日もギルドには大勢が集まっている。

何か耳元で聞こえた。単語の意味が良くわからない。女神官は欠伸《あくび》をした。

「なあ、ちょっと」

「ふぁい⁉」

再度の声掛けに女神官は飛び起きた。慌てて姿勢を正す。

見ると、目の前には、どこか緊張した面持《おもも》ちの少年——白磁等級。

たまに見かける、新米戦士だった。その傍《そば》には、見習聖女も並んでいる。

聖女の首から下がっているのは天秤剣《てんびんけん》、法と正義を司る至高神《しこうしん》の御印だ。

「君、あの……あいつと一緒にいる子だろ？」

「あいつ、ですか？」

「いっつも兜かぶってる奴《やつ》よ」

きょとんと小首を傾《かし》げた女神官も、つんつんとした見習聖女の声に「ああ」と頷いた。

「ゴブリンスレイヤーさんの事ですよね？」

「そう、そいつ……なあ」

不意に声を潜《ひそ》めた新米戦士が、怯《おび》えたように辺りの様子を窺って、言った。

「……君だって同じ白磁だろ。良かったら、僕らと一緒に行かないか？」

「────」

女神官は、息を呑《の》んだ。

胸中、言いようもない感情の数々が渦を巻いてうねり、一挙に噴き出そうとする。

それをぎゅっと両手を握りしめて、女神官は懸命に抑え込んだ。

ほんの一瞬の間を置いて、彼女は、ゆるゆると首を左右に振る。

「……いえ。せっかく、ですけれど」

「だって、おかしいじゃんか。銀等級の癖に、ゴブリン退治ばっかやってて」

唇を尖らせ、新米戦士が言い募る。普通の銀等級なら、もっと大物を狙《ねら》うはずだと。

「おまけに新人引き回して……囮《おとり》にしてるんじゃないかって話も聞くわよ？」

本当に大丈夫なの？　見習聖女に至っては、そう言って心配げに覗き込んでくる始末。

「あいつ、他の冒険者見捨ててゴブリン退治してるって、変な噂《うわさ》も聞くし……」

「そんな事は……！」

女神官も、思わず声を荒らげそうになり──……。

「ほ、ら。野暮《やぼ》はダメ、よ……」

ふと柔らかく、割って入った甘やかな声が、そっとその感情を鎮めてくれた。

いつのまに近づいたのか、いや、いつからそこにいたのか。

肉感的な身体つきをしならせて、銀の印を下げた魔女が、すぐ傍に佇《たたず》んでいた。

「野暮って、そんな、僕らは……！」

「いい、から。あっちへ、行きなさい、な」

なおも言い募ろうとする新米戦士の袖《そで》を、ぐいと見習聖女が引っぱった。

それを見た魔女は優しげに眼を細めて、くすりと声を漏らして微笑む。

「後は、私に任せて、ね？」

結局、それが決め手となった。

二人はどちらからともなく「行こう」と、気遣わしげに女神官を見ながらその場を立ち去る。

またしても、女神官は残された。椅子の上、紅茶のカップを持って。

その横に、するりと滑り込むように魔女が腰を降ろす。

「それ、で。……彼と、一緒にいる子、で良いのよね？」

「あ、はい！　御一緒させてもらってます」

カップを包んだ両手を膝《ひざ》の上に乗せて、女神官は素直に頷いた。

「『ごいっしょ』、ね」

魔女は意味ありげに笑った。女神官が首を傾げる。

まあ良いけど、と魔女は手を振った。

「彼、大変、でしょ。鈍《にぶ》いもの、ね……？」

「……………？　え、っと」

「意味、わかってないわ、ね」

申し訳なさそうに恥じ入る女神官の仕草を、魔女は愛らしいものを見るように見つめた。

そしてどこからか長煙管《ながきせる》を取り出してみせて、優美な手付きで刻み煙草を詰める。

「良いかしら。……《インフラマラエ《点火》》」

女神官の返答を待たず、魔女は人差し指で煙管の先を叩《たた》いた。

すぐにほの甘い香りをした、桃色の煙が漂い出す。

「真に力ある言葉、呪文の無駄遣い……ね」

呆気《あっけ》にとられる女神官に、魔女はくすりと笑った。

「あなた、奇跡は、いくつ使える……の？」

「えと……。二つだったのが、増えて四つに。祈れるのは三回くらい、です、けど」

「白磁等級、でしょ？　それで四つなら、才能ある方、ね」

「あ、ありがとうございます……」

女神官は小さい体を更に縮めて、頭を下げた。魔女は笑みを崩さない。

「あたしも、ね。前に、変な依頼、請けたことあるの、彼から」

「え……」

女神官は思わず魔女の顔を見た。魔女は蠱惑《こわく》的な表情のまま首をかしげる。

「変なコト、想像した、でしょ」

「い、いいえ……ッ」

「巻物《スクロール》に、ちょこちょこっとお手伝い。……大変、よね？　彼と『ごいっしょ』するの」

「いえ、その、……はい。……彼、銀等級ですし」

疲れた顔を、女神官は微《かす》かに緩ませた。俯《うつむ》けば、そこには両手に握られた、小さなカップ。

紅茶の微かな色を透かして底を見つめながら、ぽつぽつ、唇から零《こぼ》れるように言葉が落ちる。

「わたしなんかじゃ、ついていくだけで、精一杯で……。迷惑かけて、ばっかりで」

「それに彼、かなりキてるもの、ね」

魔女は煙管を深く吸い、煙を輪の形にして吹きかけた。

ふわふわと漂ったそれは、女神官の顔に当って消える。

女神官はケホケホと咳《せ》き込んだ。ごめんなさいねと、魔女が笑った。

「そりゃあ、ね。ゴブリン退治だけといったって、何年も、ほぼ休みなし、だもの」

白磁等級とは比べられない。そう呟いて、魔女はくるりと煙管を回した。

「ゴブリン退治自体は、世の中のためになるし、ね。下手な怪物退治より、よっぽど」

魔女の煙管の先が、ギルドの中にたむろする冒険者たちを示す。

槍《やり》使いがくしゃみをするのが見えた。その様を、魔女は目を細めて見つめて。

「だからといって、ゴブリンだけ、やっつけてれば、良いわけじゃ、ない、けど」

「……」

「都では、悪魔《デーモン》がいっぱい。相変わらず、世の中には怪物がたくさん、ね」

言うまでもない事だ。でなければ、いくら遺跡が残ろうが、冒険者は成り立たない。

広範囲で散発的に発生する、多種多様な脅威に、軍隊では対応しきれないのだ。

本来、彼らは近隣諸国なり、あるいは邪神だの死人占い師だのに対応するべく存在する。

ゴブリンは明確な脅威だ。だが、ゴブリンだけが脅威ではない。

「他にも……人を助ける、なら。さっきの子たちと、一緒でも、できる、でしょ?」

「それは……！　そう、ですけど……」

思わず声を荒らげ、身を乗り出した女神官だが――言葉が、続かない。

その言葉はしりすぼみに、しゅるしゅると縮んで、濁ったように消えてしまう。

「……ふふ、道は、いっぱい、ね。正解、なんてないの。難しい、から……」

縮こまってしまった女神官を「ごめんなさいね」と、魔女は優しく頭を撫でてくれた。

ふわりと漂う甘い煙の香りも、そうなると不思議と落ち着くようにも感じられて。

「せめて……『ごいっしょ』する、なら。きちんと自分で、決めなさい、な」

おせっかいかもしれないけれど。

魔女はそう言い残し、現れた時と同様、するりと女神官から離れて席を立つ。

「あ……」

「じゃあ、ね。……これから彼と、冒険《デート》なの」

そしてひらりと手を振って、彼女は腰を振りながら人混みの中に消えていってしまった。

「自分で、決める……」

再び一人で取り残された女神官はそっと、手にした紅茶を啜《すす》った。

先ほどまでの暖かさは、もう消えていた。

§

「……それで、本当に銀等級なの？」

一方、応接室に入った妖精弓手は大弓を肩から下ろすなり、真っ先にそう言った。

あかがね色の布が張られた椅子や、顔が映るほどに磨きこまれた机。

棚に飾られた怪物の頭骨や牙は、かつての冒険者たちの戦利品《トロフィー》だ。

「ギルドは認めた」

その一切《いっさい》に不釣り合いな薄汚れた革鎧と鉄兜の冒険者は、どっかと椅子に腰を据える。

「端的に言って、信じられないわ」

足音を立てずに彼の対面に座った妖精弓手は、首を左右に振った。

「だって、見るからに弱そうなんだもの、あなた」

「馬鹿を言うもんじゃあないぞ、耳長の」

対して鼻で笑う鉱人道士は、遠慮なく床に胡座《あぐら》をかいている。

異種族に配慮しているとはいえ、只人《ヒューム》の椅子は、圃人《レーア》や鉱人《ドワーフ》には大きすぎた。

「宝石も金属も、磨く前は全《すべ》て石塊。物事を見た目で判断する鉱人《ドワーフ》は、この世におらぬ」

「……そうなの？」

「そうじゃ。見たとこ、革鎧は動きやすさ重視。鎖帷子《くさりかたびら》は短剣での不意打ち防止……」

じぃ、と。鉱人道士が、その目を見開いてゴブリンスレイヤーを鑑定する。

多くは司教《ビショップ》の務めだが、こと武具に係れば、鉱人《ドワーフ》は子供でさえ玄人裸足《くろうとはだし》だ。

「……兜もそうだの。剣と盾は小っこいが、せまっ苦しいとこでぶん回すのを考えてと見た」

ゴブリンスレイヤーは答えない。

妖精弓手は、彼へ不審者を見るような視線を向ける。

「せめて、兜とか鎧とか、もっと綺麗《きれい》にするべきじゃないかしら」

「金臭さを消すために必要な処置だ」

ゴブリンスレイヤーは面倒くさそうに応《こた》えた。ゴブリンどもは鼻が良いのだ、と。

「まったく。貴様らは弓しか使わんから見聞が狭いんじゃよ」

「う……」

鉱人道士に馬鹿にされ、妖精弓手は歯噛みする。悔しいが、事実だったからだ。

森人《エルフ》たちの狩人としての技量は天与のものだ。臭《にお》い消しの方法も、まあ知ってはいる。

だが彼女は上の森人《ハイエルフ》の中でも年若く、退屈から故郷の森を飛び出したばかりだ。

俗世で数年を過ごしたとはいえ、森人《エルフ》にとっては僅かな時間。経験は未《いま》だ少ない。

勝ち誇ったように鉱人道士は口髭を捻った。

「どうじゃ。これを機に年長者をちっとは見習わんか、耳長の」

「……ふぅん」

だが、その言葉に妖精弓手は応じる。獲物を見つけた猫のように目を細めて。

「私は二〇〇〇歳。あなた、おいくつ？」

「………………百と七つ」

「あらあら」

今度は妖精弓手がくすくすと声をあげて笑い、鉱人道士が一転ぶすくれた様子で髭を捻る。

放っておけば、こんなやり取りがいつまでも続くだろう。

そろそろ戻るべきか。ゴブリンスレイヤーがそう考えると、蜥蜴僧侶が大慌てで手を振った。

「二人とも、年齢の話はよせ。定命の拙僧らは肩身が狭い」

彼はといえば、壁際に寄りかかるような形で佇んでいる。

蜥蜴人《リザードマン》が只人《ヒューム》の椅子に座らないのは、単純に長い尾が邪魔だからららしかった。

「それで。俺に何の用だ。依頼か」

ゴブリンスレイヤーは、相変わらず淡々とした調子で言う。

「……ええ、その通りよ」

妖精弓手は頷いて言った。真剣な面持ちだった。

「都の方で、悪魔《デーモン》が増えているのは知ってると思うけど……」

「知らん」

「……その原因は、魔神の復活なの。奴は軍勢を率いて、世界を滅ぼそうとしているわ」

「そうか」

「…………私たちは、それであなたに協力を――……」

「他を当たれ」

ゴブリンスレイヤーは、ばっさりと切り捨てた。

「ゴブリン以外に用はない」

妖精弓手の顔が思い切り硬直する。

「……わかっているの?」

彼女は強張った顔で、低く言った。涼やかな声に怒気が滲《にじ》む。

上の森人《ハイエルフ》の特徴である長耳が、ひくひくと震えていた。

「悪魔の軍勢が押し寄せてくるのよ？　世界の命運が懸《か》かっているって、理解している？」

「理解はできる」

「なら……！」

「だが世界が滅びる前に、ゴブリンは村を滅ぼす」

ゴブリンスレイヤーは冷たく平坦で、無機質な声で告げた。

それこそが己《おのれ》にとっての全てであり、真実であると言うように。

「世界の危機は、ゴブリンを見逃す理由にならん」

「あなたねぇ……ッ！」

瞬間、真っ白な顔を赤く染《そ》め、妖精弓手は席を蹴《け》った。

テーブルに身を乗り出し、ゴブリンスレイヤーに摑《つか》みかかろうとし――……。

「まあ、待て待て。考えてもみろ、耳長の」

それを押しとどめたのは鉱人道士だった。

「……なによ、鉱人《ドワーフ》」

「わしらとて彼奴に混沌《こんとん》を何とかさせに来たわけじゃなかろ。そりゃ白金《はくきん》等級の領域じゃ」

「それは、そう、だけど……」

「ほいなら、ちくと落ち着け。話が先に進まんだろが」

小さく無骨な掌《てのひら》を振って鉱人道士は森人《エルフ》を窘《たしな》める。

「……わかった」

しぶしぶと言った様子で、妖精弓手は再び席に腰をおろした。

それを見て、そして一切動じていないゴブリンスレイヤーを見て、鉱人道士は満足気に笑う。

「この若いの、まさに『かみきり丸』じゃ。肝《きも》が据わっとるわい」

「では、このまま頼む方向で宜しいかな？」

蜥蜴僧侶に意見を求められ、鉱人道士は、ふぅむと勿体《もったい》ぶって唸って見せる。

「……わしゃ、構わん」と、髭をしごいて「臆病者より、ずっと良い」

「小鬼殺し殿。誤解しないで欲しいが、拙僧らは、小鬼退治を依頼しに来たのだ」

「なるほど、やはりゴブリンだったか」

ゴブリンスレイヤーは言った。

「ならば請けよう」

「……」

「どこだ。数は？」

妖精弓手の顔が目に見えて引《ひ》き攣《つ》り、蜥蜴僧侶が目を剝いた。鉱人道士が愉快そうに笑う。

「まあ、若いの。そう急《せ》くな。ちと、この鱗のに話をさせてやってくれんかの」

「無論だ」ゴブリンスレイヤーは迷いなく頷く。

「情報は必須だ。巣の規模、シャーマンの有無。田舎者《ホブ》はどうだ？」

「……報酬額について、先に聞かれると思っていたのだがな、拙僧は」

蜥蜴僧侶はチロチロと舌を出し、自分の鼻先を舐《な》めた。人で言えば、顔を覆うような仕草か。

「……まず拙僧の連れが先ほど述べた通り、今、悪魔の軍勢が侵攻しようとしている」

「……」

「封印された魔神王《デーモンロード》の一つが目覚め、我々を駆逐せんとしているわけだが、まあ……」

「興味がない」と、ゴブリンスレイヤー。「十年前にも、あった事だ」

「……うむ、拙僧も興味はなかろうと思ったよ」

蜥蜴僧侶は、ぐるりと目を回し、苦笑するようにして頷いた。

その間も、妖精弓手は百面相を続けている。

まったくもってして、信じられない。

そう言いたげに目を吊《つ》り上げて睨むも、彼の顔は鉄兜に隠されている。

どんな顔をしているのか、まるでわからない。

「それで拙僧らの族長、人族の諸王、森人《エルフ》と鉱人《ドワーフ》の長が集まって会議を開くのだがな」

「ま、圃人《レーア》は戦《いくさ》向きでないからともかく……わしらは、その使いっ走りというわけじゃ」

鉱人道士は腹を叩く。

「冒険者だからの、わしら。駄賃も出たし」

「……いずれ、大きな戦になると思うわ」

あんたは興味ないんでしょうけれど。妖精弓手は、とうとう諦《あきら》めた様子だった。

「問題は近頃、森人《エルフ》の土地で、あの性悪な小鬼どもの動きが活発になっておる、という事だ」

鉱人道士が口髭を捻りながら、言葉をつづける。

「……チャンピオンか、ロードでも生まれたか」

ゴブリンスレイヤーはぼそりと言った。かもしれん、と鉱人道士は応じる。

聞きなれぬ言葉。ぴくりと好奇心旺盛に、妖精弓手の長耳が動く。

「チャンピオンに……ロードって？」

「ゴブリンどもの英雄、ゴブリンの王。連中にとっての、白金等級というところだが……」

フーム、と。ゴブリンスレイヤーは腕を組み、唸る。至極真剣な調子で。

妖精弓手には、彼が頭の中で、何かの算段を纏めているようにも思えた。

「……まあ、良い。情報が足らん。続けてくれ」

「そして拙僧らが調べたところ……大きな巣穴が一つ見つかったんだが。まあ、政治だな」

「ゴブリン相手に軍は動かせない。いつもの事か」

蜥蜴僧侶の言葉を受け、ゴブリンスレイヤーは質問とも確認ともわからない口調で呟いた。

「只人《ヒューム》の王は私たちを同格と認めても、同胞とは認めないもの」

妖精弓手が肩を竦めた。

「ここで勝手に兵士を動かそうとしたら、何か企《たくら》んでいるとか難癖をつけられてしまうわ」

「故に、冒険者を送り込む……。なれど、拙僧らだけでは只人《ヒューム》の顔も立たぬ」

「で、オルクボルグ……あなたに白羽の矢が立ったわけ」

「耳長が言うと洒落《しゃれ》にならんの」

鉱人道士がくっくと喉《のど》の奥で笑う。妖精弓手が睨むが、どこ吹く風と言った様子だった。

「地図はあるのか」

ゴブリンスレイヤーは淡々と言った。

「これに」

蜥蜴僧侶が僧衣の袂《たもと》から巻物を取り出した。

ゴブリンスレイヤーは雑な手つきでそれを広げた。

木の皮に染料を使ってしたためてある。抽象的だが正確な筆致《ひっち》は、森人《エルフ》の地図の特徴だ。

荒野の真ん中に、古めかしい建物が描かれている。ゴブリンスレイヤーは指でなぞった。

「遺跡か」

「恐らく」

「数」

「大規模、としか」

「すぐに出る。俺に払う報酬は好きに決めておけ」

ゴブリンスレイヤーは頷き、無造作な手つきで地図を丸め、乱暴に席を立つ。

そして地図を押しこみ手早く装備の確認を終えると、ずかずかと戸口に向かって歩き出した。

「ちょっ、ちょっと待ちなさい！」

これには、妖精弓手も慌てた。ぴくりと長耳を震わせ、先と同じ様に席を蹴って手を伸ばす。

「今の口振りだと、一人で行くように聞こえたのだけれど……」

「ああ」

ゴブリンスレイヤーは短く答えた。

冗談はよしてと、妖精弓手は顔をしかめた。ふうむ、と。蜥蜴僧侶が興味深げに声を漏らす。

「拙僧が見るに、あの地母神《ちぼしん》の巫女《みこ》殿《どの》は、小鬼殺し殿の一党《パーティ》ではないのですかな」

「一人でどうにかするつもり？　……正気？」

立ち止まったゴブリンスレイヤーは、ゆっくりと呟いた。

「そのつもりだ」

そして振り返ることなく、応接間を後にした。

果たして、それがどの言葉に対しての返答だったのか。

残された者たちには、わかろうはずもない。

§

息を吸い、吐く。停滞は一瞬。

ゴブリンスレイヤーは無造作な足取りで階段を降り、真っ先に受付へ向かう。

言うべきはたった一言。いつもと同じように、淡々と。

「ゴブリンだ」

「やっぱり、余所からの依頼だったんですね！」

事務作業をしていた受付嬢が、パッと顔を上げる。

近くにいた槍使いが露骨に舌打ちをした。彼は受付嬢に話しかけようとしていたのだ。

「それで、どのような内容ですか？　受理しておきますから」

「後で、あの蜥蜴人《リザードマン》が持ってくる。俺は出立する。予算が欲しい。前回の分の報酬をくれ」

「んん……報告はまだですけど……ま、ゴブリンスレイヤーさんなら良いですよね」

内緒ですよ？　と受付嬢はにこやかに応じ、書類にサインし、金庫から革袋を取り出した。

白磁等級の一党《パーティ》を雇えるかどうかという額でも、たった独りで遂行すれば、相応の額になる。

ゴブリン退治の僅かな報酬でゴブリンスレイヤーが装備を賄《まかな》えたのは、単独行なればこそだ。

彼は寒村の農夫が懸命に稼いだ泥まみれの貨幣《かへい》を半分により分け、片方を懐《ふところ》にしまい込む。

「……残りはあいつに渡しておいてくれ」

「はい。……って、あれ、お一人ですか？　彼女は——……」

「休ませる」

首をかしげた受付嬢に、ゴブリンスレイヤーはそれだけを告げ、ずかずかと歩きだした。

そして擦《す》れ違《ちが》い、通り過ぎる彼を槍使いは横目で見送り、顔をしかめる。

「なんでぇ、あいつ。気取ってやがる」

だがゴブリンスレイヤーは、その揶揄《やゆ》するような呟きを聞いていない。どうでも良い事だ。

考えるべき事は山のようにある。彼は歩きながら、頭の中で装備の残量を計算していた。

ロープ、楔《くさび》、油、解毒剤、水薬、その他もろもろ、消耗品は幾つか買い足さねばならない。

ギルドを出たらどこか適当に店に寄って、食料も購入するべきだ。体調は整《ととの》えておきたい。

野営具は問題ない。独りでいる分には、必要最低限の環境でさえあれば良い。

後、巻物は問題ないとして――……。

「ゴブリンスレイヤーさん！」

そしてギルドを出ようとした彼に、足音が近づいてくる。軽い靴音だった。

ゴブリンスレイヤーは鼻を鳴らした。

「あ、あの！　依頼、ですよね！」

女神官だった。

ロビーの僅かな距離とはいえ小走りになっていたせいか、少し息が切れている。顔が赤い。

「ああ」とゴブリンスレイヤーは言った。「ゴブリン退治だ」

「……だと、思いました」

女神官は応じて、諦めたように微笑んだ。彼の行動に逐一驚いていては、身がもたない。

「なら、すぐに準備を――……」

「いや」

ゴブリンスレイヤーは、いそいそと錫杖を手に立った女神官を、無骨な手で制する。

「俺一人で行く」

「そんな……！」

淡々とした言葉に、女神官が声をあげたのも無理はあるまい。

悲鳴にも似た叫びに、未だギルドに残っていた人々の視線が、一気に集まる。

幾人かは「なんだ、ゴブリンスレイヤーか」と、すぐに目を背《そむ》けたが……。

女神官は真っ直ぐに彼を見つめ、なおも言い募った。

一人で行かせては、駄目だ。彼はきっと、帰ってくるにしても、そんな事は、駄目だ。

「せめて、こう、決める前に相談とか……！」

「――？」

ゴブリンスレイヤーは、心底不思議そうな様子で、その兜を傾げた。

「しているだろう」

ぱちくりと、女神官は目を瞬かせる。

「……あ、これ……相談なんですね」

「そのつもりだが」

はあ、と。思わず彼女の口から溜息が零れたのを、誰《だれ》が責められよう。

「……選択肢があるようでないのは、相談とは言いませんよ？」

「そうなのか」

――ホント、仕方のない人ですよね。

「一緒に行きます」

彼女は健気《けなげ》にそう言った。はっきりと、迷いなく。

ゴブリンスレイヤーは、鉄兜の面頬《めんぼお》越しに、女神官を見た。

女神官は、彼の汚れて、傷だらけの兜をじっと瞳《ひとみ》に映している。

「放っておけませんから、あなた」

視線が交わる。

「……」

「……」

「…………好きにしろ」

ややあって、ゴブリンスレイヤーは大きく息を吐いた。面倒くさそうな言葉。

だが、女神官は両手で錫杖をしっかと握った。花が咲くような頬笑みだった。

「はい、好きにします」

「なら、まずは報酬を受け取って来い」

「はいっ！　じゃあ、ちょっと待っててくださいね。……あ、報告は――」

「後で良いらしい」

「わかりました！」

ゴブリンスレイヤーはドアの傍に佇み、駆けていく女神官を待つ。

その姿を、異人たちは階段の踊り場から、吹き抜けを通して見下ろしていた。

妖精弓手と、鉱人道士、蜥蜴僧侶の三人は顔を見合わせ、誰かがふっと息を漏らす。

「わしらだって、ああは解りづらい性格はしとらんの。……見応えのある若造じゃ」

最初に、鉱人道士が階段を下り始めた。笑って、髭をしごきながら。

「……冒険者が依頼を出してついていかぬでは、拙僧も先祖に顔向けできませぬな」

次に蜥蜴僧侶が重々しく頷き、妖精弓手に対して合掌をした。

そして尻尾《しっぽ》を揺らし、一段一段、踏みしめて階段を下る。

「…………」

妖精弓手は言葉を失っていた。

オルクボルグ、小鬼殺しの冒険者。

想像とはまるで異なる彼の在り方は、彼女に理解できるものではなかった。

そう、理解できない。未知の存在だ。

――何を今更、そんな事で驚いて固まっているんだろう。

妖精弓手は笑った。

自分はそれを追い求めて、森を出たのではないか。

彼女は大弓の具合を確かめ、しっかりと肩にかけ直す。

「まったく、年長者に敬意を払うべきだと思わない？」

そうして彼女は軽快にステップを踏んで、階段を駆け下りていく。

一党《パーティ》の結成とは、往々にしてこのように、思いがけぬものであった。

間章
「重戦士」

ああ？　インタビュー……ゴブリン退治ぃ？　……また妙な話を聞きたがるもんだな。

村をゴブリンが襲った。巣穴に行って退治してくれ。助けてください。お願いしまぁーす。

で、俺《おれ》たちが武器を担《かつ》いで潜《もぐ》ってって、十匹からのゴブリンをぶっ殺して、金を貰《もら》う。

わかりやすいな。典型的な怪物退治《ハックアンドスラッシュ》だ。

ありゃ、駆け出し向けの仕事だよ。俺たちの運が良かったのは否定しないが……。

探索と戦闘の経験がつめて、社会貢献度もギルドは妙に高く評価してくれる。

ま、わかるけどな。俺の故郷も、ゴブリンに襲われた事があってな。つい最近だ。

その時は、冒険者が助けてくれた。……ああ。助けてくれたわけだ。

ただ、なんつーか……冒険者のゴブリン退治ってのは三種類に分かれてな。

楽勝で終わらせる奴ら。痛い目見て学ぶ奴ら。甘く見て全滅する奴ら。

俺？　俺たちは楽勝……と言いたいが、二番目だな。痛い目を見たのさ。

洞窟にカンテラ持ち込んだら、うちの斥候《スカウト》が転んで割って、真っ暗だ。

後になってわかったんだが、奴ら、足元に縄張ってやがったのさ。罠《わな》だ。罠。

Goblin Slayer
He does not let anyone roll the dice.

で、明かりと音で場所がバレて、暗くなったらわんさとゴブリンどもが群がって来た。

やばいと思って、うちのガキ……魔法使いのガキに、呪文を取っとけって言ったんだ。

無駄撃ちすんな。デカ物を狙《ねら》えってな。一発しかないんだ。雑魚《ざこ》に使う意味はねえ。

後はもう、何が何やらだ。

ゴブリンどもが押し寄せて来る。武器振りまわす。ちゃんちゃんばらばら。死ね。ぎゃー。

岩に当たってんだか、肉を斬ってんだかわからねえ。こっちも斬られてな。安い鎧《よろい》だった。

俺も、狭い洞窟ん中でだんびら振りまわした時は死ぬかと……。

なんだ、何をニヤついてやがる。糞《くそ》。

伝説の騎士だって最初のゴブリン退治で死にかけたらしいぞ。聖騎士志望のお前が笑うなよ。

悪いな。あの女騎士、俺の一党《パーティ》だ。一応、俺ァ頭目《リーダー》なんだが……。

……話を戻すぞ。そん時、群れを率いてたのがデカ物で、俺はその前で剣を引っ掛けた。

奴は斧《おの》振り上げて、こら死ぬなって思った時に、《火矢《ファイアボルト》》だ。敵は黒こげ。

俺たちは女騎士が奇跡を使えたし、金もあって、装備や毒消しなんかも、一応買ってた。

結局、儲《もう》けはないも同然だったが……おかげで、俺は助かった。みんな助かった。

だから言うのさ。「きちんと気をつけてれば、ゴブリンなんざどうってこたぁない」って。

……でもな。百回ゴブリンと戦って九十九回勝てるくらい、強い冒険者がいたとする。

その一回の負けが、今回になるかもしれん。そうならん保証はない。……確率、って奴だ。

出目が、、、、悪くて死ぬなら、せめて相手はドラゴンが良い。

それに今の俺たちゃ銀等級の冒険者だ。一党《パーティ》を維持すんのに、安い仕事は受けられんよ。

大概、ゴブリンよりも怪物は強い。だから、初心者に相手させんのが一番良いのさ。

連中が死ぬにしても……ドラゴンと戦うよりは、生き残る目がある。

……目がある、だけ、だがな。

第6章『旅の仲間』

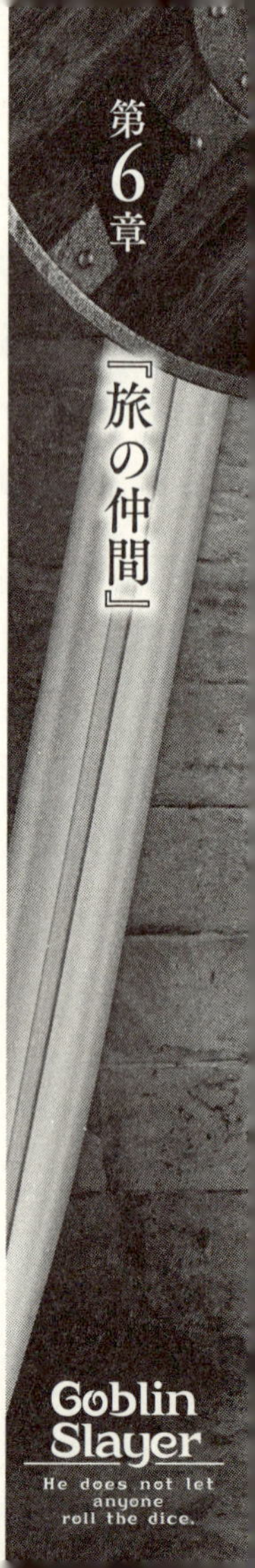

瞬く間に三日が過ぎた。

二つの月の輝く星空の下、どこまでも続くような広野。

その真中で、五人の冒険者は円陣を組んで座っていた。

中央に焚《た》かれた炎から、煙が細く長く昇る。

遠く背後には森人《エルフ》たちの棲《す》まう森が、暗い中に盛り上がって見える。

「そういえば、みんな、どうして冒険者になったの？」

「そりゃあ、旨《うま》いもん喰《く》う為《ため》に決まっとろうが。耳長はどうだ」

「だと思った。……私は外の世界に憧《あこが》れて、ってとこね」

「拙僧《せっそう》は、異端を殺して位階を高め、竜となるためだ」

「えっ」

「異端を殺して位階を高め、竜となるためだ」

「は、はあ……。えと、まあ、宗教は、わかります。わたしも、そうですから」

「ゴブリンを……」

「あんたのは何となくわかるから良いわ」

「おい、耳長の。人に聞いておいてそれかえ」

焚き火の勢いは若干弱く、鉱人道士《ドワーフ》が舌打ちをしながら枯れ草を千切《ちぎ》り入れた。

森人《エルフ》は火を厭《いと》い、火払いの結界を張る。森から離れても尚《なお》、ここまで影響が届いているのだ。

往路最後の夕食は蜥蜴僧侶《リザードマン》と女神官の手によって作られた。

「旨い！　なんじゃいな、この肉は……！」

炙《あぶ》った途端から脂の滲《にじ》み出る肉に、たっぷり香辛料をまぶして焼き上げたそれ。

香ばしくカリカリとした食感を気に入った鉱人道士は、二本、三本と続けざま齧《かじ》りつく。

「おお、口にあったようで何より」

鉱人道士の快哉《かいさい》に、蜥蜴僧侶は自慢気に牙《きば》を剝《む》いた。

「沼地の獣の干肉だ。香辛料もこちらにはない物を使っておる故、珍しかろう」

「これだから鉱人《ドワーフ》はやなのよね。お肉ばっかりで、意地汚いったら」

妖精弓手《エルフ》が顔をしかめ、小馬鹿にしたように鼻で笑った。

「野菜しか喰えん兎《うさぎ》もどきにゃ、この美味《うま》さはわからんよ！　おお、旨い旨い！」

「む……」

鉱人道士がこれ見よがしに指の脂を舐《な》め舐《な》め、肉を頰張《ほおば》った。

自分が食べられない物をさも旨そうにしているさまを見て、妖精弓手が唸《うな》り声を漏《も》らす。

「あの、よかったらスープ、食べます？　炊《た》き出《だ》しで作るようなものですけれど」

「いただくわ！」

女神官はというと、手慣れた様子で何種類かの乾燥豆を混ぜ、スープをこしらえていた。

妖精弓手は肉を受け付けなかったから、その提案には耳が跳ねるほど喜んだ。

差し出された椀《わん》にたっぷりとよそわれたそれは、あっさりした味付けで、何とも良い。

「うん。これは私も、何かお返しをしないといけないわね……」

妖精弓手はそう言うと、荷物から葉に包まれた薄く小さなパンを取り出し、一行へ配った。

ふんわりと漂う香りは甘いものだが、砂糖や果物の類《たぐい》のそれではない。

「これは乾パン……じゃないですね。クッキーとも違うような……？」

「森人《エルフ》の保存食。本当は滅多に人にあげてはいけないのだけど、今回は特別」

「……美味しい！」

はむ、と女神官は一口かじった途端、その不思議な風味に思わず声をあげた。

さくさくとした食感にもかかわらず、内側はしっとりと柔らかく、また食《た》べ応《ごた》えもある。

「……そ、良かった」

妖精弓手は気のない素振りを見せつつ、どこか嬉《うれ》しげに片目を閉じてみせた。

「ふぅむ！　森人《エルフ》の秘伝が出たとなると、わしらも対抗せねばならんの……！」

ならばと鉱人道士が持ちだしたのは、厳重に封の施《ほどこ》された陶器の大瓶《おおびん》だ。

とぷん、と。揺れる水の音。栓を抜いて椀に注《そそ》げば、ふんわりとした酒精の匂《にお》い。

「ふふん、わしらの穴蔵で造られた、秘蔵の火酒よ！」

「火の……お酒？」

妖精弓手が興味津々といった様子で、鉱人道士が手酌した酒を覗《のぞ》き込む。

「おうとも。まさか耳長の、酒も飲んだことないなんざ、童子みたいな事は言わんよな？」

「ば、馬鹿にしないで、鉱人《ドワーフ》！」

言うなり、妖精弓手はさっと鉱人道士の手から椀をひったくった。

並々注がれた酒を、じいっと睨《にら》むように見て、

「透明だけど、お酒って葡萄《ぶどう》の奴《やつ》でしょう？　飲んだことあるわよ。子供じゃないし……」

こくん、と。彼女は火酒を口に含んだ。

「……？　ーーーッ！？！？！？！？！？」

途端、妖精弓手はあまりの辛《から》さにケホケホと咳《せ》き込み始める。

「わ、わ、だ、大丈夫ですか⁉　お、お水を……！」

大慌てで女神官が差し出す水筒を呷《あお》るも、眼を白黒させた妖精弓手はヒィヒィと声も出ない。

「はっはっはっは。娘っ子にゃあ、まだ早かったかのう」

「ほどほどにな。野伏《レンジャー》が酔《よ》い潰《つぶ》れたのでは、話にならないぞ」

「おう、鱗《うろこ》の。わかっとる、わかっとる」

女性陣の有り様をみて鉱人道士は愉快そうに笑い、蜥蜴僧侶が鋭く舌を鳴らして窘《たしな》めた。

「ほれ、どうだ、かみきり丸。お前さんも飲め！」

「………………」

ゴブリンスレイヤーは、黙って差し出された火酒をがぶりと呷った。

彼は夕餉《ゆうげ》の間中、一言も喋《しゃべ》ってはいない。

兜《かぶと》の隙間《すきま》から黙々と食事を摂《と》り、早々に自分の作業に没頭している。

剣、盾、短剣を磨き、刃の具合を確かめ、鞘《さや》に納める。革鎧と鎖帷子《くさりかたびら》にも油を差す。

「むー………」

その様を見て、妖精弓手は不満気に声を漏らす。顔が茹《ゆ》でたように赤く染《そ》まっていた。

「……なんだ？」

「……なんで、たべてるときも、兜、脱がないわけ？」

「不意打ちで頭を殴られれば、意識が飛ぶからな」

「……たべてばっかりないで、あなたも何か出しなさいよ」

話に脈絡がない。舌っ足らずで呂律《ろれつ》も回っていない。人差し指は傍《そば》の大岩を指している。

「……」

そんな有り様の妖精弓手が「むーっ」と睨みつけてもゴブリンスレイヤーは応じない。

おう、目が据わっとるわい。ぼそりと鉱人道士が呟《つぶや》いた。

そんな様子を見守っていた、女神官の頬が柔らかく緩む。

――あれは、考えこんでますね。

未《いま》だ表情はわからなくとも、その程度の事は、わかる。

ややあって、ゴブリンスレイヤーは面倒くさそうに雑嚢《ざつのう》を探った。

ごろりと転がしたのは、乾燥して固められた、チーズの塊だった。

「これで良いか」

ほう、と蜥蜴僧侶が舌先で鼻を舐めた。見慣れぬらしく、しげしげと首を伸ばす。

「なんですかな、これは」

「チーズだ。牛や、羊の乳を、発酵させ、固める」

「なんじゃい、鱗の。お前さんチーズを知らんのか」と鉱人道士。

「うむ。拙僧、このようなものは初めて見た」

「家畜を飼ったりしないんですか？」

女神官が不思議そうに問うた。蜥蜴僧侶は重々しく頷《うなず》く。

「拙僧らにとって獣とは狩るものだ。育《はぐく》むものではない」

「貸して。切ったげる」

妖精弓手が半ば奪い取るようにしてチーズの塊を取った。

石を研磨したナイフを抜いて、あっという間に人数分切り分ける。

「どうせなら火で炙った方が旨いわい。なんぞ枝でも……」

「あ、串ならありますよ」

鉱人道士が提案し、女神官が荷物から細い鉄串を取り出した。

「おうおう、娘さんは準備が良いの。誰《だれ》かさんとは大違いじゃ」

「誰のことかはっきり言いなさいな」

妖精弓手が涼やかな声で怒りを露《あら》わにする。

「胸に手を当てて考えてみんかい。その金床にの」

髭《ひげ》を捻《ひね》りながら鉱人道士は笑った。

妖精弓手は唇を尖《とが》らせ、女神官が顔を赤らめて俯《うつむ》く。

「ま、とにかく任せい。火の扱いはわしらの領分だからの」

鉱人道士は串にチーズを刺して、火にかけた。

術師らしい不可思議な手付きでくるくると炙っていく。

煙の中にふんわりと、甘い香りが混ざりだす。

「ほ！　こりゃ上等なチーズだわい！」

瞬く間にチーズはとろりと溶けはじめた。

鉱人道士が配ったそれを、冒険者たちは各々口に運ぶ。

「甘露！」

快哉を上げたのは蜥蜴僧侶だ。長い尻尾《しっぽ》が地面を叩《たた》いた。

「甘露！　甘露！」

「生まれて初めて食うチーズが旨いとは、何よりじゃ」

鉱人道士は愉快そうにチーズをパクつき、火酒をがぶがぶと呷った。

「おう、おう。酒に合うの」

髭に垂れた酒精を拭《ぬぐ》う。鉱人道士の口からげふ、と息が漏れた。妖精弓手が顔をしかめた。

気を取り直した彼女は、端っこからチーズを小さく舐めた。

「……うん。ちょっと酸っぱいけど、甘い。甘蕉《バナナ》の実みたいね」

長耳が大きく上下する。妖精弓手は喉《のど》を鳴らす猫のように目を細めた。

「これって、あの牧場のですか？」

半分ほどをかじった女神官が、ニコニコと顔を輝かせて言った。

「そうだ」

「美味しいですね！」

「そうか」

ゴブリンスレイヤーは静かに頷き、無造作にチーズを口に押し込んだ。

咀嚼《そしゃく》し、火酒をがぶりと飲んでから、彼は自分の雑嚢を手繰《たぐ》り寄せた。

明日にはゴブリンの巣穴に踏み込む。装備の点検は欠かすことができない。

雑嚢の中には様々な小瓶や縄、くさび、得体のしれない小道具がぎっしりと詰まっている。

チーズの甘みで酔いが醒めた妖精弓手は、興味津々に覗きこんだ。

ちょうどゴブリンスレイヤーは、紐《ひも》で奇妙な封じかたをされた巻物を調べていた。

結び目を確認した彼が雑嚢にしまったところを狙《ねら》って、妖精弓手は手を伸ばす。

「触るな」

ぴしゃりとゴブリンスレイヤーが言った。慌てて妖精弓手は手を引っ込める。

「危険だ」

「さ、触ろうとしてないわよ。……見ようとしただけ」

「見るな。危ない」

取り付く島もないゴブリンスレイヤーに、「むー」と妖精弓手は唸った。

諦《あきら》めきれないのか、彼女はちらちらと巻物を見ながら食い下がる。

「……でもさ。それって魔法の巻物《スクロール》でしょう？　私、初めて見たんだもの」

それを聞いて、女神官はおろか、鉱人道士や蜥蜴僧侶でさえ首を伸ばしてきた。

魔法の巻物。極稀《ごくまれ》に古代遺跡から発見される遺物。

一度巻物を紐解けば、たとえ赤子であれど呪文を行使できる、奇跡の品。

製法は失われて久しく、最古の上森人《ハイエルフ》でさえも知る者はいない。

魔法のかかった品物それ自体が希少だが、その中でもスクロールは別格だった。

とはいえ、それが冒険者にとって便利なものか……というと、それは違う。

書かれている呪文は役立つものから無駄なものまで千差万別、かつ使い捨て。

多くの冒険者は好事家《こうずか》や研究者に高値で売り払ってしまう。

呪文は魔術師を仲間に引き入れればそれで事足りる。それよりも金が必要だ。

ゴブリンスレイヤーは、そうしなかった稀な冒険者のようだった。

女神官も、彼が巻物を持っている事は知らなかった。

「じゃあさ。触らないし、見ないから、せめて何の呪文かくらい教えてよ」

「駄目だ」

妖精弓手は身を乗り出してくる。赤く上気した肌から森の香りが漂った。

やはりゴブリンスレイヤーは彼女の方を見もせず切り捨てる。

「お前が捕まって、ゴブリンに漏れでもしたらどうする。使うときに説明する」

「……あなた、私のこと嫌いでしょう」

「選り好みはしない」

「それ、遠回しにどうでも良いって言ってない？」

「言葉以上の意味はない」

むぅ、と唸る妖精弓手の長耳が不服そうに上下する。

「耳長の。無駄じゃ無駄じゃ。そやつ、わしらより偏屈だもの」

鉱人道士が愉快そうに笑う。

「『かみきり丸』だからの」

「オルクボルグ、よ」

「……俺《おれ》はゴブリンスレイヤーだ」

ぼそりとゴブリンスレイヤーが言う。

それを聞いて妖精弓手は顔をしかめ、また鉱人道士は楽しげに髭を捻るのだ。

「あの」

と、そこで女神官が口を挟んだ。

「オルクボルグってどういう意味なんですか?」

「森人《エルフ》の伝説に出てくる刀のこと」

妖精弓手が答えた。彼女はどこか誇らしげに、指を一本立てる。

「オルク……ゴブリンが近づくと青白く輝く、小鬼殺しの名刀よ」

「鍛えたのはわしら鉱人《ドワーフ》じゃがの」と、鉱人道士。妖精弓手が鼻を鳴らす。

「かみきり丸なんて酷《ひど》い名前。細工物以外のセンスはまるでないのね」

「さしも意地っ張りな耳長どもも、わしらの細工には負けを認めるか」

鉱人道士は胴間声で笑った。妖精弓手は頬を膨《ふく》らませる。

蜥蜴僧侶がこれみよがしに大きな目をぎょろりと回し、女神官に目配せをする。

これが彼なりのユーモアであることにも、彼女は慣れてきていた。

そして二人の悪意のない口喧嘩《くちげんか》についても。森人《エルフ》と鉱人《ドワーフ》は、そういうものなのだ。

最初こそ異人たちに面食らった女神官も、人見知りでは信者の相手など勤まらない。

彼女は積極的に三人の異人たちに話しかけ、瞬く間に打ち解けていった。

蜥蜴僧侶の父祖信仰は別段、慈悲深き地母神《ちぼしん》の教義と相反するものではない。

それに少なくとも見かけ上では同年代の娘がいるのだ。すこぶる気持ちは楽だった。

一方、ゴブリンスレイヤーは誰に対してもほとんど態度を変えない。

だがどうしたことか、その振る舞いは鉱人道士にとって好ましいものだったらしい。

しょっちゅう妖精弓手を苛立たせる彼を、何くれと鉱人道士は愉快そうにフォローした。

ゴブリンスレイヤー、女神官、妖精弓手、鉱人道士、蜥蜴僧侶。

この奇妙な即席の一党《パーティ》は、しかし、やはり奇妙な連帯感を育んでいる。

女神官は不思議な居心地の良さに身を浸《ひた》らせていた。

——なあ、俺たちと一緒に冒険に来てくれないか?

僅かに、胸に刺さるものがない、とは言えなかったが……。

「そういえば、拙僧も一つ気になっておったのだが」

ぱたりと尾を鳴らして、蜥蜴僧侶が顎《あご》を開いた。ぱちぱちと焚き火が弾《はじ》ける。

彼は問いを口にする前に奇妙な仕草で合掌した。食後の儀礼だという。

「小鬼どもは、どこから来るのだろう。拙僧は、地の底に王国があると父祖より教わったが」

「わしらは」

鉱人道士はげっぷをした。

「……ありゃ堕落した圃人《レーア》か、森人《エルフ》だと聞いておるの」

「ひどい偏見ね」

妖精弓手がきっと鉱人道士を睨む。

「私は黄金に魅せられた鉱人《ドワーフ》の成れの果てと聞いたわ」

「お互い様だの」

鉱人道士はしたり顔で頷く。妖精弓手はゆるく首を振った。

「あら、蜥蜴人《リザードマン》は地底から来ると伝えてるのよ？　鉱人《ドワーフ》の領土じゃない」

「む……！」

これには鉱人道士も歯噛《はが》みした。やり込めた妖精弓手は、ふふんと自慢気に薄い胸を張る。

蜥蜴僧侶はちろりと鼻先を舌で舐めた。

「拙僧らは地下、森人《エルフ》と鉱人《ドワーフ》はともかく。人族はどう伝えておるのかね、女神官殿」

「あ、はい」

女神官はちょうど、みなの食器を回収し、丁寧に拭って清めていたところだった。

作業を終え、彼女は両手を膝《ひざ》の上に置いてきちんと座り直した。

「わたしたちは、誰かが何か失敗すると一匹湧《わ》いて出る、と聞いてますね」

「なにそれ」

妖精弓手はくすくすと笑った。女神官も微笑《ほほえ》んで頷く。

「躾《しつけ》の為の言い伝えですよね。失敗するとゴブリンが来るよっていう」

「いやいや、待て待て。だとすると大変じゃぞ」と、鉱人道士。

「そこの耳長娘を放っておけば、うじゃうじゃ増えるということでないか」

「まあ！」

ぴんっと妖精弓手の耳が逆立った。

「失礼しちゃう！　明日には私の弓の腕をはっきり見せてあげるんだから！」

「おう、怖《こわ》や怖《こわ》や。お前さんの前にいると後ろから撃たれそうだわい」

「……良いわ。小さい鉱人《ドワーフ》は、私の後に隠れてついてきなさい」

「もちろんだとも。お前さんは野伏《レンジャー》だからの。斥候《スカウト》に志願してくれて助かるわい」

鉱人道士がにやにやと笑って髭を撫《な》でた。

妖精弓手が腕を振り上げて何か言い返そうとする。

「俺は」

ぽつりという呟きが、その間に入った。

自然と一行の視線がそちらへと集まる。

「俺は、月から来た、と聞いた」

ゴブリンスレイヤーだった。

「月？　月というと、あの空に浮かぶ双《ふた》つのか？」

蜥蜴僧侶の問いに、ゴブリンスレイヤーは「そうだ」と首肯した。

「緑の方だ。あの緑の岩でできた場所から、ゴブリンは来る」

「空から降ってくるというのは、予想外だったの」

鉱人道士がふぅむと深く息を吐《は》く。

妖精弓手は興味津々と言った様子で聞いた。

「それじゃ、流れ星は小鬼なわけ？」

「知らん。だが、月には草も、木も、水もない。岩だけの寂《さび》しい場所だ」

ゴブリンスレイヤーは淡々と言った。

「奴らは、そうでないものが欲しく、羨《うらや》ましく、妬ましい。だからやって来る」

「ここへ？」と、妖精弓手。

「そうだ」

ゴブリンスレイヤーは頷いた。

「だから、誰かを妬むと、ゴブリンのようになる」

「これも躾の為のお話ね」

ふぅん、と。気のないふうに妖精弓手は言った。

「あの、どなたから教わったのですか?」

女神官は少し身を乗り出して聞いた。

彼は常に現実的で徹底的だ。こういう話題は珍しかった。

「姉だ」

「お姉さんがいらっしゃるのですか」

「ああ、いた」

ゴブリンスレイヤーは頷いた。

女神官はくすりと微笑んだ。

この堅物な冒険者が姉に叱《しか》られている姿を想像すると、少し愉快だった。

「じゃ、あなたは月からゴブリンが来るって信じてるわけね」と、妖精弓手。

ゴブリンスレイヤーは静かに頷く。

「少なくとも」

彼は、ぼんやりと月を見上げた。二つの月を。

「姉は、何かを失敗した事はなかったはずだ」

それきり、彼は黙った。焚き火がぱちりと弾けた。

妖精弓手の長い耳が、微《かす》かな吐息を捉《とら》えた。

彼女はそっとゴブリンスレイヤーの鉄仮面に顔を寄せる。

ゴブリンスレイヤーの表情はわからない。

妖精弓手は、猫のように笑った。

「つまんないの。寝ちゃったわ、彼」

「ほ。火酒が効いたかの」

鉱人道士は今まさに、瓶から最後の一滴を呷ったところだった。

「がぶがぶ飲んでましたものね、そういえば」

女神官は荷物から毛布を取り出し、甲斐甲斐《かいがい》しく彼にかけてやった。

そっと革鎧の胸元《むなもと》を撫でる。自分も疲れていたが、彼も少し休むべきだと思った。

「拙僧らも休もう」

蜥蜴僧侶は重々しく頷く。

「見張りは取り決め通りに。しっかり眠らねば、それこそ失敗をしてしまう」

女神官、妖精弓手、鉱人道士、三者三様の返事があった。

もぞもぞと毛布に潜《もぐ》り込みながら、妖精弓手はちらりとゴブリンスレイヤーの方を窺《うかが》った。

ふむ、と小さく呟く。警戒している野生の動物は、決して人前では眠らないというけれど。

——ちょっぴり嬉しい、と思ってしまう自分が、なんだか癪《しゃく》ね……。

Adventurer's Guild Monster Manual

モンスターマニュアル

Goblin

小鬼《ゴブリン》

森人《エルフ》語ではオルク、オークとも。発音注意

【概要】outline

体長、体格、性格、行動様式は
悪賢い子供のそれに酷似。
個体としては貧弱で、いわゆる「怪物」と呼ばれる中では
最弱の存在。略奪を目的として集落を襲い、
女を攫《さら》い、巣の中にて繁殖する。数多し。

←強調。白磁級少人数と
女性には下水道大鼠駆除を
推奨するように

一部冒険者報告書より抜粋：要確認

【生態】the mode of life

←一部というより
「彼」です

主として洞窟に棲息。採掘技術を保持。
学習能力高し。部族形式。雄のみ。
生態としては石器人に類似。固有文化なし。
あらゆるものを他者からの略奪で賄《まかな》う。
呪文遣《シャーマン》い、騎兵《ライダー》、先祖返《ホブ》り、亜種は多岐に及ぶ。
またゴブリンと他種族が交配した場合、
出産されるのは例外なくゴブリンである。

0506案件
冒険者一党全滅につき交代要員を求む

↑またですか？
毎回毎回「彼」任せは
どうかと思います

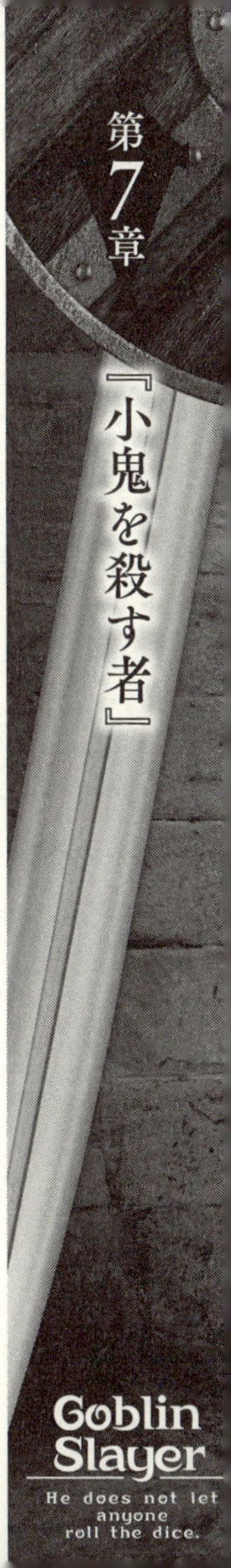

巣穴は、広野の中に忽然《こつぜん》として現れたように見えた。
いや、果たしてそれを巣穴と呼ぶのは正しいのだろうか？
大地に半ば埋もれるように盛り上がっている、白石造りの四角い入口。
洞窟の類《たぐい》ではない。明らかに人工物。古代の遺跡だ。
それが、沈みかかった太陽の光を反射し、ぎらりと血の色に光っている。
見張りのゴブリンは二匹。
入口の両脇《りょうわき》に、手には槍《やり》を持ち、粗雑な革鎧《かわよろい》を着て、並んで佇《たたず》んでいた。
その傍《かたわ》らには犬、いや、狼《おおかみ》が侍っている。
「ＧＵＲＵＵ……」
「ＧＡＵ！」
ちらちら周囲を見た一匹が腰を下ろそうとし、もう一匹に咎《とが》められた。
渋々と立ち上がったゴブリンは、大欠伸《おおあくび》をひとつして、太陽を忌々しげに睨《にら》む。
大地に伏せた狼がぴくりと耳を震わせた。獣は休んでいても警戒を怠《おこた》っていない。

——その全《すべ》てを、彼方《かなた》の茂みから妖精弓手《エルフ》は見ていた。

「ゴブリンのくせに番犬まで連れちゃって。生意気よね」

「余裕がある群れの証拠だ」

傍らに伏せていたゴブリンスレイヤーが応じた。

彼は視線をゴブリンに向けたまま、一掴《ひとつか》みの紐《ひも》を、ぐるぐると小石に巻きつけている。

「油断するな。中の数も多いぞ」

「ちなみに、余裕がない群れだと?」

「飼ったりなぞせん。見かける端から餌《えさ》だ」

聞くんじゃなかったと妖精弓手は首を横に振る。蜥蜴僧侶《リザードマン》が声を出さずに笑っていた。

「でも、大丈夫? 直《じき》に夜になる。一日待って、次の昼にした方が良くないかしら?」

「連中にとっては『早朝』だ。構わん」

「……ま、良いわ。それじゃ仕掛けるから」

妖精弓手が、溜息混じりに矢筒から矢を引き抜いた。

森人《エルフ》は鉄を用いない。

彼らの矢は、木の枝が自然とその形になったもの。鏃《やじり》は芽、矢羽は葉だ。

イチイの枝に蜘蛛糸《くもいと》の弦《つる》を張った大弓は、妖精弓手の身長より長い。

だが彼女はそれを軽々と操《あやつ》り、藪《やぶ》の中に膝立《ひざだ》ちになると、弓を構えて矢を番《つが》える。

ぎりりと蜘蛛糸が音を立てて引き絞られた。

「……見掛け倒しじゃなかろうな？」

どうにも木だけでは信用できん。鉱人道士《ドワーフ》が訝《いぶか》しげに言った。

「頼むから外さんでくれよ。矢と違って、わしらの呪文は補充が効かぬでな」

「黙って」

妖精弓手は鋭く言った。鉱人道士は素直に口を閉ざす。誰《だれ》も何もそれ以上言わなかった。

ぎりぎりと弓がしなる。ひゅうと風が吹き抜ける。妖精弓手が長い耳を僅かに動かした。

右のゴブリンが欠伸をする。彼女は矢を放った。

音もなく放たれたその矢は、しかしゴブリンたちよりも幾分か右に逸《そ》れている。

鉱人道士があからさまに舌打ちをする。

妖精弓手は笑っていた。彼女の手は既に新たな矢を掴んでいる。

瞬間、矢が大きく弧を描く。右のゴブリンの頸椎《けいつい》が、真横から吹き飛んだ。

そのまま頬《ほお》を突き抜けた矢は、左のゴブリンの眼窩《がんか》に飛び込み、貫く。

何が起きたかわからぬまま、飛び起きた狼が咆哮あげんと顎《あご》を開け——……。

「遅い、と」

その喉奥《のどおく》を間髪いれず放たれた第二射が射抜《いぬ》く。仰《の》け反《ぞ》って吹き飛ぶ狼。

遅れてゴブリンたちがバタバタと藁《わら》のように斃《たお》れ、死んだ。

字義通り人間技でない、ありえざる軌道だった。

「すごいです！」

「見事だが……なんですかな、今のは？　魔法の類かね？」

女神官が目を輝かせ、蜥蜴僧侶が大きな目を更に開いて問う。

ふふんと自慢気に鼻を鳴らし、妖精弓手はゆるく首を横に振った。

「充分に熟達した技術は、魔法と見分けが付かないものよ」

森人《エルフ》の長耳が、得意そうに大きく上下している。

「それをわしの前で言うかね」

技術と魔法に長《た》けた鉱人道士が顔をしかめて言った。

「二。……妙だ」

ゴブリンスレイヤーが繁みから立ち上がる。

彼は妖精弓手が失敗した時、後詰として投石紐《スリング》を投げ撃ち、敵へ飛び掛かる予定だった。

「何よ。文句があるの？」

自分の技量をバカにされたと思ったか、妖精弓手が詰め寄った。

ゴブリンスレイヤーは面倒くさそうに首を横に振る。

「奴らは怯《おび》えていた。勤勉なゴブリンなぞ、いてたまるか」

「……森人《エルフ》の森の近くに、巣穴を作っちゃったからじゃない？」

「だと良いがな」

気のない返事を遺して彼はずかずかとゴブリンの死体に歩み寄り、その傍らに跪《ひざまず》く。

「あ、えっと……」

何をするか察したのだろう。強張った笑みの女神官が、か細い声で話しかけた。

「て……て、手伝い、ますか?」

「必要ない」

ゴブリンスレイヤーは至極あっさりと応じる。

ほっと息を吐《は》いた女神官の顔は、若干青ざめていた。

「……何するの?」

こうなると気になってしかたない。妖精弓手が軽快な足取りで近づき、彼の手元を覗《のぞ》きこむ。

ゴブリンスレイヤーの手には、いつのまにかナイフが握られている。

彼はそれをゴブリンの腹に突き立て、無造作に臓腑《ぞうふ》をかき回していた。

「……ッ!?」

妖精弓手が顔を強張らせる。彼女は慌ててゴブリンスレイヤーの腕を引いた。

「ちょ、ちょっと! いくらゴブリンが相手だからって、何も死体を、そんな……!」

「奴らは臭《にお》いに敏感だ」

「……は?」

答えになっていない答えを、ゴブリンスレイヤーは淡々と言った。

革の籠手《こて》をべっとりと血で染《そ》めながら、彼はゴブリンの躯《むくろ》から肝《きも》を引きずり出す。

「特に女、子供、森人《エルフ》の臭いには」

「え、ちょ、ちょっと……。ね、オルクボルグ。まさか、と思うけれど──……」

答えの代わりに、ゴブリンスレイヤーは肝を手拭《てぬぐ》いで包み、引き絞る。

妖精弓手は彼の鎧兜《よろいかぶと》の汚れの正体に思い至り、顔面蒼白《がんめんそうはく》になった。

§

ほどなく、見張りの死体を藪に隠した一行は遺跡へと踏み込んだ。

白亜の壁に囲まれた狭い通路は、徐々に下り道になっているようだった。

前衛を務めるゴブリンスレイヤーは、手にした剣で、行く手の床と壁をコツコツと叩《たた》く。

そして紐に結んだ小石を放り、それが無事転がるのを確かめて、するすると手繰《たぐ》り寄せた。

「罠《わな》はない」

「……ふむ。拙僧《せっそう》が思うに、これは神殿だろうか」

「この辺りの平野は、神代の頃《ころ》に戦争があったそうですから」

蜥蜴僧侶の疑問に女神官が答えた。彼女は壁面に彫《ほ》られた絵を、そっと撫《な》でて頷《うなず》く。

「その時の砦《とりで》かなにか……。造りとしては、人の手による物……のようですが」

「兵士は去り、代わりに小鬼が棲《す》まう、か。残酷なものだ」

尻尾《しっぽ》をゆらしながら蜥蜴僧侶は重々しく頷き、合掌する。

「残酷と言えば……大丈夫かの、耳長娘」と、鉱人道士。

「うぇえ……。気持ち悪いよぉ……」

森人《エルフ》の伝統的な装束《しょうぞく》を赤黒く汚されて、妖精弓手はぐずぐずと啜《すす》り泣いていた。

ゴブリンの生肝から絞った汁を頭から塗りたくられたのだ。

さしもの鉱人道士といえど、この有り様の彼女をからかう気はないらしい。

妖精弓手の隣で、ゴブリンスレイヤーが淡々と言った。

「慣れろ」

彼は盾を括《くく》った左手に松明《たいまつ》を握り、右手には剣を抜いていた。

合わせて大弓を肩に下げ、短弓を取り出しながら、ぎろりと妖精弓手は彼を睨む。

もっとも目尻《めじり》には涙が滲《にじ》み、長い耳が情けなく垂れているので、迫力は皆無だったが。

「……戻ったら、絶対覚えてなさい」

「覚えておこう」

ゴブリンスレイヤーは素っ気なく頷いた。

手の中で、松明が頼りなげに揺れ動く。炎は相変わらず抑えこまれているようだ。

古き森人《エルフ》たちの結界は、このような遺跡の奥底にまで届いている。

いや、はるか昔はこの地にも森人《エルフ》は住まっていたのやもしれない。

もっとも、彼にとって問題なのは「火攻めができない」という、それだけだったが。

「只人《ヒューム》っちゅうんは不便だのぉ」

鉱人道士が口髭《くちひげ》を捻《ひね》りながら言った。

一行の中で、光源となるものはゴブリンスレイヤーしか持っていない。

鉱人《ドワーフ》も森人《エルフ》も蜥蜴人《リザードマン》も、大なり小なり夜目が利《き》くのだ。

「そうだ。だから、小細工がいる」

「せめて、もうちょっとマシなのを考えてよ……」

妖精弓手はげんなりと言った。

あまりの有り様を見かねた女神官が、そっと、後ろから慰めるような声をかける。

「あの、洗えば落ちますから……少しは」

「……苦労してそうね、あなた」

「ええと、もう、慣れました」

女神官は困ったように笑った――彼女もまた、聖衣が赤黒い汚れで染まっていた。

そっと両手で錫杖《しゃくじょう》を握りしめた女神官は、隊列の三番目だ。

前から順番に、妖精弓手、ゴブリンスレイヤー、女神官、鉱人道士、蜥蜴僧侶という陣形。

通路の幅は二人並んで余裕があった為《ため》、女神官を二人ずつで挟む形になった。

なにしろ彼女は白磁《はくじ》等級。一行の中で最も弱く、脆《もろ》い。守らねばならない存在だ。

とはいえ女神官自身は多少引け目を覚えても、彼女を足手まといと思う者はいなかった。

なにせ呪文遣いは各自それほどの回数、呪文を行使する事ができない。

日に数十回と呪文や奇跡を振るえる、白金《はくきん》等級ではないのだ。

癒《いや》し手が一人いるかいないか、呪文を一回残しているかいないか。

たったそれだけの違いで、助かる可能性は大きく変わる。

否、呪文を節約する事ができる者が、生き延びられるというべきか……。

「…………」

女神官は前後の仲間に気を配った。両手でそっと錫杖を握りしめる。

――まるで、普通の冒険みたい……。

そして自分はまた、最後尾の一つ前にいる。

――最初の時と、同じ。

震える唇で、女神官は地母神《ちぼしん》の名を何度も囁《ささや》くように呟《つぶや》き、祈る。

何事もなければ良いと思う。だが、それが無理だろうことも彼女にはわかっていた。

石畳の通路に、冒険者たちの足音だけが妙に木霊《こだま》して響く。

ゴブリンの気配はない。少なくとも、まだ。

「地下は慣れとるんじゃが……なんぞ気持ち悪いの、ここは」

鉱人道士が額《ひたい》の汗を拭って毒づいた。

遺跡に踏み入ってからずっと、ゆるい傾斜がどこまでも続いていた。

直線と思える通路は徐々に曲がり、どうやら螺旋《らせん》状になっているようだった。

ぐるぐると降りていく行程は、平衡《へいこう》感覚を狂わせる。

「なんだか、塔の中にいるみたいな気分ですね……」

「古代の砦というのであれば、こういう造りもありうるのだろう」

女神官も息を吐き、蜥蜴僧侶が応じた。文字通り最後尾で、彼の尾が揺れる。

「こんな状況じゃなきゃ、もっと色々見てみたいんだけどなぁ」

妖精弓手が小さくぼやいた。

ややあってようやく下り道が終わると、通路はそこで左右に分かれている。

一見して特に差異のない全《まった》く同じ造りの道が、T字型に伸びていた。

「待って」

途端、妖精弓手が鋭く言った。

「どうした」

「動かないで」

ゴブリンスレイヤーに短く命じ、彼女は腹ばいになって床に這いつくばった。

そっと前方の石畳の隙間《すきま》を細い指先でなぞり、丹念に探っていく。

「鳴子か」と、ゴブリンスレイヤー。

「多分。真新しいから気付いたけど、うっかりしてると踏んでしまうわね。気をつけて」

なるほど。確かに妖精弓手が示した床は、僅かに浮き上がっていた。

踏むとどこかで機構が動いて音が鳴り、奥にいるゴブリンたちが侵入者に気づくのだ。

女神官がごくりと唾《つば》を飲む。

あの嫌になるような螺旋の道を下った直後だ。集中力も、感覚も、おかしくなっている。

言われればわかるが、そうでなくば見落としていたに違いない。

「ゴブリンどもめ。小癪《こしゃく》な真似をしよる」

鉱人道士が顎髭を撫でながら吐き捨てた。

「……」

ゴブリンスレイヤーは松明で床を照らし、それから左右の壁に灯《あか》りを近づけて調べた。

延々と続く白石の通路には、遥《はる》か古代の人々が残した灯《ひ》の煤《すす》以外、何も残されてはいない。

「どうしました?」と、女神官。

「トーテムが見当たらん」

「あ、そういえば……」

ゴブリンスレイヤーの言葉に、一人納得した女神官以外の、全員が首を捻る。

「……」

だがゴブリンスレイヤーは黙りこんでしまっている。

――考えてる。

それと気づいた女神官は、慌てて皆を見回した。

「つまり、えっと、ゴブリンシャーマンがいないない、って事です」

「あら。呪文遣い《スペルキャスター》がいないなら楽じゃないの」

妖精弓手が笑って手を打った。

「いや」

蜥蜴僧侶がシューッと鋭く息を吐く。

「察するに……いない、というのが問題なのだろう。小鬼殺し殿」

「そうだ」

ゴブリンスレイヤーは頷き、剣の切っ先で鳴子を示す。

「ただのゴブリンどもだけでは、こんなものは仕掛けられん」

「真新しいっちゅうことは、遺跡の仕掛けでもなさそうだの」

「奴らを鳴子で呼び寄せ、迎え撃つのも手と思ったが」

ゴブリンスレイヤーは静かに呟く。

「やめたほうが良さそうだ」

「小鬼殺し殿は、以前にも大規模な巣穴を潰《つぶ》したと伺《うかが》った」

尻尾が鳴子を擦《こす》らないよう持ち上げながら蜥蜴僧侶が尋ねた。

「その時は、どのように？」

「燻《いぶ》り出し、個別に潰す。火をかける。河の水を流し込む。手は色々だ」

横で聞いていた妖精弓手が、なんとも言えない表情をする。

「……ここでは使えん。洞窟ならともかく、石の床だと……」

「ごめんなさい。足跡はわかるか」

「どれ、わしにも見せてみろ」

「良いけど……鳴子、踏まないでよね」

「わぁっとる、わぁっとる」

鉱人道士が前に出てきて身を屈《かが》めた。妖精弓手が素直に場所を明け渡す。

彼はＴ字路の左右をくるくると歩いて回った。石畳を蹴《け》りつけ、じっと見つめる。

ほどなく、鉱人道士は自信たっぷりに口髭を捻った。

「わかったぞい。奴らのねぐらは左側じゃ」

「……？　どういう事ですか？」

女神官が不思議そうに言った。

「床の減り具合だの。奴らは左から来て右に行って戻るか、左から来て外に向かっておる」

「確かか」と、ゴブリンスレイヤー。

「そら、鉱人《ドワーフ》だもの」

鉱人道士は腹を叩いて請け合った。

ゴブリンスレイヤーは「そうか」と小さく頷き、押し黙った。

「どうしたね、小鬼殺し殿」と、蜥蜴僧侶。

「こちらから行くぞ」

ゴブリンスレイヤーはそう言って剣を突き出し、右の道を示す。

「ゴブリンたちは左側にいるんじゃないの？」

妖精弓手が首を傾《かし》げた。

「ああ。……だが手遅れになる」

「なにが？」

「行けばわかる」

ゴブリンスレイヤーは頷き、淡々と言った。

右の道に入ってさほど進まない内に、むっとするような臭気が漂いだした。

ねっとりとべたついた空気。妙な酸味が、呼吸と共に喉奥へ貼《は》り付く。

「ぬっ！」

「むぅ……」

鉱人道士が鼻をつまむ。蜥蜴僧侶も、訝しげに目を回した。
思わず妖精弓手も短弓から手を離し、口元を抑えた。
「なに、これ……ひどい臭い。……ね、大丈夫？」
思わず、そう女神官へ声をかけたのも無理はない。
彼女の歯が、かたかたと鳴っていた。この臭いに――覚えがあった。
「意識して、鼻で呼吸しろ。すぐに慣れる」
ゴブリンスレイヤーは振り返らない。
彼はずかずかと無造作に奥へ突き進んでいく。
一行は遅れないよう後に続いた。女神官も、辛《かろ》うじて歩く。
臭気の源《みなもと》は近い。遺跡の一画を仕切るように、腐りかけた木の扉が嵌《はま》っている。
「ふん」
ゴブリンスレイヤーはそれを躊躇《ちゅうちょ》なく蹴り開けた。
みしみしと軋《きし》みながら、ドアはその役目を終えて室内へと倒れる。
木板を叩きつけられ、床の汚液がびしゃびしゃと音を立てて飛び散った。
そこは、あらゆる意味において、ゴブリンどもの汚物溜《だ》めであった。
食べ滓《かす》。腐った肉のこびり付いた骨。垂れ流された糞尿《ふんにょう》。死骸《しがい》。がらくたの山。
白かったはずの壁や床はほとんどゴミに埋まり、赤黒く汚れていた。

その中に、薄汚れた金色の髪が覗いていた。鎖に繋《つな》がれた脚も。

やせ衰えた四肢には無残な傷跡がある。腱を断たれたのだ。

それは森人《エルフ》だった。

汚濁にまみれ、憔悴《しょうすい》しているとはいえ、彼女の左半身は美しい容貌を留めている。

だが右半身は違う。

女神官は、まるで葡萄《ぶどう》の房を埋め込まれたかのようだと思った。

白い肌が見えないほど青黒く腫《は》れ、目も乳房も、何もかもが潰れている。

その意図は明白——ただ、彼女を嘲《あざけ》るためだけに。

ああ、まただ。そんな思いが女神官の胸に冷たく過《よぎ》り、立ち尽くす。

「うぇ、おぇぇぇぇぇ……ッ」

その横で、妖精弓手がうずくまって胃の中身をびしゃびしゃと吐くのも、遠く思える。

「……なんじゃい、こりゃ」

「小鬼殺し殿」

鉱人道士は髭を捻っていたが、顔が強張っているのを隠しきれていない。

表情のわかりづらい蜥蜴人《リザードマン》の顔にさえ、嫌悪感が溢《あふ》れ出ていた。

「初めて見るのか」

静かな言葉に、妖精弓手は口元の汚れを拭う事もなく、こくんと頷いた。

目からは涙がポロポロ零《こぼ》れ、耳がぺしゃりと垂れている。

ゴブリンスレイヤーは「そうか」と頷いた。

「……して……ころして……ころしてよ………」

微《かす》かに漏《も》れた啜り泣きに、女神官はハッと顔を上げた。

囚われた森人《エルフ》だ。まだ息がある！

女神官は慌てて駆け寄り、その身を支えた。汚濁が手につくことなど気にも留めなかった。

「水薬《ポーション》を……！」

「いや、これほど弱っていると喉に詰まるやもしれぬ」

すぐに蜥蜴僧侶も近づいて、その鱗《うろこ》の生えた爪先《つまさき》で傷ついた彼女の体を検《あらた》めた。

「傷そのものは命に関《かか》わるものではない。が、危ういな。憔悴しきっている。奇跡を」

「はい……！」

女神官は胸元《むなもと》に錫杖を手繰り寄せ、手を傷ついた森人《エルフ》の胸へと添えた。

「《いと慈悲深き地母神よ、どうかこの者の傷に、御手をお触れください》」

聖職者が神の奇跡をもたらしているのを横目に、ゴブリンスレイヤーは妖精弓手へと近づく。

「知り合いか」

妖精弓手はうずくまったまま、ふるふると力なく首を左右に振った。

「たぶん……たぶん、私と同じで、『根なし草』の森人《エルフ》で、冒険者だと……思う」

「そうか」

ゴブリンスレイヤーは頷き、無造作な足取りで森人《エルフ》へと歩み寄る。

その手には剣が握られていた。蜥蜴僧侶が訝しげな目で彼を見上げる。

「あ……！」

――もう、間に合わん。

女神官は、サッと青ざめた顔で立ち上がった。

「ま、待ってください……！」

森人《エルフ》の前に、彼女は両手を広げて立ちはだかる。

ゴブリンスレイヤーは立ち止まらない。

「退け」

「ダメです……ダメですよ！」

「何を勘違いしているのだか知らないが」

ゴブリンスレイヤーは面倒くさそうに言った。

声色《こわいろ》は変わらない。無慈悲で、淡々としていた。

「俺《おれ》は、ゴブリンを殺しに来ただけだ」

剣を振り下ろす。

血飛沫《ちしぶき》と共に、ぎゃっという悲鳴があがった。

「……」

どさりと崩折《くずお》れる軀。

それは、延髄《えんずい》に剣を突き立たせたゴブリンだった。手から毒短剣が零れ落ちる。

エルフの背後、汚物の山にそれが潜《ひそ》んでいた事を、誰も気づいていなかった。

いや、違う。女神官は首を振った。彼と、彼女は気づいていたのだ。

「あいつら……みんな、ころしてよ……！」

囚われていた森人《エルフ》の冒険者は、血を吐くようにしてそう叫んだ。

ゴブリンスレイヤーは死体を踏みつけて、剣を引き抜く。

血脂でぎらついた刃を、彼はゴブリンの衣服で拭った。

「無論だ」

ゴブリンスレイヤーは淡々と応じた。誰も何も言わなかった。

この男が今まで何を見てきたのか。いったい何者なのか。

今や、この場にいる全員が理解していた。

女神官もまた、魔女がこの男を評した言葉を思い返していた。

自分で決めろ、と。魔女はそう言っていた。

それがどういう意味なのか、女神官には今、はっきりとわかった。

全ての冒険者、最初の冒険で挫折する者でさえ、殺したり殺されたりを経験している。

残虐、残酷な光景も目にしているだろう。

怪物に滅ぼされた村や都市も、そう珍しくはない。

それでも、そこには必ず『ことわり』がある。

ならず者や山賊、ダークエルフやドラゴン、スライムでさえ、その行動には理由があるのだ。

しかし、だが、ゴブリンだけは、違う。ゴブリンたちにあるのは、悪意だ。

只人《ヒューム》を始め、他《ほか》の全ての、生きとし生けるものへの悪意。

ゴブリンを狩り続けるということは、その悪意と向き合い続けるということ。

それは決して冒険ではない。

自ら選んで、その道を突き進む。

そんな存在は、もはや冒険者でさえない。

彼だ。

薄汚れた革鎧と鉄兜を纏《まと》い、中途半端《ちゅうとはんぱ》な剣と盾を持った男。


「小鬼《ゴブリン》を、殺す者《スレイヤー》……」

誰かが、微かにその名を呟いた。

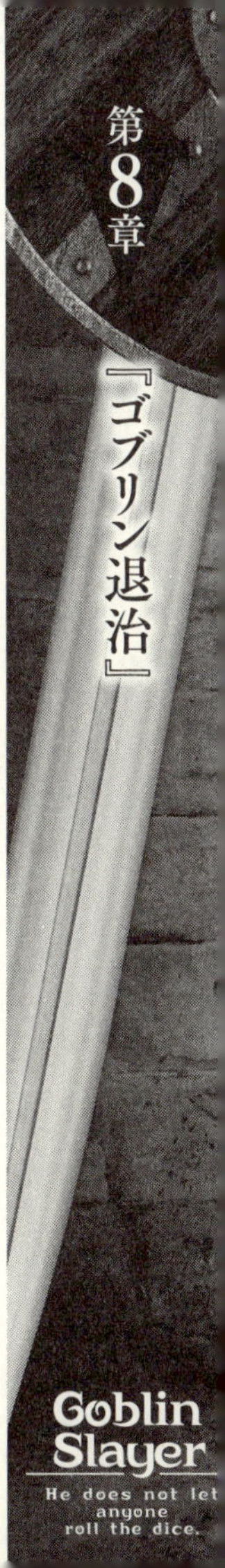

森人《エルフ》の虜囚《りょしゅう》を森まで送り届ける役目を買って出たのは蜥蜴僧侶《リザードマン》だった。

彼は腰に下げた袋から小さな牙《きば》を幾つか取り出し、それを床にばら撒《ま》く。

「禽竜《イワナ》の祖たる角にして爪《つめ》よ、四足、二足、地に立ち駆けよ」

すると音を立てて散らばった牙は、ブクブクと沸騰するようにして膨れ上がった。

ほどなく牙は直立した蜥蜴の骨の姿となり、蜥蜴僧侶に頭《こうべ》を垂れて跪《ひざまず》く。

「父祖より授《さず》かった奇跡、《竜牙兵《ドラゴントゥースウォリアー》》である」

「戦力としては、どうだ」

「拙僧《せっそう》も相応の位階故、小鬼の一匹、二匹程度に後れを取らぬ程度には」

ゴブリンスレイヤーに、蜥蜴僧侶はそう説明した。

事情をしたためた手紙をもたせ、竜牙兵は森人《エルフ》を担《かつ》ぎあげ、出発する。

これで一行は《小癒《ヒール》》と合わせて二つの呪文、奇跡を消費した事になる。

だが、誰《だれ》も抗議はしなかった。

「なんなのよ、もぉ………こんなの、わけわかんない……ッ」

妖精弓手《エルフ》はうずくまって啜《すす》り泣き、女神官が彼女の背をさすっていた。

汚物の充満した部屋の中だったが、不思議ともう臭《にお》いは気にならない。

——慣れてしまった、のでしょうね。

女神官は足元が揺れるような心持ちで、諦《あきら》めたように、微《かす》かに笑った。

鉱人道士《ドワーフ》はしかめ面《つら》で口髭《くちひげ》を弄《いじ》っていた。彼は気分が悪いと言って、部屋の戸口に立っている。

その横を、森人《エルフ》を担いだ竜牙兵が通り抜けていく。

ゴブリンスレイヤーは、全《すべ》てに背を向けていた。

彼はゴミ溜《た》めを漁《あさ》り、弄り、崩し、やがて汚物の中から何かを引っ張りだした。

それは明らかに冒険者向けの、帆布で作られた頑丈な背嚢《はいのう》だった。

ゴブリンたちが中を引《ひ》っ掻《か》き回し、その内に飽きて捨てたのだろう。かなり汚れている。

ゴブリンと同じように、ゴブリンスレイヤーも背嚢の中を引っ掻き回した。

「やはり、あったか」

そして乱雑に丸められた紙片を取り出す。ずいぶんと古めかしく、やや黄ばんでいた。

「…………何ですか、それは」

女神官が妖精弓手《エルフ》の背を撫《な》でながら、そっと聞いた。

「あの森人の荷物だろう」

ゴブリンスレイヤーは淡々と応じて紙片を——否、乾燥させた葉を広げた。

流麗な筆致《ひっち》で描かれた図形を彼は指先でなぞり、納得したように頷《うなず》く。

「遺跡の地図だ」

「あの人、それを頼りにここへ潜《もぐ》ったんですね……」

不幸にも、彼女はここがゴブリンの巣穴になっているとは、思いもよらなかったのだろう。

未知の遺跡を踏破するのもまた冒険であればこそ、起こり得る事態。

なら、自分たちが間に合ったのは——運が良かった、とは。彼女は思いたくなかったが。

「左の道の先は回廊だ」

ゴブリンスレイヤーは丹念に地図を調べながら言った。

「吹き抜けになっている。十中八九、其処《そこ》だ。奴《やつ》らが寝れるほど広い場所は他《ほか》にない」

ゴブリンスレイヤーは無造作に地図を折りたたみ、自分の雑嚢《ざつのう》に押し込んだ。

「左で正解らしい」

「……ふん」

鉱人道士は不機嫌そうに鼻を鳴らした。

ゴブリンスレイヤーはその他、軟膏《なんこう》など幾つかの品を森人《エルフ》の荷物から取り出す。

そしてその背嚢を、無造作な手つきで妖精弓手へと放った。

「…………？」

「お前が持て」

俯《うつむ》いていた妖精弓手が、背嚢を受け取ってきょとんと顔をあげた。

擦《こす》ったせいか、潤んだ目尻《めじり》は赤く腫《は》れていて、酷《ひど》く痛々しい表情だった。

「行くぞ」

「ちょっと、そんな言い方は……！」

「……良いの」

声を荒らげた女神官を遮《さえぎ》って、ふらつきながら妖精弓手が立ち上がる。

「行かないと、いけないものね」

「そうだ」

ゴブリンスレイヤーは淡々と応じた。

「ゴブリンは殺さなければならん」

ずかずかという乱暴な、いつも通りの無造作な足取り。

彼は蹴倒《けたお》した扉を踏みしめて、至極あっさりとゴミ溜めから出て行った。

振り返る事はない。

「あ、ま、待ってください！」

「……………」

それに女神官と妖精弓手が小走りで続く

残された冒険者二人は、そっと顔を見合わせた。

「……………まったく。とんでもない奴だわい」

鉱人道士が髭を捻《ひね》って溜息《ためいき》をついた。

「あんな輩《やから》がいるとは、只人《ヒューム》っちゅうんは、なんというか……」

「夜明けの暴君《エオティラヌス》もかくや、とは、あながち嘘《うそ》ではなかったようですな」

蜥蜴僧侶がぐるりと大きな目を回した。

「半ばイカれっちまうくらい腕っこきの職人が、あんな風だの」

「ともあれ、行かねばなるまい。拙僧とて、彼奴らを許してはおけぬ」

「わしもじゃよ、鱗《うろこ》の。そもそも小鬼どもは、鉱人《ドワーフ》にとっても不倶戴天《ふぐたいてん》の敵じゃい」

鉱人道士と蜥蜴僧侶も頷き合い、ゴブリンスレイヤーの後を追う。

左の道は一転、まるで迷路の如《ごと》く入り組んでいた。

砦《とりで》なればこその構造だ。地形を把握していなければ進むことも叶《かな》わなかった。

だが、彼らには森人《エルフ》の残した地図があった。罠《わな》に関しても、探索者は二人いる。

途中、警邏《けいら》のゴブリンに出くわすことが何度かあったが、概ね、順調だったと言える。

ゴブリンは妖精弓手が短弓で射殺し、仕留め損なえば、ゴブリンスレイヤーが飛びかかる。

結局、一行と遭遇して生き延びたゴブリンは一匹もいなかった。

女神官が妖精弓手の、張り詰めた弦《つる》のような顔をそっと窺《うかが》う。

あの奇跡的な射撃を、入口で見せた彼女だ。仕留め損なうなんて事が、そうあるとは……。

対して、ゴブリンスレイヤーはいつも通りだった。

彼はずかずかという無造作な足取りで進んでいく。

「呪文は幾つ残っている？」

やがて幾度目かの、そして回廊を前にした最後の小休止。

壁に寄り掛かったゴブリンスレイヤーが、自分の武器を交換しながら、静かに言った。

女神官は、隅にしゃがみ込んだ妖精弓手の傍《そば》に寄り添い、肩を擦りながら頷く。

「えっと、わたしは《小癒《ヒール》》を使ったきりなので……あと二回です」

「拙僧も《竜牙兵《ドラゴントゥースウォリアー》》を一度のみだ。三回は行けるが……」

蜥蜴僧侶は尻尾《しっぽ》をゆらしながら自身の荷物を探り、牙を一摑《ひとつか》み手にとった。

「《竜牙兵《ドラゴントゥースウォリアー》》の奇跡には触媒がいる。この呪文に関しては、あと一度だと思ってもらいたい」

「わかった」

ゴブリンスレイヤーは頷いた。ぐるりとその視線が鉱人道士へ向かう。

「お前はどうだ」

「そうさの……」

鉱人道士は、ひのふのと呟《つぶや》きながら、小さく短い指を折って数えた。

「わしはまあ、呪文にもよるが……四回か、五回か。ま、四回は確実じゃ。安心せい」

「そうか」

高位の術者ほど呪文の使用回数が増える――が、決して劇的なものではない。

そもそも呪文遣いの力量とは、行使できる呪文の種類と難度によって定まる。

天賦《てんぷ》の才を持つ、それこそ最上位の白金《はくきん》等級冒険者でもない限り、一日に数回が限度。

だからこそ、呪文一回の価値は極めて高いのだ。浪費する者から死んでいく。

「あの、飲みますか？　……飲めますか？」

「………ありがとう」

女神官がそっと差し出した水袋に、妖精弓手は静かに口付ける。

彼女はここまで、ほぼ無言だった。

女神官が心配して声をかける度、妖精弓手はかろうじて笑みを浮かべて首を横に振る。

無理もない、と女神官は思う。自分の同族がどうなったかを見せ付けられたのだ。

彼女自身、時折、かつての仲間の末路を夢に見る。

あの時は二人きりで、休む暇もなく必死に動いていた。

今にして思えば、落ち着く暇がなかったのは幸運だったのだ。

「あまり腹に物を入れるな。血の巡りが悪くなる」

動きが鈍《にぶ》る。ゴブリンスレイヤーが、淡々と言う。

妖精弓手を気遣ってのものではない。極めて義務的な、単なる確認だった。

思わず、女神官は妖精弓手を庇《かば》うように立ち上がった。

「ゴブリンスレイヤーさん！　もう少し、こう……ッ」

「誤魔化《ごまか》す必要がない」

緩く首を横に振って、彼は応じる。

「行けるなら来い。無理なら戻れ。それだけだ」

「……馬鹿言わないで」

口元の水雫を拭《ぬぐ》いながら、妖精弓手は言った。

「私は野伏《レンジャー》よ。他の人……オルクボルグ一人じゃ、斥候《スカウト》や罠の探索ができないでしょ」

「やれる者でやれる事をやるだけだ」

「戦力が足らない、って言ってるの。ただでさえ五人しかいないんだから」

「人数は問題ではない。ここを放置する方が問題だ」

「ああ、もう……ッ！」

妖精弓手は頭をかきむしった。長耳がピンと逆立つ。

「なんなのよ、もう！　わけわかんない……！」

「……なら、戻るか？」

「できるわけないでしょッ!?　森人《エルフ》があんな事されて！　近くには私の故郷だって……！」

「……そうか」

激高する妖精弓手に、ゴブリンスレイヤーは短く頷いた。

「なら、行くぞ」

そう言って彼は立ち上がった。小休止終了の宣言だった。

無言でそのまま先へ進むゴブリンスレイヤー。

その背中を妖精弓手は噛《か》みつかんばかりに睨《にら》む。

「落ち着け、耳長の。敵地で騒ぐもんじゃあないわい」

「……そうね」

ぽん、と。鉱人道士が彼女の背を叩《たた》く。妖精弓手の長耳が垂れ下がった。

「ごめんなさい。鉱人《ドワーフ》に従うのは癪《しゃく》だけど。正しい意見だわ」

「ほ！　やっと調子が戻ったようだの」

短弓を携《たずさ》えて、妖精弓手が歩き出した。女神官が鉱人道士に会釈《えしゃく》して続く。

その後に鉱人道士が、雑嚢を探りながら行く。そして蜥蜴僧侶が最後尾についた。

「……油断は禁物じゃの」

「うむ。拙僧も、祈禱《きとう》の準備をしておかねば」

蜥蜴僧侶は奇怪な手つきで合掌した。

§

地図の通りに進んだ一行は、ほどなく回廊へと行き当たった。

手振りで先行する旨《むね》を伝えると、妖精弓手は、爪先《つまさき》を立てて猫のような足取りで前へ出る。

目にしたのは、広大な空間だ。

回廊は地図の通り、吹き抜けになっていた。見上げた天井《てんじょう》は、恐らく地上にまで至っている。

数千年を生きる森人《エルフ》を除いて——いや、森人《エルフ》を含めてさえ、歳月に勝てる者はいない。

それでも白亜の壁には美しい筆致で、神代の世界をめぐる争いの絵が残されていた。

美しき神々が、禍々《まがまが》しき神々が、剣を揮《ふる》い、雷槌《らいつい》を投げ、やがてはサイコロへ手を伸ばす。

創世の図。ここが砦であったのだとすれば、かつての兵士は何を思って眺めていたのだろう。

このような状況でさえなければ、妖精弓手も溜息を漏《も》らして見入ったかもしれない。

だが、今の彼女はとてもそんな気になれなかった。

回廊の手すりから、そっと吹き抜けを覗《のぞ》き込む。

崖のように切り立った壁面の下には、果たして、ゴブリンどもが蔓延《はびこ》っていた。

それも一匹や二匹、十匹や二十匹でさえない。

気の遠くなるほどの数。冒険者五人の両手の指を合わせても、とても足らない。

ごくりと妖精弓手は唾《つば》を飲む。胸の内で燻《いぶ》っていた怒りの炎が、さっと冷えた。

あの森人《エルフ》はこれだけの数の小鬼どもの慰み者にされたのだ。

迂闊《うかつ》な事をすれば自分にどのような運命が待ち受けているのか。

これに一人で挑む勇気を、彼女は持ちあわせていない。

鳴りかける歯の根を抑える為《ため》、妖精弓手はグッと唇を嚙み締めた。

「どうだ」

「…………ッ⁉」

びくりと妖精弓手が震え、耳がピンと逆立った。

ゴブリンスレイヤーだ。彼はいつのまにか、彼女の隣に屈《かが》みこんでいた。

妖精弓手が下方に意識を集中していたのもある。

だが、普段の乱雑な歩き方から予想できないほど、彼は物音一つ立てずに動いていたのだ。

気づかれることを考慮してか、松明《たいまつ》は手にしていない。

「お、脅かさないでよ……！」

「そんなつもりはなかったな」

妖精弓手は恨めしげにその鉄兜《てつかぶと》を睨む。額《ひたい》に滲《にじ》んだ汗を拭って頷いた。

「見ての通りよ。かなりいる」

「問題にもならん」

ゴブリンスレイヤーは淡々と言った。

彼は残りの仲間を手招きで呼び寄せ、組み立てた作戦を手早く伝達した。
反論は、なかった。

§

最初に異変に気付いたのは、寝床の中から這い出てきた一匹のゴブリンだった。
そろそろ見張りの交代の時分であるが、前の当番はまだ戻っていないらしい。
どれ、またぞろあの長耳の森人《エルフ》を痛めつけてやろう。
最近は鳴きが悪くなってつまらないが、じきに代わりを捕まえれば良い。
機会は、すぐに訪れるのだから。
彼は大きく伸びをし、その餓鬼のような身体を解《ほぐ》した。
そうして欠伸《あくび》をした時、そのゴブリンは回廊の上に異様な物を見た。
鉱人《ドワーフ》だ。
鉱人《ドワーフ》が、手にした赤い壺《つぼ》の中身をグビリと呷《あお》っていた。
「GUI……?」
そして理解できず首を傾《かし》げるゴブリン目掛け、吐《は》き出した。飛沫《しぶき》が霧のように散った。
ゴブリンは鼻を鳴らす。これは酒だ。あの鉱人《ドワーフ》は酒をぶちまけている。

「《呑《の》めや歌えや酒の精《スピリット》。歌って踊って眠りこけ、酒呑む夢を見せとくれ》」

さらにもう一度。ぼんやりと見上げているゴブリンに、酒の雫《しずく》が振りかかる。

理解できない行動であったが、彼はともかく仲間に知らせようと口を開けた。

「――――」

だが、声がでない。いや、舌は動くし呼気も漏れるが、音に成らないのだ。

はて、これはどうしたことだろうか。

見れば、鉱人《ドワーフ》の隣に華奢《きゃしゃ》な只人《ヒューム》の女が立って、杖《つえ》を振りかざしていた。

「《いと慈悲深き地母神《ちぼしん》よ、我らに遍《あまね》くを受け入れられる、静謐《せいひつ》をお与えください》……」

か細く繊細な声が如何《いか》なる意味を持つのか、ゴブリンには、まるでわからなかった。

懸命に小さな頭で考えるも、何やら妙にふわふわとして、心地が良くてたまらない。

どうせ前の当番はまだ戻っていないのだ、もうひと寝入りして良いだろう。

大きく欠伸をして、彼は再び寝床に潜り込む。

そして、彼は死んだ。

自分が《酩酊《ドランク》》と《沈黙《サイレンス》》を使われたと知る事もなく。

ゴブリンスレイヤーが手にした短剣で、その喉笛《のどぶえ》は切り裂かれていた。

彼は目を見開き、喉から血泡を吹き出すゴブリンの喉を、容赦なく押さえ、殺す。

他にも妖精弓手と蜥蜴僧侶が音もなく回廊を降り、広場で武器を振るっていた。

女神官と鉱人道士らが呪文を維持している間に、手早く片付ける必要があった。

それ自体はもう、淡々としたものだ。

眠りこけているゴブリンの喉を一匹ずつ裂く。息絶えるまで押さえ、動かなくなれば次へ。

戦闘とさえ呼べない、単純な作業の繰り返し。

だが、楽な仕事とはいえなかった。

「…………ッ」

三匹目の喉を裂いた頃《ころ》から、妖精弓手は疲労を隠せなくなった。

額に汗がにじむ。石のナイフの刃が血脂で鈍る。焦《あせ》って何度懸命に拭っても脂が落ちない。

ふと横を見る。他の仲間はどうしているのだろう。

蜥蜴僧侶が用いているのは獣の牙を研いだ刀だった。白い刃が、既に真《ま》っ赤《か》に染《そ》まっている。

切れ味が鈍る様子がまるで見えない。奇跡で創りだされた武器に違いなかった。

そしてゴブリンスレイヤーは、無造作に次々とゴブリンの喉を切り裂いている。

——彼、普通の武器しか持ってなかったわよね。

妖精弓手は、森人《エルフ》の狩人《かりうど》ならではの視力で、彼の手元を注視した。

また一匹のゴブリンを殺した彼は、死骸《しがい》の指を砕いて短剣を奪い、鈍った刃を捨てていた。

——なるほど。

妖精弓手はナイフをホルダーに収めて、ゴブリンスレイヤーに倣《なら》った。

仲間が殺戮《さつりく》されているとも知らず、眠っている小鬼の喉を裂いて殺し続ける。

そのうち、妖精弓手は自分の怒りが霧散している事に気付いた。

あの無残な同胞の姿を忘れたわけではない。ない、が。だが――……。

「…………」

心の内にあるのは、得体の知れない、機械じみた、無機質な冷たさ。

知らず、彼女はゴクリと唾を飲んでいた。視線をそっと彷徨《さまよ》わせる。

安っぽい革鎧《かわよろい》と鉄兜を纏《まと》い、淡々とゴブリンの喉を裂いていく男の方へ。

ゴブリンスレイヤーは全ての死体を二度刺して、生死を確認する手間を惜しまない。

――あいつ、どうやって独りでやる気……ううん。独りでも、やり続けてた、のよね。

その姿を、どう見れば良いのか。

妖精弓手にはわからなかったし、その間にも手はゴブリンの指からナイフをもぎ取っている。

結局、広場のゴブリンを皆殺しにするのは、三十分足らずで完了した。

白石造りの広場も、美しき神話の壁画も、全てがゴブリンの血を塗りたくられていた。

――血の海って、本当ね。

そんな表現がぴったりだと妖精弓手は思った。

やがて回廊の上にいた女神官と鉱人道士も、息を切らして広場へと降りてくる。

ぐるりと皆を見回したゴブリンスレイヤーが、剣の切っ先を広場の奥に向けた。

ただでさえ薄汚れていた全身が赤黒く染まっていたが……妖精弓手とて大差はない。

なにしろ、この奥にもまだ部屋があることは、地図によって明らかになっている。

探索し、捜索し、生き残りがいれば殺さねばならない。

彼と、目が——兜の奥だから、恐らくだが——あう。

頷き、ゴブリンスレイヤーはずかずかと無造作な足取りで歩き出した。

相変わらず、後ろを振り向こうともしない。

静かな世界だ。他の者が気づかなかったらどうするつもりなのか。

——まったく。

一同は顔を見合わせ、声を出さないままに笑いあった。

真っ先にゴブリンスレイヤーの後を追ったのは女神官だった。

妖精弓手も、鉛《なまり》のように重たい腕に短弓を持ってそれに続く。

やがて全員が揃《そろ》って広場を出ようとした——……と、その時だ。

ずん、と。大気が震えた。

沈黙の中で、その衝撃だけが轟《とどろ》いたのだ。

誰もが立ち止まった。

これから進もうとする行く手を睨んだ。

ゴブリンスレイヤーが素早く盾を構え、油断なく剣を抜き放つ。ゴブリンから奪った剣だ。

またひとつ、ずん、という衝撃。先程より近い。迫ってきている。
そして暗闇《くらやみ》の中から、それが姿を現した。
青黒い巨体。額に生えた角。腐敗臭の漂う息を吐く口。手にした巨大な戦鎚《せんつい》。
驚愕《きょうがく》に目を見開いた妖精弓手が、呟くように声を絞り出す。
「オーガ……ッ！」
ようやく音の戻った世界で、最初にその名前が木霊《こだま》した。

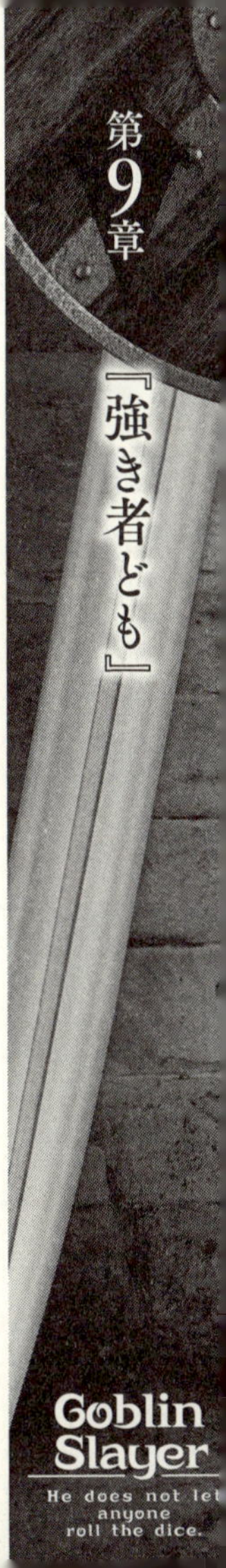

「ゴブリンどもがやけに静かだと思えば、雑兵《ぞうひょう》の役にも立たんか……」

オーガは裂けた口から呼気を漏《も》らした。吠《ほ》えるような声音《こわね》だった。

「貴様ら、先の森人《エルフ》とは違うな。ここを我らが砦《とりで》と知っての狼藉《ろうぜき》と見た」

痺《しび》れるような殺気が冒険者たちを突き刺した。金色の瞳《ひとみ》が爛々《らんらん》と燃えている。

冒険者たちは各々の武具を構え、姿勢を低く保ち、即応状態へ移る。

その中で、ゴブリンスレイヤーが淡々と言った。

「……なんだ。ゴブリンではないのか」

「オーガよ、知らないの……⁉」

妖精弓手《エルフ》が短弓に番《つが》えた矢を引き絞りながら、血相を変えて叫ぶ。

オーガ。人喰《ひとく》い鬼《おに》。

ゴブリンが言葉もつ者に向けるのが悪意ならば、オーガにあるのは獲物を狙《ねら》う狩猟欲だ。

祈り持《N》た《P》ぬ《C》者たるオーガは、冒険者にとって脅威として知られている。

遭遇した冒険者は、誰《だれ》も彼もが口々に語るのだ。その強さと恐怖とを。

曰《いわ》く、強固な楯を持った騎士がオーガの攻撃を受け止め、自らの楯を頭に埋《うず》めて死んだ。

曰く、さる勇士が百日決闘を挑んだ際、毎日無傷のオーガと戦わねばならず、力尽きた。

曰く、数多《あまた》の術を収めた魔術遣いがオーガとの知恵比べの末、術をかけられ焼き殺された。

第三位の銀等級が立ち向かうにしても、恐ろしい難敵。

ましてや最下位の白磁《はくじ》等級では、歯も立たず一蹴《いっしゅう》されてしまうだろう。

皆の顔に緊張が色濃く滲《にじ》み、女神官の震えが細腕を伝い、錫杖《しゃくじょう》をカチカチと鳴らす。

しかしゴブリンスレイヤーは、心底面倒臭《くさ》そうに言った。

「知らん」

何かが砕けるような音がした。それはオーガの歯ぎしりの音だった。

彼は目の前の安っぽい革鎧《かわよろい》と鉄兜《てつかぶと》の戦士を、有り得ない者を見るように睨《にら》みつける。

「貴様！　この我を、魔神将より軍を預かるこの我を、侮《あなど》っているのか……ッ‼」

「上位種がいるのはわかりきっていたが」

ゴブリンスレイヤーは「ふぅむ」と声を漏らして、首を横に振った。

「貴様も、魔神将とやらも、知らん」

憤怒のあまり、オーガは不明瞭な言葉で吠えた。

あふれ出る感情のまま叩《たた》きつけられた戦鎚《せんつい》により、白亜の石床が無残に砕け、遺跡が震える。

「ならば、その身を以《もっ》てして我が威力を知るが良い！」

その青白く巨大な左手が一行に向けて突き出された。

「《カリブンクルス……クレスクント……》」

ポウッとその掌《てのひら》に微《かす》かな光が生まれ、それがぐるりと裏返るようにして炎に転じる。

赤々と燃える炎は、やがて橙《だいだい》に、次いで白く、やがては蒼《あお》く――……。

「《火球《ファイアボール》》が来るぞぉっ!!」

「《――ヤクタ》！」

鉱人道士《ドワーフ》が胴間声で警告を叫ぶと同時に、オーガが呪文を投じた。

致命的な温度に達した火の玉が唸《うな》りを上げ、尾を引いて宙を飛ぶ。

「散って！」

妖精弓手の上ずった声。広範囲を巻き込む呪文には散開して一網打尽を防ぐのが常策だ。

冒険者たちがてんでバラバラに散らばる中、しかし一直線に前へ飛び出した者がいた。

「《いと慈悲深き地母神《ちぼしん》よ、か弱き我らを、どうか大地の御力でお守りください》……！」

女神官は小さな身体で火球の前へ立ちはだかると、錫杖を突き付け、魂削る祈りをあげる。

そしてその切実な願いを込めた嘆願を、慈悲深き地母神は聞き届けられた。

《聖壁《プロテクション》》の奇跡である。

燃え猛る火玉は不可視の壁によって宙空で阻《はば》まれ、ごうと音を立てて焼き尽くしにかかる。

「く、うう…………ッ！」

余波、余熱が女神官を襲い、その肌と髪とを容赦なく炙《あぶ》り、じりじりと焦《こ》がす。

突き出した錫杖がカタカタと震えた。女神官の額《ひたい》に汗がにじむ。

「い、と《いと慈悲深き地母神よ、か弱き我らを、どうか大地の御力でお守りください》！」

唇を乾かせ、肺を焼かれながら、懸命に彼女は重ねて祈りを捧《ささ》げる。

だが強烈な熱量を前に、見えざる守りはジリジリと溶かされ――……。

「あ、ああっ⁉」

悲鳴と共に、ついに《聖壁《プロテクション》》の奇跡は、《火球《ファイアボール》》によって突き破られた。

致命的な炎と熱は霧散したものの、強烈な熱風が広間を吹き荒れ、冒険者たちを襲う。

あっと言う間に大気から水気が消え去り、ゴブリンたちの血溜《ちだ》まりが乾き切る。

だがしかし、それは痛痒《ダメージ》にまでは至らない
「っ、はぁ……！　はぁっ、はぁっ……う、あっ……！」

だがその代償として、がくりと女神官は膝《ひざ》を突き、大きく舌を出して喘《あえ》いだ。

耐え得る限度を上回る超過祈禱《オーヴァキャスト》。

魂を擦《す》り減《へ》らしながら天上と直結した少女の顔は血の気が失せ、驚くほどに冷え切っていた。

「……ご、めぇ、…………な、さ…………い……！」

「……いや。助かった」

ゴブリンスレイヤーが盾を構え、一歩前に出ながら呟《つぶや》く。

「お疲れ様。……大丈夫、後は任せて」

必死に頷《うなず》きながらも錫杖に縋《すが》るように崩折《くずお》れた女神官を、寄り添うように妖精弓手が支える。

「小癪《こしゃく》な小娘め……！　あの森人《エルフ》のように、楽に生かされると思うな！」

「やれるものなら、やってみなさい……ッ」

妖精弓手は、女神官を背に庇《かば》い、引き絞ったままの短弓をオーガへと突き付ける。

その様を前に、オーガが戦鎚を振り上げての戦吠え《ウォークライ》。

「《竜牙兵《ドラゴントゥースウォリアー》》を出せ。手が足らん」

油断なく盾を掲げて身を守りながら、ゴブリンスレイヤーは言う。

鉄兜はオーガから逸《そ》らされず、ゴブリンから奪った中途半端《ちゅうとはんぱ》な剣が、切っ先を向ける。

「承《うけたまわ》った、小鬼殺し殿！」

蜥蜴僧侶《リザードマン》は奇妙な手つきで合掌した。続けて彼は小さな牙《きば》をばら撒《ま》く。

「《禽竜《イワナ》の祖たる角にして爪《つめ》よ、四足、二足、地に立ち駆けよ》！」

瞬く間に牙が沸騰し、骨の兵士が立ち上がった。

「《伶盗龍《リンタオロン》の鉤《かぎ》たる翼よ。斬り裂き、空飛び、狩りを為《な》せ》！」

続けざまに《竜牙刀《シャープクロー》》の祈禱《きとう》。

合掌の内に封じた牙が見る間に膨《ふく》らみ研磨され、見事な曲刀へと転じる。

産み出された牙刀を竜牙兵へ握らせ、自身もまた鞘《さや》から小刀を引き抜いた。

「拙僧《せっそう》と竜牙兵、小鬼殺し殿が前に出る！　援護を頼む！」

「心得たわい！」

鎚打つような返事と共に鉱人道士がポケットから砂を一摑《ひとつか》み、宙空へと振りかける。

「《仕事だ仕事だ、土精《ノーム》ども。砂粒一粒、転がり廻《まわ》せば石となる》！」

「させると思うか、鉱人《ドワーフ》風情が！」

オーガが戦鎚を振り上げ、大きく踏み込む。砕けた広間の床が更に大きく震えた。

前衛を蹴散《けち》らして一挙に後衛を叩く心算か。それを可能にする膂力《りょりょく》も彼奴《きゃつ》は秘めている。

「鉱人《ドワーフ》ったら遅いんだから……！」

そうはさせじと妖精弓手が弦《つる》を絞り、木芽の鏃《やじり》を字義通り、矢継ぎ早に撃ちかける。

「う、ぐおぉおぉっ⁉」

狙い違わず右目を射抜《いぬ》かれたオーガは、思わず踏みとどまり、顔を覆《おお》ってのけぞった。

「悪いな、わしらにゃわしらの戦い方があるんじゃ！」

抜け目ない鉱人《ドワーフ》がその瞬間を活かす術《すべ》を知らぬわけもない。

瞬間、宙を漂っていた砂が礫《つぶて》に転じ、オーガの巨体へと釣瓶《つるべ》撃ちに襲いかかった。

《石弾《ストーンブラスト》》の術だ。

「ぬうぅっ！　石打ちの手妻《てづま》如《ご》きで、我を倒せると思うたか！」

連続する衝撃に、オーガの巨体が一瞬よろめく。

だが、そこまでだ。すぐに石を振り払い、人喰い鬼が冒険者たちへと迫った。

それを迎え撃つのは、ゴブリンスレイヤーただ独り。

彼は盾を翳《かざ》して躍《おど》り出ると、素早くオーガの脚を目掛けて剣で切り付けた。

小さく、速く、常と同じく無慈悲で的確なその一撃は――

「む……！」

金属音と共に、容易《たやす》く弾《はじ》かれる。オーガの皮膚は、たとえ足の腱であっても、岩のように硬い。

「ちょこざいなぁっ!!」

「が……ッ!?」

姿勢を崩した戦士目掛けて、掬《すく》い上げるような戦鎚の一撃。

大きく鎧がひしゃげ、ゴブリンスレイヤーの身体は宙を舞い、無様に地面へ叩きつけられた。

「オルクボルグ!?」

「ゴブリンスレイヤーさんッ!?」

妖精弓手が叫び、女神官が青ざめた顔で悲鳴を上げる。

「我をゴブリン風情と同じに思うな！」

オーガが吠えながら右目に刺さった矢を抜き、折り捨てた。

潰《つぶ》れたはずの右目は瞬く間に泡立ち、癒《い》え、爛々と憎悪に燃えはじめる。

恐るべきは膂力のみならず、この治癒力か。ぎり、と妖精弓手が歯ぎしりする。

「だが、我の術を阻み、この目を潰すという屈辱に見合った、代価は貰《もら》うぞ！」

追撃の戦鎚がゴブリンスレイヤー目掛けて振り上げられた。

「まずは貴様の四肢を砕き、その目の前で森人《エルフ》、只人《ヒューム》の小娘どもを嬲《なぶ》ってやろう！」

「人喰い鬼よ、そう容易くは行かぬ！」

叩き込まれる戦鎚から彼を救ったのは、蜥蜴僧侶の命を受けた竜牙兵だった。

忠実たる化石の従者は、ゴブリンスレイヤーを間一髪引きずり出す。

「ゴブリンスレイヤーさん……！　ゴブリンスレイヤーさん……！」

壁際《かべぎわ》に避難させられたゴブリンスレイヤーへ、ふらつきながら女神官が駆け寄った。

「巫女殿《みこどの》、任せた！」

「ええい、邪魔をするな、沼地の蜥蜴《とかげ》がッ!!」

彼女にゴブリンスレイヤーを託し、蜥蜴僧侶共々、竜牙兵がオーガの行く手を阻む。

振り下ろされる戦鎚を、蜥蜴僧侶は尾を揺らして巧みに避けた。

「術師殿、野伏《レンジャー》殿、援護だ！」

「鉱人《ドワーフ》、さっさと術！」

「わぁっとるわい！」

応じて、砕けた広間を素早く駆けながら、妖精弓手が立て続けに短弓を放つ。

次々に枝矢が宙を飛び、オーガの青白い巨体に刺さる……が。

「羽虫の如き小娘が、鬱陶《うっとう》しいぞ！」

「っ、きゃ、あ!?」

だが、それだけだ。オーガは全《まった》く体力の衰えた様子もなく、戦鎚を壁へと打ち込んだ。

衝撃と振動に足場を揺らされ着地点を見失った妖精弓手が宙に浮く。

翼なきものが宙に受けば動けぬは必定。その隙《すき》を逃すオーガではない。踏み込み、一撃。

「なん、のぉっ！」

だが森人《エルフ》もさるもの。振り下ろされた戦鎚を、彼女は曲芸めいて宙で身を捻《ひね》って潜《くぐ》り抜けた。

しかしオーガの攻撃は、ただ妖精弓手を潰すためだけのものではない。

「ぬ……！」

「お!?」

先の意趣返しとばかり、衝撃によって崩れた天井《てんじょう》から降《ふ》り注《そそ》ぐ、瓦礫《がれき》の礫。

蜥蜴僧侶はするりと這うように、鉱人道士は大慌てで転げるようにして掻《か》い潜った。

しかし肉なき竜牙兵は、これに対応できるほど速くない。

石の雨に打たれ、動きを止めた所に鉄塊の如き戦鎚。

竜牙兵は粉々に砕け、元の通り、骨の欠片《かけら》と成り果てる。

標的を散らすという役目は十二分に果たした、が……。

「これはいかぬ！」と、蜥蜴僧侶。

「骨と枝と石くれで、我が止められるとでも思うたか！」

全身に突き立つ矢を戦鎚で振り払い、へし折りながらオーガが吠え猛る。

戦鎚の衝撃で崩れる瓦礫の山から、先の二の舞は御免と、慌てて妖精弓手が飛び退いた。

「このままじゃやられちゃうわよ！」

大声で喚《わめ》きながらも彼女は次の矢を弓に番え、宙を跳びながら射掛け続ける。

痛痒《ダメージ》にならずとも他《ほか》に手はなく——その矢でさえ、限りがある。

「わしの術もこれで打ち止めじゃ！」

続けて鉱人道士が再び砂をまき散らして《石弾《ストーンブラスト》》をオーガへと叩きこむ。

だが礫を体中に受けた一瞬こそオーガの肉体は揺らぐものの、やはりその勢いは変わらない。

「ぬるいぞ、妖精ども!!」

「ええい、やっぱ《火矢《ファイアボルト》》でも習っとくべきだったか……！」

空《から》の手を振って、鉱人道士は思い切り舌打ちをし、顔をしかめる。

「それとも、《酩酊《ドランク》》かけた方が良かったかのう」

「手遅れですな」

蜥蜴僧侶は軽《かろ》やかに言って、目をぐるりと回した。

「……逃げますかな？」

「よせやい」鉱人導師が、愉快そうに言った。「ご先祖様に髭《ひげ》を抜かれっちまわぁ」

「同感ですな。竜とは逃げぬものなれば」

軽口を交わした蜥蜴僧侶が、諦《あきら》めずに小刀を構える。その横で鉱人導師が投石紐《スリング》を抜いた。

「ははははは！　どうした、冒険者よ。その程度か……！」

幾度目か、オーガの一撃が広場を揺るがす。何匹かゴブリンの躯《むくろ》が潰れ、まとめて吹き飛ぶ。

傍《かたわ》らに血肉が飛び散ると、それを浴びたゴブリンスレイヤーは呻《うめ》き、微かに身じろぎをした。

「…………ぬ」

「ゴブリンスレイヤーさん！」

女神官が目に涙を浮かべて呼びかけ、彼の頭の下を抱き寄せるようにして支える。

その助けを借りて、ゴブリンスレイヤーは、ようやく頭をもたげた。

「……よく、見えん。……どう、なっている」

「皆、まだ、戦ってます……！」

「そうか。……治癒の水薬《ヒールポーション》を――強壮の水薬《スタミナポーション》もだ」

手早く装備の状態を検《あらた》めながら、ゴブリンスレイヤーは淡々と言い、ぎこちなく身を起こす。

盾と革鎧の胸元《むなもと》が大きくひしゃげ、頭に違和感を覚えて触れると、鉄兜にへこみがあった。

全身が軋《きし》むようで、呼吸の度に刺すような痛みはある、が――……。

痛みがあるという事は、生きているという事でもある。問題はない。

決して浅からぬ傷ではあったが――この安っぽい防具こそが、彼の命を救ったのだ。

「……はいッ！」

「すまん」

女神官が荷物から瓶《びん》を取り出し、栓を抜き、甲斐甲斐《かいがい》しく差し出してくる。

ゴブリンスレイヤーは無造作に受け取ると、一本、二本とガブガブ呷《あお》った。

投げ捨てた空《あ》き瓶が、焼け焦げた白亜の床に新たな傷を作って割れ砕けた。

神の奇跡と異なり、水薬や精力剤の薬効は、決して大きなものではない。

多少なり痛みは和《やわ》らいだものの、全身が鉛《なまり》のように重たい。

だが、身体は動かせるようになった。ならば、問題はない。

「……やるぞ」

ゴブリンスレイヤーは砕けかけた剣を支えに、ゆっくりと立ち上がった。

「俺《おれ》の、雑嚢《ざつのう》はどこだ」

「ここに、あります、けど……」

覚束《おぼつか》ない手つきなのは、疲労困憊《ひろうこんぱい》した女神官とて同じだ。

だが彼女は弱音を吐《は》く事も、それを見せる素振りもなく、彼の雑嚢を引き寄せる。

「…………よし」

ゴブリンスレイヤーは自分の荷物を引っかき回すように漁《あさ》り、やがて巻物《スクロール》を抜き取った。

女神官が青ざめ、涙で顔をくしゃくしゃにしながらゴブリンスレイヤーを覗《のぞ》きこむ。

「無茶は……」

「無茶をして勝てるなら、するが」

女神官の言葉に、ゴブリンスレイヤーはゆるく首を振った。

「それで上手《うま》く行くなら……苦労はしない」

彼女の手を払うようにして、彼は立ち上がり、前へ出た。

ぼたぼたとどこかの傷口から滴《したた》った血が、足元の床を赤黒く汚す。

だが、足を滑らせさえしなければ、それで良い。

「オルクボルグ！」

妖精弓手が、彼の姿を認めて叫ぶ。

「仕掛ける。手はある」

「わかった！　やって！」

ゴブリンスレイヤーに説明を求めもせず妖精弓手は頷き、短弓に矢を番えた。

「よし、かみきり丸、わしゃ信じるぞ！」

「いかんせん、こちらも厳しいからな」

鉱人道士と蜥蜴僧侶が頷きあい、妖精弓手の矢と共に飛び出した。

だが――……。

「……ッ！」

妖精弓手が、唇を噛《か》みしめた。

前に出たゴブリンスレイヤーは、砕けかけた盾を掲げ、深く腰を落として身構えている。

傷はどう見ても深手。あと一撃でも当たれば、肉も骨も潰《つい》えて、彼は死んでしまうだろう。

――ううん、違う。

だけど、と。妖精弓手は首を横に振った。

――あれは、機会を見計らっているだけ……。

あの男ならば、何かする。何かやらかしてのける。

――なら、後は私の仕事をする……！

投石紐《スリング》を構えた鉱人道士が、足元の瓦礫を拾い、それをオーガへと投げ撃つ。

蜥蜴僧侶がオーガの前を擦り抜けるように走り、その爪先《つまさき》を切りつける。

無論、間断なく降り注ぐ妖精弓手の矢とて忘れてはならない。

「雑魚《ざこ》どもが！　小五月蝿《こうるさ》いッ!!」

全身に矢を浴び、苛立ったオーガの戦鎚が嵐《あらし》のように吹き荒れる。

叩きつける一撃一撃が、広間を砕き、死体を巻き上げた。

だが、それでもゴブリンスレイヤーは、じり、じりと間合いを詰め続ける。

オーガは不満げにその死に体の戦士を見降ろし、次いで厭《いや》らしく顔を歪《ゆが》め、嗤《わら》った。

「そういえば、人族の小娘は奇跡を使い切って、精魂が尽き果てていたなぁ……」

再び、巨大な掌が突き出される。

「《カリブンクルス……クレスクント……》」

呪文が口ずさまれ、見る見るうちに白熱した火球が創りだされていく。

誰かがごくりと唾《つば》を飲んだ。

「う、あ……！」

何とか立ち上がろうとした女神官が、がくりと膝を折る。震える手から、錫杖が零《こぼ》れ落ちた。

「案ずるな。運良く生き延びていたら、そいつは殺さないでおいてやろう」

炎は徐々に白み、やがて蒼く輝いて冒険者たちを照らし、焦がし始める。

防ぐ手立ては、ない。

「餌《えさ》にしろ、孕《はら》み袋にせよ――減った小鬼も、増やさねばならぬしな」

その時、燃え盛る火球の前へと、ゴブリンスレイヤーが矢の如く跳び出した。

オーガはそれを鼻で嘲《あざけ》った。あのような弱い戦士に何ができる。死にかけではないか。

「ならば望み通り、貴様は焼き尽くし、消し炭も残さぬ……！」

迸《ほとばし》る真に力ある言葉は、容易く世界の理《ことわり》を書き換え、強大な熱へと転じていく。

「《ヤクタ》《投射》！」

大気を燃やすように、火の玉が投じられた。

迫りくる死。

女神官が、あるいは妖精弓手が悲鳴を上げ、
蜥蜴僧侶と鉱人道士が彼女らを守らんと前へ出て、
そして、

「馬鹿め」

迎え撃つ男の、淡々とした呟き。

轟音《ごうおん》。

閃光《せんこう》。

やがて、静寂。

「あ……。お……？」

その瞬間、何が起こったのか、オーガにはわからなかった。

僅かな浮遊感。そして、彼の巨体は広間の瓦礫の中へと叩き込まれていた。

威力を上げすぎて反動でよろけたか？　それとも、連中の小細工か？

その、どちらも違った。

「……ッ⁉」

オーガは衝撃に息を詰まらせた。視界に、自分の両足が見えた。

腰から上の欠けた、自分の両足を。

ぶすぶすと全身から煙をあげながら、ゴブリンスレイヤーが近づいてくる。

オーガは、自分が真《ま》っ二《ぷた》つに切り裂かれた事を、ここでようやく悟った。

「が、ぼぉ……ッ！」

何かを言おうと口を開いた瞬間、どす黒い血の塊がこみ上げてくる。

それを吐き出すと同時に、オーガの鼻は鉄の臭《にお》いに入り混じる、奇妙な香りを嗅ぎ取った。

潮《しお》だ。

海水が、広間一杯にぶち撒けられていた。

オーガの血と、ゴブリンスレイヤーの血と入り混じり、薄紅に染《そ》まりながら。

――何故《なぜ》だ⁉　何が起こった⁉　……何をされた⁉

腸《ちょう》を晒《さら》しながら、激痛に身悶《みもだ》えするオーガの疑問に対して、無機質な声が答えた。

「《転移《ゲート》》の巻物《スクロール》だ」

ゴブリンスレイヤーが、紐解《ひもと》かれ、超自然の炎によって自然と燃え尽きていく巻物《スクロール》を投げる。

それは海水に浸《ひた》りながらも、ぬらぬらと舐《な》めるように火に呑《の》まれ、跡形もなく消え去った。

「海の底へと繋《つな》げた」

ゴブリンスレイヤーの言葉に、妖精弓手が——いや、誰も彼もが、言葉を失った。

即座に売り払われる巻物《スクロール》の中で、唯一、冒険者が手放したがらないものがある。

失われた呪文、《転移《ゲート》》が記《しる》されている巻物《スクロール》だ。

真に力ある言葉で行先を書き加えねばならないが、彼方《かなた》へ繋がる門を生み出す古代の遺物。

冒険者たちにとって切札にも、命綱ともなりうる道具であるが、市場に出回る事はほぼ皆無。

手に入れるには自ら遺跡に潜《もぐ》って探索を続けなければならず……。

そして白金《はくきん》級の冒険者でもなければ、よほどの幸運がない限り手に入らない。

それを惜しげもなく、ゴブリンスレイヤーは脱出どころか、攻撃の為《ため》に行使したのだ。

冒険者ギルドの魔女に、高い報酬を支払って、海底へと接続してもらった上で。

かくて門から飛び出した高圧の海水は、瞬間的に火球ごとオーガの肉体を両断したのだった。

「お、ご、おあ、が、あぁあぁ……!?」

膝をついて崩れ行く下半身を呆然《ぼうぜん》と見、血反吐を吐いて、海水溜まりの中でオーガはもがく。

傷口が癒える気配はない。オーガの再生能力は高いが、決して不死身というわけではない。

——死ぬ。　死ぬ……？　死ぬ……!?

「お、あぁあぁ!?　おああぁあぁっ!?」

脳に血が足りていないせいか、オーガはわけのわからぬ恐怖に襲われ、無様に泣き叫んだ。

理解ができない。

「さて、お前は……何と言ったか」

その男は、ずかずかと無造作な足取りで、オーガの上体へと近づいてくる。

——ゴブリンではないのか。

木霊《こだま》するように、迫り来る男の言葉が脳裏に過《よぎ》る。

つまり、つまり。

たかだかゴブリンを殺す為だけに、こんなものを用意したというのか⁉

「まあ、どうでも良いな」

命乞いをしようとしたのか、それとも罵《ののし》ろうとしたのかは、オーガ自身にさえわからない。

生涯最後の言葉を吐こうとした彼の喉《のど》は、ゴブリンスレイヤーの靴底によって踏み躙《にじ》られた。

声も出せず、息切れに口を開閉させるオーガは、無機質な鉄面を、呆然と見上げるばかり。

「お前なぞよりも」

ゴブリンスレイヤーが、手にした剣を振りかぶる。

最後の最期《さいご》。オーガは兜の奥に隠れた、闇《やみ》の中に光る、冷たい瞳を見た。

「ゴブリンの方が、よほど手強い」

オーガの意識は激痛と屈辱、恐怖と絶望の中で闇に沈み、呆気《あっけ》なく消えた。

§

遺跡の入口まで戻った彼らを待っていたのは、森人《エルフ》たちの用立てた馬車だった。

竜牙兵が居住地まで虜囚《りょしゅう》を送り届けたのを受け、大慌てで迎えを寄こしてくれたのだ。

見れば馬車に同伴する森人《エルフ》の戦士たちは、皆が一様に煌《きら》びやかな武具を纏《まと》っている。

木と革と石のみ、天然の素材のみでこれほどのものが作れるとは。

「お疲れ様でした！　中の様子、ゴブリンどもはどうなり――……？」

だが冒険者たちは、無言で馬車へと乗り込んだ。

普段なら何か言いそうな鉱人道士も口を閉ざしたまま。

誰も彼もが疲れきっていた。

「……ともかく、我々は中の探索に入ります。どうぞ、街まではゆっくりお休みください」

怪訝《けげん》そうにしながらも森人《エルフ》の戦士はそう言って、遺跡の中へと潜っていく。

それを受けて御者が馬へ声をかけ、がたがたと音を立てて馬車が走り出した。

陽《ひ》はいつしか夜を過ぎて、再び昇り始めていた。

青白い空、地平の彼方から投げられた夜明けの光が、一行を刺すように照らす。

広野を馬車で抜けて、街までは一晩といったところか。

旅の仲間は、幌《ほろ》の中に武器を抱えてうずくまったままだ。

各々の安楽な姿勢を取って、動こうとする者はいない――いや。

妖精弓手が、そっと女神官の耳元に口を寄せていた。

「…………ねえ」

「……どうしました？」

女神官が、ぼんやりと顔をあげた。

魂を擦り減らし、疲れ切ってはいたが……それでも彼女は健気《けなげ》に微笑《ほほえ》んだ。

「彼、いつもあんなコトばかりやってるの？」

妖精弓手とて、似たようなものだ。全身を赤黒に染めて、今にも眠りたいほど。

彼女が示した先では、ゴブリンスレイヤーが木箱に背を預け、俯《うつむ》いていた。

ひしゃげ壊れた鎧を纏ったまま、折れかけた剣を抱えて……ようやく、眠っているのだ。

蜥蜴僧侶の《治療《リフレッシュ》》は、彼の傷を余すところなく消し去っていた。

その力量は、白磁の女神官と銀の彼とでは比べるべくもない。

問題は、と。尾を揺らしながら蜥蜴僧侶は言った。

――問題は蓄積された疲労なのだ。

オーガを討ち倒した後、彼は生き残りのゴブリンを殺して回ろうとしていた。

この場にいる誰よりも疲れきっていたのは、明らかだったにもかかわらず。

そしてそれを、彼は一切《いっさい》表に出そうとはしなかった……。

「……ええ」

女神官は、困ったような顔で答える。

「いっつも、こんな感じです」

「……そっか」

「……でも、ああ見えて、結構、周り見てるんですよ。この人」

彼女は細い指先で、ぴくりともしない男の鎧に、軽く触れた。汚れた革を、そっと撫《な》でる。

「本当なら、いろいろ教えてくれたりする必要も、ないんですから」

そっか、と。もう一度呟いて、妖精弓手は頷いた。

彼女は怒っていた。

納得がいっていなかった。

こんなのは冒険とは呼べない。呼べるわけもない。

「……うん。やっぱり私、オルクボルグのこと、嫌いだわ」

だって。

――私にとって、冒険は楽しい物だもの。

こんなのは、冒険ではない。

未知を体験したり、新たなものを発見したという喜びも、高揚感や達成感も、ない。

残ったのは、虚《うつ》ろな疲れだけ。
そうして冒険の良さを何一つ知らないまま、延々と小鬼を狩り続けている奴がいる。
そんな事を、彼女は絶対に許せない。
彼女は冒険者だ。冒険が好きで、森を飛び出した冒険者なのだ。
妖精弓手は、決意を秘めた表情で頷いた。
たとえ今すぐは、無理だとしても。
「いつか必ず――こいつに、『冒険』をさせてやるわ」
そうでなければ、誰も彼も皆、救われないではないか――……。

間章「勇者」

はあい、お疲れ様ー！　ゴブリン退治の報告しに来ましったよー。

へ？　なんで驚いてるの？　ゴブリンなんて、ボク一人でも何とかなるでしょ、普通。

……？　なんかすっごく偉いっぽい人がいるけど。

都の賢者様？　こんな小さいのに？

あ、ごめんごめん、怒らないでよ。すごいなぁって思っただけなんだから。

報告？　……えっと、うん。それじゃ、最初から話すね。

ボクは十五歳になったから預けられた神殿を出て、それで冒険者になるって決めたんだけど……。

村の近くの古い洞窟にゴブリンが出たから退治してくれって、依頼を請けたんだよね。

ほら、ゴブリン退治って定番じゃない。

あれは洞窟っていうより、古い遺跡かなー。お話で聞いた通りな感じ。

中に入ると、どんどん何かこう、そう、街の神殿みたくなってってさ。

え？　ゴブリン？　いたよ。いたけど。うん。そりゃ数は多かったけど。

向こうから次々と襲って来るから、こっちもそれを適当にえいやって斬って片づけて。

血とかで色々汚れちゃうし、あいつら臭《くさ》いから、もう、参っちゃったよ。

毒？　解毒剤《アンチドーテ》は買うでしょ。兜《かぶと》？　頭蒸《む》れちゃうから。髪長いし、ボク。

で、えーっと、何処《どこ》まで話したっけ。そうそう、潜《もぐ》って行ったら神殿ぽくなったーって話。

なにせ一番奥には台座があって、そこにやったら偉そうな親玉《ボス》がいたんだよ。

「我こそは冥府よりいでし十六将が一人」……だってさ。ゴブリンなのに。ゴブリンだよね？

でも、強いゴブリンっているんだねぇ。術をバンバン使ってくるから、びっくりしちゃった。

こっちも覚えたてのさ、《火矢《ファイアボルト》》を唱えたんだよ。

えっと、五、六回くらい？　はっきり数えてないけど。

流石《さすが》に疲れたから、ここでトドメ！　って斬りつけたら、剣が折れちゃったんだよ。

そこに「お前の腸《ちょう》を喰《く》らってやる！」とか襲ってきて、その、ちょっと、うん。下着が……。

と、ともかく！　剣がなくて焦《あせ》ったボクは咄嗟《とっさ》に、台座へ手を伸ばしたんだ。

何故《なぜ》って、そこに剣がこう、逆さまに突き刺さってたから。至高神《しこうしん》様の御印みたいにね。

古い剣でも何でも良いからって摑《つか》んだら、それがスルッと手元に飛び込んできて。

おまけに剣がもう、ぎらぎら、これでもかって光るから、これなら！　って振りまわしたのさ。

そしたらもう、ずんばらり。真《ま》っ二《ぷた》つにされた親玉はものすごい悲鳴をあげて、ばったり。

「我を倒しても、残りの十五将が貴様を狙《ねら》う。この世果つるまで、安息はないと知れ」だって。

ゴブリンにいくら狙われてもどうってことないしね。

そりゃもう、ボクは片っ端から返り討ちにするつもり……？

……へ？　古代の魔神が復活？　ボクが倒したのは魔神将？　これが光の聖剣？

まったまたぁ。ボクが伝説の勇者なんて、そんなわけないじゃんか。

だってボク、女の子だよ？

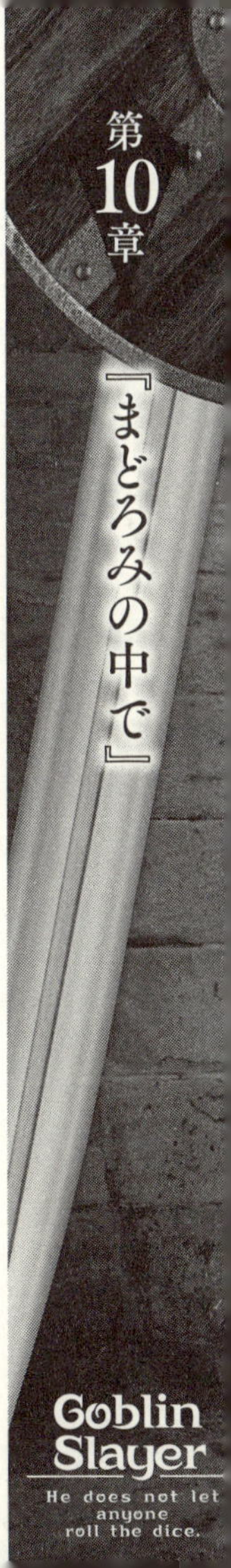

ずいぶんと小さい頃《ころ》、姉に厳しく叱《しか》られた事を、今でも覚えている。

彼女《おさななじみ》を泣かせてしまったのだ。

理由は、わかっている。

村から街へ遊びに行くこと。牧場に泊まること。

それを彼女が楽しそうに話していたのが、うらやましくて、しかたなくて。

彼は村の外の事を知らなかった。

遠くに見える山の名前も、その向こうに何があるのかも知らなかった。

道を行けば街があることは知っていたが、どんな街なのかは知らなかった。

もっと小さいころ、彼は大きくなったら冒険者になるのだと思っていた。

村を出て、竜の一匹でも退治して、帰ってくる。

勇者——白金《はくきん》等級の冒険者になる。

もちろん、何歳か誕生日を過ぎると、それが無理だという事はすぐにわかった。

いや、できる事はできる。

姉を置いて行きさえすれば。
死んだ父と母の代わりに育ててくれた姉を置いていけさえ、すれば。
彼は、少なくとも冒険者には、なれたのだと思う。
だが、その道を選ばない、という事を彼は選んだ。
だから、彼は彼女に対して怒ってしまったのだ。
手を引かれて家まで帰る途中、姉はこう言って彼を叱ったものだ。
『人をうらやんだりすると、ゴブリンになるよ』
そして『女の子は守ってあげなくちゃダメだ』と。
姉は賢かった。
知識があったのではなく、頭が良かった。村で一番だったのではないかと思う。
実際、姉が村で糧《かて》を得ていたのは、子供たちへの読み書き手習いによってだった。
子供だって農家では貴重な働き手だが、それでも文字が読めるかどうかは大きい。
彼自身にも、何事につけて、姉は頭を使うことの大事さを教えてくれた。
とにかく考え続ければ、必ず良い思いつきが浮かぶからと。
姉は、きっと街に行って勉強をしたかったはずだ。
だが、村に残った。自分の面倒を見る為《ため》に。
だから、彼も村に残るのだ。姉の為に。

それは彼にとって、自然な考えのように思えた。

家に帰ると、姉は彼のために牛乳と鶏肉を使ってシチューを作ってくれた。

彼は姉の作るシチューが大好きだった。

何度もおかわりしたはずなのに、もう、味は覚えていない。

きっと、その時に食べたきりだからだろう――……。

§

――彼はゆっくりと目を覚ました。

藁《わら》のベッドから身を起こす。見慣れた天井《てんじょう》。

未《いま》だ軋《きし》む身体を、ゆっくりと解《ほぐ》すように四肢を伸ばし、無造作に服を手に取る。

飾り気のない麻のシャツ。洗《あら》い晒《ざら》しで擦《す》り切れているが、微《かす》かに石鹸《せっけん》の匂《にお》い。

それを着込む日に焼けていない体は、全身至る所に傷跡が残っている。

麻で出来た平凡な服を着こみ、綿の入った鎧下《よろいした》を羽織った。

そして鉄兜《てつかぶと》と鎧を身につけようとして、ようやく彼はそれを修理に出した事を思い出す。

盾もない。あのオーガによる一撃は、とにもかくにも、致命的《クリティカル》だったのだ。

「……ふむ」

仕方ないので、最低限の装備として腰に剣を佩《は》く。

妙に広くて軽く明るい視界が、何だか、ひどく落ち着かない。

「おはよっ！　今日はぐっすりだったねー」

と、不意討つように快活な声。

見ると、彼女《おさななじみ》が開いた窓に胸を乗せて、室内に身を乗り出していた。

開いた窓から風が吹き込む。初夏の朝の空気が、久々に彼の素顔を撫《な》でる。

作業衣を着た彼女の額《ひたい》は、微かに汗ばんでいた。差し込む日差しは、もうずいぶんと高い。

「すまん」

彼は淡々と、寝坊した事を詫《わ》びた。

彼女は既に家畜の世話を始めていたらしく、完全に自分は出遅れていた。

「良いよ良いよ、せっかくのおやすみなんだから」

しかし彼女は軽い調子で、気にした風もなく、ひらひらと手を振る。

「日課の見回りサボっちゃうくらい眠かったんでしょ。よく寝れた？」

「ああ」

「でも今日は日差し強くなりそうだし、その上着じゃ暑くない？」

「……そうだな」

彼はゆっくりと頷《うなず》いた。彼女の言う通りだった。

それに考えてみれば綿で膨れ上がった衣服は、作業をするのに邪魔なだけだ。

今さっき着たばかりの鎧下を、彼はばさりと乱雑に脱ぎ、ベッドの上に放った。

「まったく、荒っぽいなぁ。そんなんじゃ皺《しわ》になっちゃうよー？」

「構わない」

「相変わらずだねぇ…」

しかたないなあ、と。年下の男子を見守るように、彼女が目を細める。

「ま、いいや。実はお腹《なか》ぺっこぺこでさ。叔父さんも起きてるし……早く朝ごはんにしよっ」

「わかった」

彼は彼女に淡々と応じて、自室を出た。廊下をずかずかと無造作に歩く。

先に食堂で席についていた牧場主が、彼の姿を認め、ぎょっと目を見開いた。

「おはようございます」

「あ、ああ……」

彼は気にせず軽く頭を下げ、対面に腰をおろす。牧場主が居心地悪げに身じろぎをした。

「きょ、今日は……ずいぶんと、遅い、んだな」

「ええ」

彼は、こっくりと頷いた。

「寝坊してしまいました。後で、見回りをします」

「そうか……」

牧場主は、微かに呻《うめ》いたらしかった。口を開いて、閉じて、眉間《みけん》を揉《も》みほぐして。

「……少しは、休みなさい。身体が資本、なのだろう」

「……」

彼は、静かに頷いた。

「はい」

それ以上、会話らしい会話はない。

彼は牧場主が善人である事は知っていた。姪《めい》である彼女を娘同然に育てたことも。

だが、自分が嫌われているか、少なくとも苦手だと思われていることもわかっていた。

人の好き嫌いは、人それぞれのものだ。彼から何かを、言う必要はないように思う。

「あー、ごめんごめん、遅くなっちゃった！　今、並べるからね、食べよう食べよう！」

ほどなく彼女が食堂に駆けて来て、食卓の上に料理が出揃《でそろ》う。

チーズやパン、牛乳を使ったスープ。全《すべ》て牧場で作った物だ。

彼はそれを、いつものようにガツガツと食べた。

食事を終えれば、空《から》になった食器を重ね、がたりと椅子《いす》を鳴らしながら立ち上がる。

「行くぞ」

「あ、そっか、いっけない。もう配達の時間だっけ……！」

言われて、彼女も慌てて食事を片づけにかかる。

行儀悪くパンを口に咥《くわ》えて立ち上がる彼女を見て、牧場主が躊躇《ためら》いがちに口を挟んだ。

「……荷馬車は、いるかね」

「叔父さん心配しすぎだよ。いつも言ってるけど、こう見えてあたし力は有り余ってて……」

「俺《おれ》が運ぼう」

彼は短く言った。彼女と牧場主の視線が突き刺さる。意図が伝わらなかったのだろうか？

「俺が、運ぼう」

重ねてもう一度。え、と。彼女が戸惑うように視線をさまよわせ、首を横に振った。

「え、いいよ、そんな……悪いってば。せっかく休んでるんだし……」

「身体が鈍《にぶ》る。俺も、ギルドには用事がある」

淡々と、彼は説明を重ねた。

彼は自分が無口だという事を自覚している。昔からそうだったかどうかはわからない。

ただ口数の少ない自分に、彼女が何くれと世話を焼いてくれている事は理解している。

だからこそ、きちんと伝えるべき事はハッキリ言うべきだとも、思うのだ。

「問題はない」

彼は淡々と答えて、食堂を後にした。

彼女が慌てて小走りでその後を追ってきているのが、足音でわかる。

表に出ると、玄関先に荷車が止められていた。

冒険者ギルドに配達する食品は、前日の夜に荷造りが終わっていたらしい。

ぐいぐいと綱をひっぱって梱包《こんぽう》に緩《ゆる》みがない事を確かめると、彼は横棒を曳《ひ》いて歩き出した。

ガラガラと車輪が回り、砂利道で軽く跳ね、両腕にずしりとした重さがかかった。

「……大丈夫？」

牧場の柵を抜ける頃。ようやく息を弾《はず》ませ駆けて追いついた彼女が、彼の顔を覗《のぞ》きこんだ。

「ああ」

言葉少なに頷いて、彼は力を込めて荷車を曳く。

街まで続く並木道。土を踏みしめて、一歩一歩、ゆっくりと歩いて行く。

彼女の言う通り、今日は暑くなりそうだ。昼に向けて昇り始めた日差しは強烈だった。

たちまちの内、彼の額に汗が滲《にじ》む。そういえば手拭《てぬぐ》いを持ってきていない。

目に入らなければ気にする事もないかと思っていると、不意に柔らかいものが額を撫でた。

「もう、これじゃお休みにならないじゃない」

ふざけて頰《ほお》を膨《ふく》らませながら、彼女が自身の手拭いで汗を拭ってくれた。

「帰ってきた途端、ばったり倒れて何日も寝っぱなしで。すっごく心配したのに」

彼は少しだけ考える素振りを見せ、それから首を左右に振った。大した事ではないはずだ。

「もう三日も前のことだろう」

「まだ三日、だよ」と、彼女。

「だから、無理とか無茶はダメだって言ってるの」

彼女が手を伸ばして、彼の額を拭《ふ》きながら言った。

「倒れてたのは事実なんだし、ちゃんと休まないと！」

荷車を曳きながら、彼は溜息《ためいき》を吐《は》く。

「……お前の性格は」

「何？」

「叔父さんに似たな」

む、と。彼女は喜んで良いのか怒って良いのかわからない表情をする。

「……ただの過労だ。心配はいらん」

だがそれでも納得がいってないらしい彼女へ、彼は面倒くさそうに説明した。

いや、実際に面倒だったわけではない。

しかし、自分が体調管理さえできないという現実を再認識するのは、あまりにも情けない。

――だが、再認識するべきだ。

二度と同じ失敗をしないように。

「……それって、あの女神官さんの見立て？」

彼女の声が、やや尖《とが》る。ちらと横目で窺《うかが》うと、拗《す》ねたように小さく頬を膨らませていた。

「いや」

再び前を睨《にら》み、力を込めて横棒を曳きながら、彼は言った。

「違う冒険者だ」

そっか、と。和《やわ》らいだ声で、小さな相槌。

「……一緒に冒険に行く人、増えたんだね」

「まだ、一度だけだ」

「って事は、もっと行くつもりみたいに聞こえるけど」

「………………」

彼は応《こた》えなかった。何を言って良いかわからなかったからだ。

そんなつもりはないと言えば、嘘《うそ》になる。あの道行は、そう悪いものではない。

だが、自分から誘っていく気があるかと言えば——……。

その時、さわさわと風が吹き抜けた。

枝葉の揺れるざわめきや、木漏《こも》れ日《び》が眩《まぶ》しく、彼は目を細める。

会話が途切れた。

風が吹く音。二人の足音。息遣い。ガラガラと荷車が回る。

どこかで小鳥が鳴いた。子供のはしゃぐ声も。街の喧騒はまだ遠い。

「気楽だ」

不意に、彼は、ぽつりと呟《つぶや》いた。

「え……？」

「ゴブリンを狩っているより、気は楽だ」

「それは比較対象としてどうなのかなぁ……」

「……そうか」

どうにも、自分は、物事をきちんと伝えるのが上手《うま》くない。

やはり下手にしゃべらない方が良いのではないだろうか。

彼女の困ったような顔を横目で見ながら、彼は黙々と荷車を曳き続ける。

「……ふふっ」

と、彼女が思わずと言った風に、笑った。

「なんだ」

「べーつにー？」

「そうか？」

「そうそう」

彼女は、ふんふんと良くわからない旋律の鼻歌混じりに歩いている。

良くはわからないが――……上機嫌なら、それで良いのだろう。

裏手で荷車を駐めてロビーに入ると、ギルドの中は閑散としていた。

流石《さすが》に昼前近くにもなれば、冒険者の大半は出発してしまった後なのだろう。

あるいは最近、都の方が騒がしいというから、その絡《から》みだろうか。彼にはわからない。

依頼人らしき者を除けば、馴染《なじ》みの冒険者が何人かたむろしているものの、それくらいだ。

待合の椅子に座る者もまばらで、受付に並ぶ列も短い。

「あ、やった。これなら受取の手続きすぐ済みそう」

嬉《うれ》しそうに彼女が手を叩《たた》く。

「ちょっと済ませてきちゃうけど……そっちは用事、あるんだよね」

「ああ」

「じゃ、終わったら合流して、一緒に帰る……って事で！」

「わかった」

笑顔で駆けて行く彼女を見送って、彼はぐるりとロビーを見渡した。

目当ての人物の姿は、まだ見えない。少し早すぎたか。

ならばと、彼はずかずかと無造作な足取りで、定位置である壁際《かべぎわ》の椅子に向かい——……。

「……あん？」

そこにいた先客と、ばったりと遭遇した。

胡乱《うろん》げな顔で彼を見やるのは、槍《やり》使いの冒険者だった。

槍と手足とを投げ出して、だらしなく座っていた槍使いは、じろじろと彼を無遠慮に睨む。

「体格は良いのに、生白い奴《やつ》だな。……見かけないが、新顔か？」

「いや」

その言葉に、彼は首を横に振った。見かけないという事もないだろうし、新顔でもない。

だが、どうやら槍使いにとっては、普段の甲冑姿《かっちゅうすがた》とイコールとならないらしい。

その声の調子は、見知らぬ同業者にかけるものと、まったく同じだった。

「だよな。冒険者になって稼ぐって奴なら、今は都の方に行くもんな」

するってえと休暇か何かで来たか。そんな所だと頷くと、槍使いは笑った。

「都の方は騒がしいもんな。逃げ出したくなる気持ちもわからんでもないぜ」

ひょいっと身軽な動きで座り直し、槍を手繰《たぐ》りなおして抱え込む。

「あっちじゃ魔神だなんだって大騒ぎだ。世界の為の戦だ、立身出世も夢じゃねえ、って」

「お前は行かないのか」

「俺？　冗談ポイだぜ。俺は俺のために戦ってんだ。金だ平和だってのは、興味ないね」

それに、と彼は意味ありげに受付の方を見る。

つられて彼もそちらへ視線を向けると、馴染みの受付嬢が、独楽鼠《こまねずみ》のように走り回っていた。

冒険者が少なくなっても、ギルドの忙しさが目減りするわけではないらしい。

「ま、個人的な理由さ。結局、綺麗《きれい》なお題目なんざいらないんだよな」

「そういうものか」

「そういうもんさ」

言って、槍使いはひらりと身軽に椅子から降りた。

こちらに向かって、魔女が肉感的に腰を揺らして歩いてくるのには、彼も気付いていた。

「あばよ。これから遺跡で冒険《デート》なんでな。武運でも祈ってくれ」

「そうしよう」

彼が静かに頷くと、愛想のない奴だなと槍使いは笑う。そういう奴は嫌いじゃあない、とも。

二人連れだって立ち去る際、魔女が彼に向け、意味ありげに片目を閉じて微笑《ほほえ》んだ。

「ゆっくりなさい、ね」

「ああ」

そして、彼は空っぽになった椅子に腰をおろした。

ぼんやりと冒険者ギルドの高い天井を見上げる。

彼は今更ながら、槍使いと魔女が一党《パーティ》を組んでいた事を知った。

各々とはよく顔を合わせていた――つもりだったのだが。

「あのう、ゴブリンスレイヤーさん！　ゴブリンスレイヤーさんはいませんかー⁉」

今度は、遠慮がちな声。兜を付けている時の癖《くせ》で、彼は目線だけをそちらへ向けた。

見れば油染《あぶらじ》みた汚れの目立つ革の前掛けを下げた、工房の丁稚《でっち》の少年だ。

「俺だが」

「あ、良かった。顔見てもわからないんですもん。親方がお呼びです。仕上がったって」

「わかった。すぐに行く」

冒険者ギルドには、多くの商店もまた組み合わさっている。

役所であり、宿屋であり、酒場であり、雑貨屋であり、武具屋でもある。

もちろん別にギルド以外に店がないというわけではない。

だが、国として、無頼漢《ぶらいかん》どもを野放しにはしたくないのだろう。

出来得るなら一所に纏《まと》めておきたいというのも、わからないでもない。

彼が向かったのも、そうしたギルド内に設置された工房の一つだ。

施設の奥まった一室で、燃え盛る炉を前に、ひたすら鎚《つち》を振るう老人が一人。

鋳型に流し込むだけの粗雑な剣から、きちんと鍛えた剣まで。

もちろん数打ちの量産品だから、天下無敵の名剣などとは比べるべくもない。

だがしかし、同じ性能の剣を幾本も寸分たがわず鍛えられるのもまた、天賦《てんぷ》の才と言えよう。

「……来たか」

その一見して鉱人《ドワーフ》と見まごうような皺面髭面《しゅうめんひげづら》の老翁は、じろりと彼を睨む。

長く炉を見続けたせいか、片目を閉じて、片目を異様に見開いた様相は、なかなかに凶悪だ。

「お前さん注文が多い癖に安もんしか買わんのだから、まったく。手間ばっか増えちまう」

「すまん」

「そう思うなら、もうちっと丁寧に扱え」

「そうしているつもりだ」

「……ったく、皮肉も通じねぇ」

ほれ、こっち来い。手招きを受けて近づいた彼は、どさりと革鎧と鉄兜を押し付けられた。

「問題ねえと思うが、ちと着てこい。調整はしてやっから。手間賃抜きでな」

「助かる」

あれほど薄汚れ、へこみ、ひしゃげていた鎧兜が、それなりに見られるほど修復されていた。

元通りとは行くまいが、それでも大分とマシになっている。

少なくとも、命を預けるのに値する程には。

「……そうだ。巻物《スクロール》は調達できたか」

「金は貰ってるから、やってやるが、ありゃ元々品薄だ。それに高い」

老人は面白《おもしろ》くもなさそうに鼻を鳴らして、ぐるりと炉の方を向き直った。

自分が鍛えた、無骨で粗末な鉄剣を持ち上げ、具合を検《あらた》め、舌打ちをしてまた熱する。

「どっかの冒険者が見つけて売りに来たら取っといてやるが、それ以上はできんぞ」

「わかっている。それで良い」

彼は丁稚に金貨の詰まった袋を渡すと、邪魔にならぬよう工房の隅に向かった。

ご丁寧に、新しい綿入りの鎧下までついている。有り難い事だ。

籠手《こて》、具足、鎧、胸当て、そして兜。

慣れた手つきで機械的に装備を整《ととの》えていると、丁稚の不思議そうな声が耳に届いた。

「ねえ、親方。……あの人、銀等級の冒険者ですよね？」

「ああ。らしいな」

「なんで、あんな鎧なんです？　音を出したくないなら真銀《ミスリル》の鎖帷子《くさりかたびら》とか……」

「わかんねえのか？」

「はい。だって、そうでしょ？　あんな巻物《スクロール》よりも、魔剣の一本の方が、よっぽど――……」

「ゴブリン相手に、伝説の魔剣を嬉々として振りまわす奴は、ただの大間抜け《マンチキン》だよ」

老翁が、渾身《こんしん》の力を込めて鉄を叩く、澄んだ音。

「奴は、自分が何をしてるのか、重々わかってんのさ」

§

――今日はよくよくと人に会う日だ。

工房からロビーに戻った彼は、自らを目掛けて小走りに駆けてくる人影に、つくづくと思う。

たったたったたと軽い足音。華奢《きゃしゃ》な胸を弾ませて、顔には笑みを一杯に広げて。

「ゴブリンスレイヤーさん！」

大きく手を振って今にも飛び跳ねそうなその少女は、女神官だ。

「どうした」

「これ、見てください、これ……！」

答えるのももどかしげに女神官は神官衣の襟元《えりもと》に手を入れて、認識票を引っ張りだす。

そこに下がっている小板は白磁《はくじ》ではなく、艶《つや》やかな黒曜石《こくようせき》に変わっている。

──ああ。そういう事か。

嬉しそうにニコニコとする女神官に、彼は頷いた。

「……十位から、九位になったか」

「はい！　無事に昇級しました！」

冒険者の等級基準は貢献度……経験点などと呼ぶ者もいるが、つまり獲得報酬だ。

一定の報酬を獲得した者は人格を加味した査定を受け、問題なしとなれば昇級が決まる。

彼女に関して、人格は一切《いっさい》問題にならなかったろう。とすれば、実力が認められたか。

「ちょっと不安でしたけど、オーガと戦ったのが大きかったみたいで……」

照れて赤く染まった頬を指でかきながら、女神官は言った。

「そうか」

──オーガとは何だったか。

そういえばこないだの地下遺跡にいたのがそいつだったかと、彼は頷いた。

とすれば、あの探索は相応に意味がある事だったのだろう。

少し考えてから、彼は素っ気なく付け加えた。

「……良かったな」

「それもこれも、全部ゴブリンスレイヤーさんのおかげです！」

女神官の真っ直《ます》ぐな視線が、きれいな瞳《ひとみ》が、彼を突き刺した。

息が詰まる。彼は、どう答えれば良いのかわからなかった。

「……いや」

ややあって、辛《かろ》うじて発した声は、絞り出すように掠《かす》れていた。

「俺は何もしていない」

「いいえ、そんなことないですよ」

にっこりと女神官が答える。

「最初に会った時、助けてくれたじゃないですか」

「……だが、お前の仲間は全滅した」

「それは、その……」

女神官は、微かに顔を強張らせ、僅かに言い淀《よど》んだ。

無理もない、と思う。

彼の記憶にも生々しく残っているのは、無残な光景だったからだ。

剣士も、女魔術師も、女武闘家も、何もかも全てを奪われ、踏みにじられた。

ごくりと、女神官は唾《つば》を飲み……だが意を決して、彼女は言った。

「それでもわたしは助けてもらったんですから。お礼くらい、ちゃんと言うべきだと思うんです」

そう言って女神官は微笑んだ。まるで花のほころぶような笑みだった。

「ありがとう、ございました……！」

深々と、頭を下げられて──やはり彼は、何かを言う事ができなかった。

女神官はこれから神殿に向かって、神官長に昇級を報告するのだと言う。

両手で錫杖《しゃくじょう》をしっかと握り、小走りに駆けて行く女神官を見送って、彼は立ち上がった。

「……」

受付を見ると、彼女はまだ手続きに時間を取られているらしい。

「荷下ろしをしておく」

彼がそう声をかけると、彼女は大きく手を振って応じた。

エントランスを後にして、ギルドの入口へ回る。

荷車に積まれた野菜や食材を、一つずつ下ろし、厨房口《ちゅうぼうぐち》の近くへと運んでいく。

暖かな陽気と日差しの中で動き回ると、あっという間に兜の下、額に汗が滲む。

しかし頭部の保護は重要だ。油断は禁物。そう、自分に言い聞かせた時、

「ね、ちょっと良いかしら」

不意に背後からかけられた涼やかな声に、彼は荷物を置いて、ゆっくりと振り返った。

「オルクボルグ。……何やってるの？」

妖精弓手《エルフ》だった。長い耳がピンと立っている。

「なに、かみきり丸じゃと？　お、もう動いて良いんか」

「三日ほど寝ていたと聞いたが……。もう体調は良さそうですな」

「え、わかるでしょ、足音とかで」

背後に並んだ鉱人道士《ドワーフ》と、蜥蜴僧侶《リザードマン》へと妖精弓手が応じる。

どうやらゴブリン退治の後、三人の異人たちはこの街にいついたようだった。

元来冒険者など、根なし草も同然の無頼漢だ。往々にして拠点を変える事もある。

「良い街よね、ここ。気分良くて。……で、もっかい聞くけど、何やってるの？」

妖精弓手が興味津々と言った様子で覗きこんでくる。

彼は荷車に乗った木箱を叩いて、淡々と答えた。

「荷物を下ろしている」

「ふぅん……ね、もしかして、お金に困って兼業始めた、とか？」

「違う」

面倒くさそうに彼は言った。

「何の用事だ」

「ああ、そうそう。この人が、ちょっとね」

意味ありげに言葉を濁しながら、妖精弓手は蜥蜴僧侶を親指で示した。

蜥蜴僧侶はチロチロと舌で鼻先を撫でながら、ひっきりなしに両手を動かしている。

「小鬼殺し殿。その……なんというか……」

「なんだ」

「拙僧《せっそう》は、あの、あれを所望したいのだ」

「だから、なんだ」

彼が淡々と問うと、鉱人道士がにやにやしながら言った。

「鱗《うろこ》の奴はの。チーズが欲しいんじゃよ」

「素直にそう言えば良いのにねー?」

妖精弓手も猫のように目を細めて続ける。

蜥蜴僧侶はシューッと口から気を吐いたが、二人とも意に介さないようだ。

常日頃、纏め役として振る舞っている堅物の、意外な点を見出したからだろう。

逃す手はない、という事か。付き合いは短い。彼はまだ、知らない事が多すぎる。

「これで良いか」

彼は荷物のひとつを開けて、チーズの塊をひとつ取り出し、放った。

「おお！」

蜥蜴僧侶が大きな目をぎょろりと回しながら、両手でそれを受け取った。尻尾《しっぽ》が地面を叩く。

「代金はギルドに払え」

「うむ、うむ、承ったぞ、小鬼殺し殿！　おお、甘露！　これならば金貨一袋にも値する！」

もう蜥蜴僧侶はすっかり舞い上がっていた。顎《あご》を開けてチーズの塊に齧《かじ》りついている。

仕方ないわね、と妖精弓手は笑った。

「真面目《まじめ》な奴だけど、たまに息抜きしないと息が詰まっちゃうもの」

「そうか」

彼は静かに頷いた。悪い気もせず、次の荷物に取り掛かる。

木箱を掴《つか》み、担《かつ》ぎ、下ろす。繰り返しだ。単純作業は嫌いではない。

だが何度か繰り返し、ふと顔をあげると、そこにはまだ妖精弓手が立っていた。

手持ち無沙汰《ぶさた》にもじもじと立ち位置を変えながら、じぃっとこちらを見ている。

「……なんだ、まだいたのか」

「い、いちゃ、悪いっ？」

「いや」

彼はゆるく首を左右に振った。

「だが、今日は暑くなるぞ」

「……。あ、あのさ！」

上ずった声。長耳がひっきりなしに上下している。

彼は溜息を吐いて、聞いた。

「……今度は、なんだ」

「え、っと、私たちね、今、遺跡の調査、やってるの」

「遺跡」

「ほら。こないだの時みたく、魔神がなに企《たくら》んでるか、わからないし」

「そうか」

「でも、うちの一党《パーティ》は、ほら前衛いないでしょう?」

私は野伏《レンジャー》だし、彼は僧侶だし。鉱人《ドワーフ》の奴は呪文使いだし。

もみあげを指先でくるくる弄《いじ》り、目を逸《そ》らしての言葉。

至極もっともだった。

「そうだな」

「だから、その……」

妖精弓手は言いよどみ、俯《うつむ》いてしまう。彼は言葉を続けるのを待った。

「声、かけるかもしれないわ、あなたに」

「…………」

そんな事か。彼は、無言で木箱を掴んで担ぎ上げた。

妖精弓手の長耳がぺしゃりと垂れる。彼が箱を下ろす。

「……考えておこう」

「――――ッ！」

長耳がピンっと立ったのが、見ずともわかった。

「ええ、そうね。考えといて！」

ひらりと手を振ると、妖精弓手は軽い足取りでギルド入口へ向かって歩き出した。

後を追い、チーズに夢中な蜥蜴僧侶の袖《そで》を掴んで引きながら、鉱人道士が口髭を捻《ひね》る。

「……耳長娘も難儀な奴よなぁ。素直に誘えば良いじゃろが。なあ、かみきり丸や」

「黙りなさい、鉱人《ドワーフ》。射抜《いぬ》くわよ？」

「おお、怖《こわ》や怖《こわ》や……」

どうやら妖精弓手に聞こえていたらしい。喧々囂々《けんけんごうごう》、仲の良い二人を、彼は黙って見送った。

気付けば、荷下ろしも粗方終わってしまっている。

彼は、ふ、と息を漏らして兜を揺らした。

日差しがだいぶ高くなってきている。もう、夏が近い。

と――

「せぇいっ!!」

「たぁーっ!!」

不意に、叫ぶような気合と、金属と金属が激突する澄んだ音が聞こえた。

――剣戟音《けんげきおん》。

いや、彼が意識していなかっただけだろう。それはずっと響いていたに違いない。

彼が首を巡らせて探した音源は、ギルド裏手の――すぐ目の前の、広場だったのだから。

「そぉら、そら、どうした！　そんなんじゃ、ゴブリンだってぶっ殺せねえぞ！」

「くぅっ！　ちくしょう、あいつデカイからな、隙突《すきつ》くぞ！　右から回れ」

「よしきた！」

見れば鎧を着込んだ重戦士が軽々と大剣を振りまわし、二人の少年を相手取っている。

重戦士一党《パーティ》の斥候《スカウト》と……この間、下水道に赴《おもむ》いていた新米戦士か。

白磁らしくがむしゃらな動きだが、それでも連携を取らんとする辺り、筋は良いようだ。

「作戦は良いが……口に出してちゃ世話ねえぞ！」

「ぬわぁっ!?」

「わぁーっ!?」

もっとも経験と力量が違いすぎるので、いいようにあしらわれていたが。

そうしてじっと稽古《けいこ》を見る姿が、思いのほか目立ったのだろうか。

「……なんだ、ゴブリンスレイヤーじゃないか」

胡乱げ、いや不審者に対するような低い声で話しかけられてしまった。

騎士甲冑姿の女。確か、重戦士と組んでいた人物だったはずだが。

「ここ二、三日姿を見なかったからな。オーガに潰《つぶ》されたと聞いたぞ。生きてたのか」

「ああ」

「……お前、いつもその格好なのか？」

「ああ」

「……そうか」

頭痛を堪《こら》えるように眉間を押さえ、女騎士は処置なしと首を左右に振る。

そうおかしい事もないと思うのだが、彼はそれをあえて聞いたりはしない。

「だが、あの戦士はお前らの一党《パーティ》ではなかったように思ったが」

「ん？　ああ、うちの小僧に稽古をつけてやってたら、な」

端の方で素振りをしてるのを見かけたので、声をかけて巻き込んだ、という事らしい。

田舎から立志を胸に上京した冒険者の少年なぞ、剣術は独学なのが大半だ。

ああして一度でもきちんと鍛えられれば、新米戦士の彼も、多少なり生き延びる目が残る。

「さて、あの娘らにも、自分がどう振る舞えば良いかを教えてやらないといけないな……」

斥候《スカウト》と戦士、新人の少年二人が果敢《かかん》にも重戦士へと立ち向かっている、その反対側。

聖女と巫術師《ドルイド》の娘が、柵にかじりつくようにして、はらはらと見守っていた。

「それに、そろそろあの体力馬鹿も息切れしてきた頃だろう。どれ、私も加勢してやるか」

にぃと不敵な笑みを浮かべた女騎士が、自慢の大盾と剣を身に帯び、柵を飛び越える。

「さあ、勝負だ！　日頃から一騎当千を豪語している以上、よもや卑怯《ひきょう》とは言うまい！」

「だぁー!?　てめえ、この、それでも聖騎士志望か！」

「問答無用ッ!!」

訓練になんねえ！　と喚《わめ》く重戦士も、真っ向から迎え撃ってるのだから人が好い。

大剣が風巻いて唸《うな》り、大盾が阻《はば》み、鋭い突き返しを見事な擦り足で潜《くぐ》り抜け、隙を突く。

これ幸いと少年たちが息を吐き、そこへ少女たちが駆け寄っている所を見ると……。

「なんだかんだ、騎士様もお節介ですよね」

くすくすと鈴の音のような笑い声。いつのまにか、彼の隣に受付嬢の姿があった。

「あ、良かったら、どうですか、ゴブリンスレイヤーさん。暑いですし……」

「すまん」

厨房口から出てきた受付嬢は、手にした杯を彼に差し出している。

遠慮なく受け取ると、彼は兜の隙間《すきま》から、がぶがぶと中身を飲み干した。

冷たく、甘い。

「レモンと蜂蜜を、ちょっと入れてあるんです」

疲労回復に良いそうですよ。そう言われて、彼はなるほど、と頷いた。

携行食の一案として考慮すべきだろう。しっかりと脳裏に刻みつけておく。

「最近、ですね。ああいう稽古を専門にやる、訓練所を建てようって動きがあるんですよ」

「ほう」

彼は口元の水雫を拭きとった。

「引退した冒険者さんを雇って……。新人さんって、何も知らない人が多いですから」

何かひとつ、ちょっとした事でも知ってれば生きて帰って来てくれるんじゃないか。

そう言って、彼女はどこか遠くを見るようにして、笑った。

書類上の事とは言え、受付嬢は多くの冒険者の死を見てきているのだろう。

そんな風に思う気持ちも、わからないではなかった。

「それにですね」と、受付嬢は言う。

「引退しても、死ぬまで生きていくわけですから。誰《だれ》にとっても必要だと思うんです」

「そうか」

彼は空になった杯を、受付嬢へと返した。

「ええ、そうです」

受付嬢は、いつものように元気よく頷いた。三つ編みが大きく跳ねる。

「だから、ゴブリンスレイヤーさんも体に気をつけないとダメですよ?」

「……どうも最近、そんな事ばかり言われるな」

「体がしっかり休まるまで、一ヶ月くらいは依頼も斡旋《あっせん》してあげませんからね」

「む……」

彼は小さく唸った。

「次に倒れたら、半年は冒険禁止です」

「……それは、困るな」

「でしょう？　だから、ちゃんと懲りてくださいね」

受付嬢はクスクスと笑った。それから、荷物受取の手続きが済んだ事を教えてくれた。

新人冒険者たちが先達に挑みかかる。その音を背に、彼はギルドの入口に回る。

荷車の傍《そば》では、幼馴染《おさななじみ》の彼女が手持ち無沙汰に佇《たたず》んでいた。

ゴブリンスレイヤーに気がつくと、その顔がパッと輝く。

彼は静かに声をかけた。

「帰るか」

「うん、帰ろっ」

帰路の荷車は、またずいぶんと軽く感じられた。

牧場に戻った彼は、その後、日に焼けた石を手にとって、石垣を組み始めた。

既に垣根はあるのだが、ゴブリン相手には用心して足りないという事もない。

牧場主も、「まあ、獣避けにはなるか」と、不精不精認めてくれていた。
黙々と作業を続け、太陽が真上を過ぎると、彼女がバスケットを手にしてやって来る。
彼は彼女と二人で並んで芝に座り、サンドイッチと冷えた葡萄酒《ぶどうしゅ》を昼食に摂《と》った。
時間が、やたらのんびりと流れているのを感じた。
あらかた石垣を組み終え、明日発送する食物を荷車に積む頃には、日も暮れる。
食事の支度《したく》をするからという彼女と別れ、彼はぼんやりと牧草地を歩き回った。
牧草がさわさわと初夏の風にそよぐ。
頭上には満天の星と、二つの月が浮いている。
星の配列はもう夏のものになっているのだろうが、彼にはわからなかった。
彼にとって星は、ただただ方角を見出す為のものでしかない。
幼い頃であれば、英雄の伝承に心躍《こころおど》らせ、星座の物語を暗記しようともしたものだが。
今となっては——……。
「……どうした?」
「んー?」
背後で、かすかに草を踏みしめる音がした。彼は振り返らない。
「ご飯だよー、っていうのと。何考えてるのかなーっていうのと」
星を見上げる彼の横に、自然な動作で彼女が、ぺたんと座り込んだ。

彼は少し考えて、その横に腰を降ろす。鎖帷子が、僅かに音を立てた。

「……先の事だ」

「先の？」

「そうだ」

「そっか……」

会話が途切れ、二人は黙って、星空を見た。

だが――嫌な沈黙ではない。二人が望んだ沈黙であり、静寂だ。

音と言えば風が抜ける音、遠い街の喧騒、虫の声。二人の、呼吸音。

お互いに、相手が何を言いたいのか、わかっているつもりだった。

彼は只人《ヒューム》だ。

歳《とし》も取る。怪我《けが》もする。疲れれば倒れる。いずれ限界が来る。

死ななくとも、ゴブリンを殺せなくなる日が必ず訪れるのだ。

その時、どうすれば良いのか。

彼は、わからないのだろう。

――思ったより弱気になってるなぁ、と。彼女は彼の横顔を覗いた。

「……ごめんね？」

ふと自然に、その言葉が彼女の口を突いて出た。

「何がだ」

きょとん、と。彼が不思議そうに首を傾《かし》げる。

鉄兜をかぶっているせいか妙に動作が大ぶりで、子供っぽい。

「ううん、なんでもない。なーんでも」

「おかしな奴だ」

彼女がくすくすと笑うので、彼がぶっきらぼうに呟く。

——拗ねてるのかな？

そんな些細《ささい》な所も、小さい頃から変わっていないように思えて、彼女は彼の腕を引っ張った。

「む……」

ぐるりと彼の視界が流れると、彼の後頭が柔らかく受け止められる。

見上げると、満天の星空。二つの月。そして、彼女と目があった。

「……油で汚れるぞ」

「いいもん。どうせ、洗濯しちゃうし、身体も洗うし」

「そうか」

「そうだよ」

彼女は膝《ひざ》に、彼の頭を乗せていた。兜を撫でるようにしながら、唇を寄せて囁《ささや》きかける。

「ゆっくりさ、考えようよ」

「ゆっくり、か」

「そ、焦《あせ》んなくて良いからね」


不思議と、心地が良い。

張り詰めていた弦《つる》が緩んでいくような感覚だった。

目を閉じても、彼には彼女の表情がわかった。彼女にも、彼の表情がわかっただろう。

その日の夕食は、シチューだった。

§

そうして、のんびりとした明け暮れは一ヶ月ほど続いた。

無論その間、冒険者と魔神の戦いは激しさを増して続いていたが……。

だが、戦いの終わりは唐突に訪れた。

やがて一人の新人冒険者が聖剣に導かれ、冒険の末、魔神王を遂に討ち果たしたのだという。

その冒険者――年若い少女だった――は史上十人目の白金等級冒険者に認定された。

都では盛大に祝典が開かれ、辺境のこの街でも細《ささ》やかながら祭りが催されたらしい。

とはいえ、いずれも、彼にとっては関係のない事だ。

彼はただ、天気と、家畜と、作物と、周囲の人の事にだけ気を配って過ごした。

時間は、ゆっくりと流れていった。
まどろむような日々だった。
しかし何事につけ、終わりというものは唐突に訪れる。
それは朝露《あさつゆ》に濡《ぬ》れた牧草地の中に、黒々とおぞましく浮かび上がっていた。
泥と糞に塗《まみ》れた、いくつもの、小さな――――足跡が。

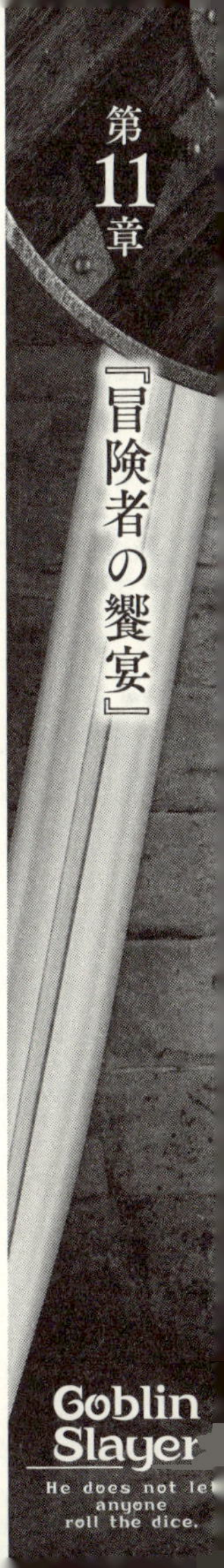

「逃げろ？」

朝食の支度《したく》の為《ため》に台所に立った彼女――牛飼娘は、突然のその言葉にきょとんとした。

「……ってなんで？」

「足跡が、あった」

それが意味する事を、牛飼娘は何となくだが、わかっていた。

何も知らない者なら、子供か、あるいは妖精《フェアリー》の悪戯《いたずら》かと思っただろう。

泥と糞に塗《まみ》れた、小さな素足の痕《あと》。草を踏み躙《にじ》ることを、何とも思わない傲慢さ。

だが、彼女は知っていた。彼はそれが何かを理解していた。

来るべき時が来たのだ。そう、彼と彼女は思った。来ないで欲しいと、そう願ってはいたが。

「……小鬼《ゴブリン》」

彼が、ゴブリンスレイヤーが、ゴブリンについて語るのは、いつもの事だ。

鎧兜《よろいかぶと》に身を包んで食卓の横に立ち尽くすその姿。異様で、だけれど、いつもと同じで。

だけど、日課の見回りも放り出して、彼女に「逃げろ」等と言うのは、初めてだった。

料理の作業を止《や》め、手元に目を落とす。なんと言うべきか。言葉を手繰《たぐ》り寄せて。
「……でも、倒せるんじゃないの？　君なら」
彼女が求めていたのは、いつも通りの言葉だ。
彼ならきっと「そうだ」とか「ああ」とか「そのつもりだ」とか、淡々と言うのだ。
言ってくれる、はずなのに。
「……無理、だ」
そう呟《つぶや》いた声は、酷《ひど》く小さくて、絞り出したように揺れていた。
え――……。そんな声が、牛飼娘の唇からも漏《も》れる。
ハッとして振り向くと、彼は一瞬、動揺したように身を震わせる。
「たとえ百匹だろうと、洞窟の中ならば、俺《おれ》は勝とう。何をどうやっても、勝つ」
怯《おび》えている？
彼が？
牛飼娘が、驚いたように目を見開く。
牧場の周囲には柵が、石垣が、彼の独自の計算によって強固に張り巡らせてある。
獣避けという名目で仕掛けた罠《わな》も二、三はある。
完璧《かんぺき》には程遠い。
だが、彼が出来得る限りに考え、防備を固めてきた事は牛飼娘も知っていた。

じっと見詰められた彼は、一瞬、躊躇《ためら》うように俯《うつむ》き、けれど真《ま》っ直《す》ぐに視線を受け止めた。

いや、受けとめようと努力していた。

「敵は、王《ロード》だ」

ゴブリンスレイヤーは、断言する。

足跡は十種類ほど。

堅牢《けんろう》な施設を襲うと決め、物見に十匹を繰り出してくる群れ。頭目がいるのは明らかだ。

田舎者《ホブ》か、呪術師《シャーマン》、いや、この規模から察するに、恐らくは……。

小鬼王《ゴブリンロード》。

何も知らぬ者が聞けば、きっと、笑ったことだろう。

だが、彼は知っていた。彼はそれが何者なのかを、はっきりと理解していた。

恐らく、ゴブリンどもの群れは百を越すだろう。

物見があった以上、襲撃は今日か明日。諸侯や国へ助けを求める時間はない。

いや、時間があったとして――ゴブリン程度に、王侯貴族が手間を割くなどありえない。

ゴブリンスレイヤーは知っていた。

牛飼娘も、知っていた。

十年前も、そうだったのだから。

「……ゴブリンの、群れ」

百匹以上の、悪辣《あくらつ》で、邪悪な、怪物どもを真正面から、平野で迎え撃つ？

「俺は白金《はくきん》等級ではない。……勇者、ではない」

手が足りない。

力がない。

つまり。

「……俺には、無理だ」

だから、彼は言うのだ。

逃げろ。

今なら、間に合う。

牛飼娘は、そっと、彼の真正面へと歩み寄る。鉄兜越しに、彼をじっと見つめた。

そして彼がそれ以上何も言ってくれないのがわかると、小さく頷《うなず》いた。

「………………良し」

「決めたか」

「うん」

息を吸って、吐《は》く。胸に必要なのは、たった三語を言う為に必要な、勇気だ。

「――ごめんね」

一言口から出てしまえば、後は楽だった。

「あたしは、逃げない」

やや強張った頬《ほお》を無理やり動かして、笑って見せる事さえできた。

何故《なぜ》だ、なんて言わせない。わかりきってる事だもの。

「だって、残る気なんだもん。君が」

「……」

彼は、何も言わなかった。

「ほら、やっぱり。困ると黙るよね。昔っから」

「……死ぬだけでは済まんぞ」

「うん、だろうね」

努めて平静を装って、彼女は頷く。

彼もまた、冷静であろうと、ことさらに平坦な声で言う。

「俺は、見ていた」

「……うん」

彼の言葉の意味が、わからないわけがない。

彼が何のために戦って、何のためにこんな事を続けてきたのか。

わからないわけがないのだ。

「いずれ、群れは討伐されるだろう」

彼は、幼子へ言い含めるように、言った。

「……だが、助かると思うな。生きていたとしても、心が死ぬ」

——俺も、助けられるとは思っていない。

言外にそう滲《にじ》ませた彼の言葉は、思わず笑ってしまう程に明らかな、脅しで。

だからそれは、もちろん、本当なのだろうけれど。

ああ、だが。

「だから、逃げろ」

「だから、やだってば」

誰《だれ》かに想《おも》ってもらえるというのは、何故こんな状況でも、嬉《うれ》しく感じるのだろうか。

だからそれを、彼女は彼に返さなければならない。伝えなければ、いけないのだ。

「だって、二回目は、やだもん」

自然に言葉が流れて来る。

「帰って来れるところ、なくなっちゃうじゃん。……君の」

そして、そっと胸の中で付け加える。

——別に、君に限った話じゃ、ないもんね。

彼女にも、もう残っていないのだ。

ここ以外に、故郷と呼べる場所は。

そう、呼んで良いのかは、わからないけれど。十年たった、今でも。

「……」

彼は、呆然《ぼうぜん》と——彼女の方を見ていた。

鉄兜の奥、暗闇《くらやみ》の中から、突きさすように。

その視線に見つめられた彼女の内には、急に、カッと燃えるように羞恥が現れる。

思わずきょどきょどと、目を逸《そ》らしては赤くなり、俯いて。

情けないなと思いながらも、言い訳めいた言葉が続けざまに流れ出た。

「そ、それに、ほら、避難しても、家畜、牛とか羊とか、なくなっちゃうと、ほら」

「………」

「その後が、えっと、だから、その……」

「………」

そうか。ぽつりと呟いたその言葉。うん、と。彼女もまたか細い声を返す。

「ほんと、ごめんね。わがまま言ってる自覚は、あたしも、あるから」

「……そんな顔をするな。安心しろ」

牛飼娘は思わず、笑ってしまった。目尻《めじり》に涙を滲ませながらの、情けない笑み。

彼がそんな事を言うなんて、今の自分はよっぽど酷い表情をしていたのだろう。

「やれるだけの事は、やってみる」

そう言って、彼は――ゴブリンスレイヤーは、彼女に背を向けた。
ドアを閉め、廊下を歩き、表に出る。
牧場の全《すべ》てをぐるりと見回して目に刻みつけ、街へ向かおうと道を歩き出す。
馬鹿《ばか》げた話だ、と思う。
街へ逃げてしまえば良い。
あるいは、殴りつけて縛《しば》り付けて、余所《よそ》へやってしまえば良い。
そうしなかった、させなかったのは――……。
ひとえに彼自身が、したくなかったからだ。
もう二度と、あの娘を泣かせたく、なかったからだ。
「女の子は、守ってあげなくちゃダメだ……か」
「………おい」
独り言に、返事があった。
ゴブリンスレイヤーの行く手に、むっつりと黙りこみ、腕を組んだ牧場主の姿。
聞かれていた――いや、聞こえていたのかもしれない。
「……挨拶《あいさつ》ぐらいは、していけ」
じろりと睨《にら》まれて、吐き捨てるようなその言葉。もっともだ、と思った。
自分は迷惑をかけ通しで、甘えてばかりだ。

「すみません、その――……」

「あの娘は、良い子だ」

そうして謝罪を口にしようとした彼を制して、牧場主はむっつりと言った。

見れば苦々しげに歪《ゆが》めた顔から、絞りだすようにして言葉を吐き出している。

「良い子に、育ってくれたんだ」

「……ええ」

「だから、泣かせるな」

ゴブリンスレイヤーは、何と答えるべきか、押し黙った。

言葉だけならば、どうとでも言える。ただ舌を動かし、喉《のど》を震わせるだけで良い。

だが、彼は幾度か迷った末に、嘘偽《うそいつわ》りを言うことを避けた。

「……努力、します」

そういう所が嫌いなんだ。ぼそりと呟かれたその言葉を背負って、彼は、歩き出した。

§

冒険者ギルドには再び活気が戻っていた。

ざわざわという喧騒。武具の鳴る音。笑い声。

混沌《こんとん》との戦いに赴《おもむ》いていた者たちが帰ってきたのだ。

もちろん、もう戻ってこない人々もいる。

だが、それが話題に上ることはない。

姿を見せない奴《やつ》は、遺跡や洞窟、広野や荒山のどこかで怪物に敗れ、死んだ。

あるいはどこか違う土地に移ったか、一山当てるか何かして引退したのか。

それを詮索する者はいない。いつしか、いなくなった者の存在は忘れられていく。

冒険者の最後というのは、往々にしてそういうものなのだ。

だからベルが鳴ってその男が入ってきた時も、そこまで注目する者はいなかった。

安っぽい革鎧と鉄兜、小さな盾を腕に括《くく》りつけ、腰に中途半端《ちゅうとはんぱ》な剣を帯びた男。

「ゴブリンスレイヤー……なんだ、生きてやがったのか」

ちらりと視線を向けた槍《やり》使いが毒づく。

他《ほか》の冒険者たちの反応も似たり寄ったりだ。

ここのところ姿を見なかったが、長期で依頼を引き受けたか、それとも休暇でもとったのか。

毎日のように現れて小鬼を狩る男は、ある種、このギルドの風景のようなものだ。

ゴブリンスレイヤーは、ずかずかといつも通りの歩調で、しかし定位置の席には行かない。

どころか、彼は受付にも向かわず、待合室の中心へと無造作に踏み入ったのだ。

近くに座っていた冒険者が、訝《いぶか》しげに彼を見上げる。

鉄兜に隠れて、その表情は窺《うかが》えない。

「すまん。聞いてくれ」

低く、静かな声。だが喧騒の中にあって、彼の声はやけによくギルドの中に響き渡った。

初めて、多くの冒険者がゴブリンスレイヤーの姿に注目した。

「頼みがある」

ざわめきが起こる。

「ゴブリンスレイヤーが頼み？」

「俺、あいつの声初めて聞いたぞ」

「というか、単独《ソロ》専じゃなかったのか」

「いや、最近は女の子と組んでるらしいわよ」

「ああ、あの細っこい子か……。そういや何人かと組んでなかったっけ」

「蜥蜴人《リザードマン》とか鉱人《ドワーフ》とかな。俺はあいつ小鬼にしか興味ないと思ってたぜ」

「女神官以外に、森人《エルフ》の可愛《かわい》いのも連れてるらしいぜ」

「くそ、俺もいっそゴブリン狩りしてやろうか……」

ゴブリンスレイヤーは、顔を見合わせ囁《ささや》き合う冒険者たちを順繰りに見回した。

名前を知っている者もいる。知らない者も。だが、その全員の顔を、彼は知っていた。

「ゴブリンの群れが来る。街外れの牧場にだ。時期は恐らく今夜。数はわからん」

そんな人々へ、彼は淡々と説明した。冒険者たちのざわめきが大きくなる。

「だが斥候《スカウト》の足跡の多さから見て、ロードがいるはずだ。……つまり百匹はくだらんだろう」

百匹のゴブリン！　ロードに率いられた⁉

冗談ではなかった。大半の冒険者たちは、初めての仕事でゴブリン退治を引き受ける。

失敗して死ぬ者も多い中、運か、実力か、ともかく生き延びてきた者が今ここにいるのだ。

彼らはゴブリンの恐ろしさ――いや、面倒臭《くさ》さを骨身に染《し》みて思い知っている。

誰が好き好んで、そんな怪物の大群と戦うというのか。

ましてや、ロード……戦闘力ではなく、魔力でもなく、統率力に特化した変異種だ。

ただの怪物の群れではない。それはもはや、ゴブリンの軍と言って良い。

何も知らない新人でさえ拒否するはずだ。

それこそ、喜んで挑むのはゴブリンスレイヤーくらいのものだろう。

だが、そのゴブリンスレイヤーでさえ、単独で挑みたがらない、となれば……。

「時間がない。洞窟の中ならともかく、野戦となると俺一人では手が足りん」

ゴブリンスレイヤーはぐるりと周囲の冒険者を睥睨《へいげい》した。

「手伝って欲しい。頼む」

そして、彼は頭を下げた。

一瞬、冒険者ギルドの中に微《かす》かな囁き声が満ちる。

「どうする？」

「どうするったってなぁ」

「ゴブリンなぁ……」

「自分でやりゃあ良いじゃねぇか」

「俺はごめんだぜ」

「あたしも。あいつら汚いし」

誰も何もゴブリンスレイヤーへ、直接に言おうとはしない。

彼もまた、頭を下げたまま微動だにしない。

「……………おい」

だから、その低い声が響いた時、冒険者たちは再びざわめいた。

「お前、なんか勘違いしてないか？」

槍使いの冒険者だった。彼は鋭い目でゴブリンスレイヤーを睨む。

ゴブリンスレイヤーは静かに顔を上げた。

「ここは冒険者ギルドで、俺たちは冒険者だぜ？」

「…………」

「お願いなんざ聞く義理はねぇ。依頼を出せよ。つまり、報酬だ。なあ？」

槍使いが周囲の冒険者たちへ、同意を求めるように問いかける。

「ああ、そうだ」

「そうだ、俺たちは冒険者だ！」

「命賭《か》けてタダ働きなんかできるかよ！」

ゴブリンスレイヤーへと野次が飛ぶ。

彼は立ち尽くしたまま周囲を見回した。別に、助けを求めたわけではない。

奥の卓では妖精弓手《エルフ》が顔を真っ赤《まか》にして立ち上がろうとして、鉱人道士《ドワーフ》らに止められていた。

魔女は隅の長椅子《ながいす》に腰をかけて、つかみ所のない微笑を浮かべている。

受付を見ると、馴染《なじ》みの受付嬢が慌てて奥へ姿を消すところだった。

彼は自分が女神官の姿を探そうとしている事に気付いて――鉄兜の奥で、目を閉じた。

「ああ。もっともな意見だ」

「おう。じゃ、言ってみな。俺らにゴブリン百匹の相手させる、報酬をよ」

もはや迷う事はない。そんなものは、十年も前に捨てている。

問われて、ゴブリンスレイヤーは、はっきりと言った。

「すべてだ」

ギルドの内が静まり返る。

ゴブリンスレイヤーの言葉の意味を、誰もが摑《つか》みかねていた。

「俺の持つ物、すべてが報酬だ」

彼は淡々と続けた。

ゴブリン百匹と戦ってくれるなら、その冒険者に何もかもを全て差し出すと。

槍使いの冒険者が、肩を竦《すく》めて言った。

「じゃ、受付嬢さんをよこせっつったらくれるのか？」

「彼女は俺の物ではない」

鼻で笑うようなセリフにも、ゴブリンスレイヤーは大真面目《おおまじめ》に応じる。

冗談の通じない奴だと呟かれても、彼は気にも留めなかった。

「俺の持ち物、俺の裁量で自由になる物だ。俺の装備、財産、能力、時間、そして――――」

「命か」

ああ、と。ゴブリンスレイヤーは頷く。

「そうだ。命もだ」

「なら、俺が死ねって言ったらどうすんだよ」

槍使いは呆《あき》れたような、信じられない物を見たような様子で言った。

ゴブリンスレイヤーの答えは決まっている――かに思えた。だが。

「…………いや、それは無理だ」

ああ、やっぱりか。張り詰めていた空気が、ほんの僅かに弛緩《しかん》する。

この男はどうかしているが、それでもやはり、死ぬのは怖《こわ》いのか、と。

「俺が死ぬと、泣くかもしれん者がいる。泣かせるな、と言われた」

固唾《かたず》を呑《の》んで聞き入っていた冒険者たちが、顔を見合わせた。

「だから俺の命は、俺の裁量ではどうにもならないらしい」

槍使いの冒険者が、ごくりと唾《つば》を飲む。

彼はゴブリンスレイヤーの顔を睨んだ。鉄兜に遮《さえぎ》られて、表情はわからない。

それでも兜の奥の瞳《ひとみ》に、彼は真っ直ぐに目線を合わせた。

「……お前が何を考えてんだか、俺にはさっぱりわからねぇが」

「…………」

「お前が、本気らしいって事は、わかる」

「ああ」

ゴブリンスレイヤーは静かに頷いた。

「俺は本気だ」

「……ど畜生め」

槍使いは、唸《うな》り声をあげながら自分の髪を掻《か》き毟《むし》った。

彼はゴブリンスレイヤーの前でウロウロと歩きまわり、槍の石突で床を叩《たた》いた。

そうしてひとしきり悩むと、彼は溜息《ためいき》を吐き、諦《あきら》めたように口を開いた。

「お前の命なんざいるか。……この野郎、後で一杯奢《おご》れ」

そう言って、彼はゴブリンスレイヤーの革鎧をトン、と拳《こぶし》で叩いた。

ゴブリンスレイヤーはよろめく。そして鉄兜が、呆然と槍使いの顔を見た。

なんだよ、と。槍使いはゴブリンスレイヤーを見返す。

「相場だろうが。銀等級の冒険者がゴブリン退治してやる、と言ってんだ。喜べ。依頼人」

「……ああ」

ゴブリンスレイヤーが、ぎこちなく頷いた。

「……すまん。ありがとう」

「よせ、よせ。退治してから言ってくれ、そんなセリフは」

槍使いが目を剝《む》いて、ばつが悪そうに頬を掻く。

まさかこの男から『ありがとう』と言われる日が来るとは、思っていなかったからだ。

「わ、私もッ！」

凛《りん》と涼やかな声がギルドの内に響いた。

冒険者たちの視線が一気にそちらへと向けられる。

席を蹴《け》って立ち上がった妖精弓手は、う、と声を漏らし、たじろいだ。長耳が揺れている。

「……私も、ゴブリン退治、やるわ」

だがそれでも、彼女は掠《かす》れた声で、しかしハッキリと口にした。

するとと勇気が出たのか妖精弓手は真っ直ぐゴブリンスレイヤーへ歩み寄り、指を突きつける。

「そのかわり！　……今度、一緒に冒険に来なさい！　遺跡、見つけたから！」

「良いだろう」

ゴブリンスレイヤーは、至極あっさりと頷いた。妖精弓手の長耳がピンと立ち上がる。

「俺が生きていたら、引き請けよう」

「そういう事は言わなくて良いのよ……」

妖精弓手が鉄兜を睨むようにして、鼻を鳴らした。くるりと振り返る。

「あんたたちも、来るでしょう？」

問われた鉱人道士。彼は、やれやれと髭《ひげ》を捻《ひね》りながら溜息を吐いた。

「仕方あるまい。……わしゃ一杯とは言わんぞ、かみきり丸。酒樽《さかだる》じゃ。酒樽をよこせ」

「わかった。手配しよう」

ゴブリンスレイヤーは頷いた。「よぉし」と鉱人道士は満足気に腹を叩く。

「それと、わしも冒険についてっても良いかのう、耳長の」

「当然！　一党《パーティ》じゃないの」

妖精弓手が笑った。鉱人道士も呵々《かか》と笑った。

「となれば、拙僧《せっそう》も行かぬわけにはいくまいて」

次いで、蜥蜴僧侶《リザードマン》がゆっくりと立ち上がる。彼は鼻先を舌でちろりと舐《な》めた。

「ああ、なに。構わん。友人の頼みだ。が、報酬というのであれば……」

「チーズか」

「うむ。あれは実に美味だ」

「俺のものではない、が。狙《ねら》われてる牧場で、あのチーズは作られている」

「まことか。なれば、地の底から這い出た悪鬼どもを許す道理はないな」

彼は頷き、大きな目をぎょろりと回し、奇怪な手付きで合掌した。

それがリザードマンなりのユーモアだと、ゴブリンスレイヤーは知っていた。

かくて、四人の冒険者たちがゴブリンスレイヤーの周囲に集《つど》った。

槍使い、妖精弓手、鉱人道士、蜥蜴僧侶、そしてゴブリンスレイヤー。

女神官の姿は、見えない。

「これで五人か……」

「いいえ、六人」

するりと音もなく、魔女が立ち上がっていた。

肢体をしならせながら彼女は悠々と歩いて、槍使いの隣に立つ。

「もしかすると七人目かも、だけど……ね」

魔女は意味ありげにそう言って、胸元《むなもと》から長煙管《ながきせる》を抜いた。

「……《インフラマラエ《点火》》」

くるりと回して煙草をつめ、指先で着火し、咥《くわ》える。

甘ったるい煙がギルドの中に満ちていく。

残りの冒険者たちが、落ち着かない様子で口々に囁き合う。

もちろん、何も牧場を見捨てたいわけではなかった。

だが、駄賃で命を賭ける気にならない者も多かった。

無理もない。誰だって命は惜しい。

何か、あとひと押しが必要で——……

「ギ、ギルドからも！　ギルドからも、依頼が、ありますッ！」

そのひと押しは、元気の良い声だった。

受付嬢が紙の束《たば》を抱えて飛び込んできたのだ。

三つ編みを大きく揺らしながら彼女は息をついて喘《あえ》いだ。顔が赤い。

冒険者たちの注目を浴びる中、受付嬢は抱えた紙束を高々と掲げた。

「ゴブリン一匹につき、金貨一枚の懸賞金を出します！　チャンスですよ、冒険者さん！」

おお……！　と冒険者たちがどよめいた。

受付嬢が手にしていたのは、冒険者ギルドの支部長が承認印を押した依頼書だ。

無論、懸賞金を出すのはギルドである。大盤振る舞いもいい所。

彼女が上司を説得するのにどれほどの労力をかけたかは、語るまでもないだろう。

「……ちッ、しゃあねえな」

それを受けて、ついに一人の冒険者が――重戦士が、席を蹴って立ち上がった。

驚いたように、彼の隣に座っていた女騎士がその姿を見上げる。

「行くのか？」

「俺はゴブリンスレイヤーなんざ気に食わないが……報酬が出るなら、な」

「まったく、素直じゃない奴め」

女騎士の麗《うるわ》しい頬が緩《ゆる》み、悪戯っぽい微笑が浮かぶ。

「お前の田舎に出たゴブリンを退治したのが、アイツだから、と言えば良かろうに」

「あー、うっせえ！　いいんだよ、小鬼殺して金貨一枚が目当てなんだから！」

俺もだ。そうだ、うちもだ。あいつには借りがあるんだ。何人かが頷き合い、身を起こす。

「だいたい、お前はどうなんだよ。さんざん嫌がってたじゃねえか」

「私は聖騎士志望だぞ？　助けを求められれば否やはないさ」

にやりと笑う女騎士の姿に、重戦士は諦めたように笑った。

「しゃあない。兄ちゃんと姉ちゃんが行くなら、俺らも行くか」

「そうね。仕方ない、ですけど……」

「こらこら、そういう事を言うものじゃありませんよ」

口々に軽口を叩き合いながら、重戦士の一党《パーティ》が全員立ち上がる。

「…………なあ」

「なによ」

その様を見て、新米の戦士が、見習いの聖女へと声をかけた。

「俺、まだゴブリン退治やった事ないんだ」

「……そうね。危ないって聞いたもんね」

「だけど、そろそろやっとこうと、思うんだよ」

「………まったく、もう」

仕方ないんだから。拗《す》ねたような少女の言葉を受けて、少年が手を挙げる。

そうして加わっていく彼らを見て、誰かが、ふっと、気の抜けたように息を吐いた。

「……俺、一応あいつと同じ日に冒険者になったからさ。これも縁、って奴か」

「毎日必ず顔出して『ゴブリンだ』って言ってるのがいないと、妙な気分だぜ」

「そうそう。ギルドの名物？　風物詩？　珍品？　ってやつだもんな」

「いたらいたでウザったいが、まあ……いなきゃいないで、なあ？」

「ちょうど、金に困ってたしな……ゴブリン一匹、金貨一枚。悪くねえ」

「まったく。こんな偏屈な依頼人は初めてよ」

誰かが呟いた。頷く者がいた。次々に冒険者が立ち上がる。

そう、彼らは、冒険者だ。

胸には夢があった。志があった。野心があった。人のために戦いたかった。

踏み出す勇気がなかった。だが、ひと押しがあった。もう躊躇う理由はない。

ゴブリン退治？　良いだろう。それは彼らの仕事だ。依頼があれば引き受けよう。

「俺たちゃ仲間でも友達でもないけど、冒険者だからな」

一人の冒険者が剣を掲げて鬨《とき》の声をあげた。他の冒険者がそれに続く。

剣を持たぬものは杖《つえ》を、槍を、斧《おの》を、弓を、拳を突き出して叫んだ。

新米がいた。古強者《ベテラン》がいた。

戦士がいた。魔術師がいた。聖職者がいた。盗賊がいた。

只人《ヒューム》がいた。森人《エルフ》がいた。鉱人《ドワーフ》がいた。蜥蜴人《リザードマン》がいた。圃人《レーア》がいた。

ギルドに集まっていた冒険者たちが、口々に叫び、床を踏み鳴らす。

ゴブリンスレイヤーはその怒号に包まれながら、ゆっくりと周囲を見回す。

受付嬢と目があった。彼女は汗ばんだ顔で、悪戯っぽく片目を閉じてみせた。

ゴブリンスレイヤーは受付嬢に頭を下げた。下げるべきだと思った。

「……良かったですね？」

くすりという笑い声。

振り返ると、まるで影のように、女神官がゴブリンスレイヤーに寄り添っている。

何のことはない。彼女は最初からついて来る気でいたのだ。

「……ああ」

ゴブリンスレイヤーは、頷く。
この日初めて、多くの冒険者たちが、ゴブリン退治という有《あ》り触《ふ》れた依頼に殺到《さっとう》した。

第12章『小鬼どもの丘を越えて』

Goblin Slayer
He does not let anyone roll the dice.

長い夜が始まろうとしていた。

「GRARARARARA!!　GRARARARARA!!」

月が昇り、『真昼』が来たのを見計らって、ゴブリンロードは号令をかけた。

ぎゃいぎゃいと喚《わめ》くような声が瞬く間に伝達され、ゴブリン軍は前進を開始する。

背丈《せたけ》の高い草原に身を潜《ひそ》めていた彼らは、立ち上がると同時に盾を掲げた。

ゴブリンたちが肉盾と呼んでいる——木板に、捕らえた女や子供を括《くく》りつけた盾だ。

衣服を剝《は》がれた虜囚《りょしゅう》たちは、全部で十人ほど。

時折うめき声をあげ、痙攣《けいれん》し、なかにはぴくりともしない者もいる。

だが、さんざん嬲《なぶ》り者にした捕虜たちの生死など、ゴブリンにとっては関係ない。

大事なのは、これを掲げると冒険者どもは途端に弓矢や魔法を撃てなくなる、という点だ。

もし仮に冒険者どもがゴブリンを捕らえて同じように盾にしても、ゴブリンは躊躇《ためら》わない。

仲間ごと突き殺し、その怒りを滾《たぎ》らせて冒険者どもを引《ひ》き千切《ちぎ》るのだ。

つくづく冒険者というのはマヌケなやつだと、ゴブリンロードはゲタゲタ嗤《わら》った。

視界の先には、牧場の灯《あか》りがある。さらに遠くに煌《きら》めいているのは、街の灯りだ。

あの街には冒険者がいる――冒険者！　何と忌々しい言葉だろう。

ゴブリンロードは決めていた。

奴《やつ》らは一人ずつ、生きたまま杭に刺して殺そう、と。

奴らがゴブリンにした事をとことんまで思い知らせてから殺してやるのだ。

彼の故郷《すあな》を襲い、子供だからと荒野に放り出した奴らと同じように。

まず牧場を襲い、羊や牛を奪って腹を満たし、女を攫《さら》って犯し、孕《はら》ませ、数を増やす。

そうして牧場を橋頭堡《きょうとうほ》にして街を襲い、冒険者共を皆殺しにして、さらに数を増やす。

最後には人族どもの都に向かい、滅ぼして、そこにゴブリンたちの王国を築くのだ。

それは夢のような考えだったが、ゴブリンロードにとっては紛れもなく現実的な計画だ。

上位種であるゴブリンロードの思考を、下位種であるゴブリンたちは理解できない。

だが、それでも彼らの胸の内には怒りと憎悪、欲望が渦を巻いている。

先の偵察で、あの牧場には牛や羊といった肉の他《ほか》に若い女がいることがわかっている。

がさがさと草原をかき分けながら進む足取りも、血気にはやったものだ。

やがて牧場の灯りが近づいてくる。後は一息に襲い掛かれば良い。

と、その時だ。

「ＧＲＵＵＵ？」

不意に草原を甘ったるい霧が覆《おお》い、先陣を切っていた盾持ちゴブリンが、そこへ突っ込んだ。

肉の盾を掲げていたゴブリンの体がぐらりと傾《かたむ》き、前のめりに崩れる。

そして一匹、また一匹と、立て続けに盾持ちのゴブリンがバタバタと倒れていく。

驚いたゴブリンロードが瞬く間に、黒い影が牧場の柵の陰から飛び出してきた。

——冒険者！　魔術だ！

「GAAAU!!」

ゴブリンロードが甲高い声で喚いた。

「GAUGARRR!!」

ゴブリンシャーマンが杖《つえ》を振りかざして何事か叫ぶと、稲妻が放たれて冒険者の胸を撃った。

だが一人の冒険者が倒れる間に、残りの冒険者が瞬く間に距離を詰め、肉盾を担《かつ》ぎあげる。

彼らはゴブリンどもには目もくれず、一目散に後退していく。

シャーマンが再び杖を振りかざし、逃げ去る冒険者を撃とうと呪文を唱え始めた。

「GAAA!?」

その胸に、鋭い枝矢が突き刺さる。

シャーマンはぱくぱくと口を開きながら、仰向《あおむ》けに斃《たお》れて死んだ。

夜目の利《き》くゴブリンたちは、すぐに射手の姿を見出した。

牧場に生えた木の上に——あれは、森人《エルフ》だ。森人《エルフ》の射手だ。

ゴブリンの弓兵たちが慌てて短弓で射返《いかえ》すと、彼女は鼻で笑って繁みへと飛び降りた。

肉盾を担いだ冒険者たちが柵を越えて退却すると、入れ替わり武装した冒険者たちが現れた。

がちゃがちゃ武具を鳴らしながら、身を低くして真っ直《ます》ぐにゴブリン軍へと突き進んでくる。

「ＧＯＲＲＲＲ!!」

ゴブリンロードは慌てて兵隊を叱咤《しった》し、迎撃を命じたが、彼らの意識は朧《おぼろ》げだ。

断続的に《眠雲《スリープ》》が飛び、朦朧《もうろう》としているところを矢で撃たれる。

「まったく、あれが『盾』ね。悪趣味ったら……」

嫌悪感を滲《にじ》ませた顔で軽口を叩《たた》きながら、妖精弓手《エルフ》は野を馳せ、風の如《ごと》く矢を放つ。

森人《エルフ》にとって弓を射る事は息を吸うのと同じこと。目を瞑《つむ》っていたって当てられるものだ。

ばたばたと藁《わら》のようにゴブリン兵士たちが射抜かれて斃れる。

全体的に見れば大した事のない数だ。だが、それでも確実に戦力が削られていく。

「呪文遣いは減らしたわ！」

「よし来た！　稼ぎ時だ、かっ飛べ！」

「ひゃっはー！　金貨が向こうからやってくるわよぉーっ!!」

混乱に陥《おちい》ったゴブリン軍が態勢を立て直すよりも早く、冒険者たちが接敵した。

こうなるともはや味方を巻き込みかねない呪文は、双方ともに使えない。

冒険者側はもとより、ゴブリンどもでさえ、そうなのだ。

盾として仲間が死ぬ分には気にしないが、自分の身を守る盾が減るのは困る。

なにしろ呪文を使おうともゴブリンはゴブリン。その性根は臆病で、卑劣だ。

かくて乱戦が始まった。

剣戟音《けんげきおん》が響き渡り、血の臭《にお》いが夜の草原に飛ぶ。悲鳴、絶叫、鬨《とき》の声。

武具を鳴らす音が入り混じり、一匹、一人、またひとつ、斃れては影が減っていく。

「ったく、ここまで多いと嫌になっちまうぜ！」

槍《やり》使いが呵々《かか》大笑《たいしょう》しながら何匹ものゴブリンの脚を薙《な》いだ。

転がされたゴブリンどもへ、蜥蜴僧侶《リザードマン》が踊るように飛び掛かって突き殺す。

「ま、小鬼殺し殿もお手上げですからな。当然でしょうや」

蜥蜴僧侶は合掌をし、牙《きば》の刀を振り抜いた。まだまだゴブリンは多い。

「どうでも、良いけれど……《矢　避《ディフレクト・ミサイル》》から、出ない、でね？」

杖を手にした魔女が、その肉官的な胸を息に弾《はず》ませ、立て続けに呪文を行使する。

その隣では早々に《酩酊《ドランク》》を使い切った鉱人道士《ドワーフ》が、投石紐《スリング》を振り回している。

「やれやれ、かみきり丸の言うとおり、こら、一人じゃ手も呪文も足らんの」

振り抜かれた紐《ひも》から放たれた石が、見事な放物線を描いてゴブリンの頭蓋《ずがい》を砕いた。

「ほ。こら狙《ねら》い定める必要もな――……む！」

と、鉱人道士の目が鋭く細められた。それに真っ先に気づいた妖精弓手が怒鳴る。

「どうしたの、鉱人《ドワーフ》！」

「耳長の、ライダーが来よるぞ！　ゴブリンの乗り手どもじゃ‼」

二つの月の下、草原に遠吠《とおぼ》えが木霊《こだま》する。

巨大な灰色の狼《おおかみ》にまたがったゴブリンどもが、剣を振りかざして突き進んでくるのだ。

「射掛けるわ！　近づけさせないで！」

「おうさ、槍衾《やりぶすま》だ！　越えさせるな！」

槍使いの号令一下、近くにいた冒険者たちが隊伍《たいご》を組んで各々の武具を掲げた。

矢の雨を物ともせず狼が飛び上がる。その腹先目掛け、冒険者たちは勢い良く刃を繰り出す。

けたたましい悲鳴。騒音。

「おぐぁあぁっ⁉」

一人の冒険者が突進に負けて押し倒され、喉笛《のどぶえ》を噛《か》まれる。

しかし多くの狼は武具に突き殺され、背中のゴブリンを振り落としていた。

「各方、かかれぇっ！」

蜥蜴僧侶が雄叫《おたけ》びをあげて斬りかかり、落狼した乗り手の首を刎《は》ね飛ばす。

戦闘民族の僧侶である彼は、時折、蜥蜴人《リザードマン》の祝詞《のりと》と思わしきものを甲高い声でわめいている。

――結論から言えば、冒険者たちは戦いを極めて有利に進めていた。

元より冒険者と小鬼、真正面から戦えば、運が悪くない限り負ける要素はない。更に……。

曰《いわ》く『待ち伏せをしろ。奴らは奇襲に慣れていても、奇襲される事には慣れてない』
曰く『姿勢を低くしろ。足元を狙え。奴らは小柄だが、空は飛べん』
曰く『奴らは確実に肉の盾を使う。眠りの呪文をかけ、その隙《すき》に救出させろ』
曰く『その時に殺せそうだと思っても、手を出すな。目が覚めると面倒だ』
曰く『攻撃呪文は使うな。呪文の回数は他にまわせ』
曰く『剣と槍、矢、斧《おの》、武器で奴らは殺せる。武器で出来ないことを呪文でやれ』
曰く『まっさきに呪文使いを叩いて潰《つぶ》せ』
曰く『背中を取られるな。常に動け。武器は細かく振れ。体力を持たせろ』
曰く――……。
冒険者たちも舌を巻くほどに、ゴブリンスレイヤーの戦術は尽《ことごと》く型にはまった。
兵士でない冒険者とて戦術は心得ている。しかしそれを「小鬼相手に徹底する」事はない。
繰り返しになるが熟練者はもとより、駆け出しの冒険者にとってさえ、小鬼は弱敵だからだ。
「まったく！　金になる上に、あの子にいいトコまで見せられるとくりゃあな！」
故にこうして対策を練って、一対一に持ち込めば、ゴブリンなど物の数ではなかった。
槍使いが、他の戦士たちが、縦横無尽に武具を振るえば、小鬼の首が次々と跳ぶ。
だが、その奥に月を背負って立つ影が、ぬうっと聳《そび》えるのが認められる。
「出たぞ！　田舎者《ホブ》――いや、違う⁉」

「ＧＵＲＡＵＲＡＵＲＡＵＲＡＵ！！！！」

唸《うな》るような雄叫びが、血風吹き荒れる戦場に木霊する。

オーガと見紛うような巨体。血と脳漿《のうしょう》に濡《ぬ》れた棍棒《こんぼう》を持つ、小鬼英雄《チャンピオン》。

ゴブリンでありながら、戦場の行末を左右しかねない強大な敵の出現。

だが、大物喰《ぐ》いを狙わないようでは、冒険者の名折れというもの。

「っしゃあ！　大物か！　いい加減、雑魚《ざこ》相手も嫌になってたとこだ！」

獰猛《どうもう》な笑みを浮かべて武器を背負い、率先して前に飛び出す重戦士。

その後に、やれやれと面倒くさそうに楯を掲げた女騎士が続く。

「まったく。私は今、討ち取ったゴブリンの首を数えるので忙しいんだが……」

「良いから付き合え！」

「わかった、わかった。仕方のない奴め」

減らず口を叩き合い、彼らは嬉々《きき》として闘いへ飛び込んでいく。

武具が唸り、血飛沫《ちしぶき》あげて、平原のそこかしこで似たような光景が繰り広げられる中。

「しっかし、言い出しっぺのあいつはどこ行っちまったんだ？」

小休止とばかり血塗《ちまみ》れの槍を狼の毛皮で拭《ぬぐ》って、槍使いが息を吐《は》いた。

なにせ草原の彼方《かなた》に、また新たに黒い影が盛り上がってきている。

ゴブリンどもの増援だ。呼吸を整《ととの》えねば危ない。彼はぐるんと槍を振り回して構え直す。

「あら。彼が、誰《だれ》だか、知ってる……でしょ？」

艶《つや》やかな声で囁《ささや》いた魔女が長煙管《ながきせる》から煙を吸い込み、そっと吹く。

桃色の甘ったるい気体が風に乗って漂い、それを嗅いだゴブリンたちの五感を幻惑する。

遠目にも、増援のゴブリンたちの動きが鈍《にぶ》るのが見て取れた。

「ええ、決まってるでしょ」

前後不覚となったゴブリンたちへ弓を引き絞りながら、妖精弓手が笑う。

「――――ゴブリンを、殺《スレイ》しに行ったのよ」

§

――どうしてこうなった⁉

ゴブリンロードは、転がるようにして駆けていた。

勝ち目がないとわかると、彼は一目散に戦場を逃げ出したのだ。

背後では剣戟、悲鳴、魔法の音が響いている。

冒険者の悲鳴もあるだろう。だが多くはゴブリンたちのものだ。

もともと、今回の戦いは確実に橋頭堡を得る為《ため》の、奇襲だった。だが……。

――自分たちは奪う側だったはずだ。なのに、どうしてこうなる？

あの群れは、もうダメだ。あの部隊を阻《はば》まれた以上、長居は無用だ。
自分さえ生き残れば良い。
一旦《いったん》巣穴に戻り、捕虜の女どもを使って数を増やし、もう一度挑むのだ。
最初の時と同じように。
ゴブリンロードと呼ばれるそのゴブリンは、『渡り』であった。
冒険者によって滅ぼされた巣穴の、たった独りの生き残り。
彼の全《すべ》ては、冒険者を殺すためだけにあったと言っても良い。
——そんなに、難しいことじゃあ、ない。
子供だからと油断し、背を向けた女の冒険者が、真っ先に餌食《えじき》となった。
石ころで頭を全力で打てば、奴らは途端におとなしくなる事を彼は学んだ。
棍棒の方が良いと知れば、棍棒を使った。武具の扱いを覚え、鎧《よろい》を着こむ事を覚えた。
冒険者どもが徒党を組んでいる事を知れば、群れを上手《うま》く扱う方法を考えた。
長き彷徨《ほうこう》の日々は、彼の肉体と知恵を、只人《ヒューム》の戦士を勝るほどに鍛え抜いた。
そしていつしか、彼は王者《ロード》と呼ばれるようになったのだ。
今度の事も、同じだ。
二つの月の下、戦場に背を向けて、ゴブリンロードは懸命に駆けた。
草原の草をかき分け、地を蹴《け》って、森へ。森の中へ。洞窟がある。彼の巣穴が。

失敗した。だが、自分さえ生きていれば次がある。

学習し、女を使って仲間を増やし、次は上手くやる。次こそは──……。

「──そう、考えるだろう事はわかっていた」

冷たく、無機質で、淡々とした声が、その行く手を阻んだ。

ゴブリンロードが思わず立ち止まる。彼は手にしていた戦斧《せんぷ》をゆっくりと構えた。

目の前の暗がりに、それが佇《たたず》んでいた。

安っぽい革鎧と鉄兜《てつかぶと》。左腕に小さい盾を括りつけ、右手に中途半端《ちゅうとはんぱ》な剣を握った冒険者。

赤黒い返り血に全身を染《そ》めて、反吐《へど》の出るような血溜《ちだ》まりの上に立っている。

「間抜けな奴め。大軍は囮《おとり》にこそ使うべきだ」

ロードは、拙《つたな》いながらも共通語が理解できた。

その冒険者が何者なのかはわからなかった。

だが、その男が何をしたのかだけは、はっきりとわかった。

「お前の故郷は、もうない」

「ORGRRRRRR!!!!」

ロードは雄叫びをあげて、ゴブリンスレイヤーに飛び掛かっていった。

頭蓋を砕かんと振り下ろされた戦斧の一撃を、ゴブリンスレイヤーは盾で受け止める。

金属の激突する激しい音。

ゴブリンスレイヤーは大きく盾を振って斧を弾《はじ》くと、鋭く剣を突き込んだ。

「ぬ……！」

微《かす》かな声。

剣の切っ先はロードの胸元《むなもと》に減《め》り込《こ》むも、返って来たのは堅い感触。胸甲だ。

それに動揺したわけではない。が、一瞬硬直した彼を横合いから戦斧が襲った。

咄嗟《とっさ》の判断。横っ飛びに草地の上を転げ、避ける。片膝立《かたひざだ》ちで、大きく息を吐いた。

「……」

ゴブリンスレイヤーは立ち上がり、ぐるりと手の内で剣を回し、盾を翳《かざ》して身構える。

「GRRRR……」

ロードが嫌らしく嗤い、両手で戦斧を握りしめている。

膂力《りょりょく》と、武器の差は圧倒的だ。

先の負傷。一ヶ月の休暇。必要な事だった、とはいえ……。

ゴブリンスレイヤーは、自分が鈍っている事を、十二分に理解している。

だが、それは問題にもならない――問題にしてはいけない。

目の前にいるのはゴブリンなのだ。それだけで彼には十分すぎた。

「……！」

ゴブリンスレイヤーはロードめがけて、放たれた矢の如く走りだした。

低く駆けながら、左手で草を一摑《ひとつか》み千切り取る。ぶち撒《ま》けた。

視界一杯に広がった草葉をロードが振り払った瞬間、彼は剣を繰り出した。

血飛沫、絶叫。

「GARUARARARA!?」

ロードは眉間《みけん》から血を流して叫び、無茶苦茶に戦斧を振り回す。

浅い、と舌打ちする間もなく、ゴブリンスレイヤーの体を衝撃が襲った。

宙を舞うような浮遊感。そして衝撃と激痛。

「が、は……ッ」

地面が背中を強打し、肺から空気が漏《も》れる。見ると盾が半ば砕けていた。

いくら感覚が鈍っていても、覚えた動きは体が忘れないものだ。

反射的に構えた盾が、またしても彼の命を救っていた。

「……正面からは、苦手だな」

吐き捨てるように呟《つぶや》き、ゴブリンスレイヤーは剣を支えにして身を起こす。

「GAROOO!!」

その隙を見逃さず、ロードが戦斧を振りかざし、草を踏み散らして突っ込んできた。

ゴブリンスレイヤーは小さく頷《うなず》いた。

高々と剣を振り上げ、砕けかけた盾を構え、切っ先をロードに向ける。

瞬間、ゴブリンスレイヤーは地を蹴って走りだした。

ロードの戦斧が迫り来る。そこへぶつけるようにして盾を掲げた。剣を突き出す。

激突。

ゴブリンスレイヤーの盾が完全に砕け散った。

ロードの戦斧はそのまま彼の腕に半ばめり込み、再びゴブリンスレイヤーを叩き飛ばす。

一方、ゴブリンスレイヤーの剣は、すれ違いざまにロードの腹を裂いていた。

血が溢《あふ》れ、夜の草原に飛沫《しぶ》く。

「ＧＡＵ…………」

だが、致命傷にはほど遠い。ロードは不機嫌そうに顔をしかめる。

「う、ぐッ……ッ⁉」

地面に打ち付けられたゴブリンスレイヤーは、もがくようにして立ち上がろうとした。

だが、彼は立ち上がれない。支えにしようにも、既に剣は半ばから折れていた。

「ＧＵＲＲ」

ロードはつまらなそうに鼻を鳴らす。

だが、いずれにせよ同胞の仇《かたき》だ。手足を切り落とし、柱に吊《つ》るし、死ぬまで晒《さら》してやる。

ゴブリンロードは暗い未来を思い描き、ゲラゲラと嗤い、ことさら勿体《もったい》ぶって歩み寄る。

ぴくりともしないゴブリンスレイヤーの兜を、ロードは足蹴《あしげ》にした。

「…………」

気に入らないと言えば、気に入らない。獲物というのは、死ぬべき時は怯《おび》えるべきだ。

だが、まあ、良い。

死ねば終わりだ。何もかもが。それを無慈悲に与える事で、今夜は良しとすべきだろう。

ロードは、ゆっくりと戦斧を振り上げ――。

――ガッと。

次の瞬間、戦斧を何かにつっかえさせた。

「GAU……?」

樹の幹でも打ったか？　訝《いぶか》しげにロードは背後を確認する。

だが、何もない。何も。

木々は、少し離れた所に茂っているだけだ。

「GA、RRRR……⁉」

ならばと、今度は振り下ろそうとして、ロードは斧が全《まった》く動かない事に気付いた。

いや、そもそもロードの体自体が、ピクリとも動かなくなっていた。

ミシミシと全身が何かに押し付けられていく。

まるで何か見えない壁に挟まれたかのようだ。

「GA、GAO……⁉」

身じろぎもままならず、混乱の中でロードは視線を彷徨《さまよ》わせた。

何だ、何が、起こって――……⁉

「《いと慈悲深き地母神《ちぼしん》よ、か弱き我らを、どうか大地の御力でお守りください》……！」

その答えは、奇跡のように朗々と唱えられた、涼やかな祈りだった。

華奢《きゃしゃ》な娘が、繁みの中から歩み出てくる。

額《ひたい》に汗を滲ませ、震える手には錫杖《しゃくじょう》を握っている。

懸命に地母神へと祈りを捧《ささ》げる女神官――……。

――この小娘の仕業《しわざ》か！

「GAAAAUAUAUAUAUAUA！！！」

ゴブリンロードはあらん限りの罵詈雑言を叫び、女神官へと吠えた。

四肢をもいで飼ってやる。いや尻《しり》から杭をつきこんで口まで通してやる。

手指を一本ずつへし折ってやろうか。それとも顔を焼いてやるぞ。

見るからに弱そうな小娘だ。少し脅せば途端に屈《くっ》するだろう――……。

「…………ッ！」

だが、そうはならなかった。

女神官は青ざめた顔のまま、唇を嚙み締めて、震える錫杖を必死に突きつけてくる。

ロードは、焦《あせ》った。

「GA、RO……?」

――この小娘は、もしかしたら見かけによらないのかもしれない。

ならばと一転し、ロードは哀れっぽい声で許しを請うた。

もうこんな事は二度としない。自分たちが間違っていた。

森の奥に戻って平和に暮らします。人里になど二度と出てきません。

どうか許してください。お願いします。

拙い共通語でまくし立て……もし可能なら、ロードはその場にひれ伏していたろう。

彼はかつて、このようにして冒険者たちにすがりついて、命を拾い上げた事がある。

ロード――当時はただのゴブリンだった彼を助けたのも、思えば女冒険者だった。

まだ子供だったロードを、彼女は「二度とこんな事をしてはいけない」と言って見逃した。

無論、彼女が背を向けた瞬間に飛び掛かって、その身をズタズタに引き裂いたものだが。

自分が強者だと思っていた娘が泣き喚いて助けを求める姿は、ロードの心を暗く滾らせた。

生きて助かりさえすれば、いずれ復讐《ふくしゅう》の機会も来る。

――その時には真っ先にこの小娘を陵辱してやろう………!

「させるものかよ」

冷たい声が、切り付けるように響いた。

「GA、RR……!?」

それは地の底を吹き抜ける風のように、ロードの心身を凍りつかせた。

ゴブリンスレイヤーが、ゆっくりと立ち上がっていた。

ぼたぼたと血が滴《したた》り左手に砕けた盾を。右手には、折れた剣を握って。

ずかずかと無造作な足取りで、その男は近づいてくる。

身じろぎの取れないロードの真横から、喉元に剣が押し込まれた。

「GA……GO……⁉」

折れた剣は切れない。突く事もできない。

だが――気道を押し潰され、ロードはがぼがぼと意味を成さない声で喚いた。

「ロード？　馬鹿馬鹿《ばかばか》しい」

ロードは逃れようとして、懸命にもがいた。

「お前は、ゴブリンだ」

ロードは息を吸おうと必死に口を開けた。

「ただの、薄汚い」

だが、どれも叶《かな》わない事だ。

「ゴブリンに、過ぎん……！」

顔をどす黒く染めたロードは舌を出し、口の端から泡をぶくぶくと溢れさせ、その目が飛び出る。

「そして、俺《おれ》は……」

暗闇《くらやみ》に沈む意識の中でロードは問うた。

——こいつは、なんなんだ？

「小鬼を殺す者《ゴブリンスレイヤー》だ……！」

ぐるりとロードの瞳《ひとみ》が裏返る。

小鬼の王となった怪物は、二、三度痙攣し、やがて死んだ。

「…………小鬼の首、ひとつ、だ」

零《こぼ》れ落ちる言葉と共に、ゴブリンスレイヤーの手から剣が離れた。

そして糸が切れたように前のめりに崩れ落ちるその体を、

「ゴブリンスレイヤーさん！」

錫杖を放り出して駆け寄った、女神官が抱き留めた。

血と泥に塗れ、全身に武具を纏《まと》ったその男の身体は、細腕にはズシリと重い。

遅れて《聖壁《プロテクション》》が消え、ロードの死体がゴブリンスレイヤーの隣に斃れる。

彼女はそれに頓着せず、ゴブリンスレイヤーの身体を検《あらた》めた。

左腕の傷が深い。下手をすれば、骨まで達しているかもしれない。

「無茶を、しないでください…………ッ！」

「……ぐ、う……っ」

両手が血で汚れ、彼が呻《うめ》くのも構わず、女神官は傷口へ掌《てのひら》を押し当てた。

「《いと慈悲深き地母神よ、どうかこの者の傷に、御手をお触れください》!!」

魂削るような、懸命な、心からの、切実な祈り。

——かつての、最初の冒険の時のような事は、もう二度と見たくない。

地母神は、その願いを優しく受け止め、ゴブリンスレイヤーの腕へ輝ける指先を伸ばす。

彼女が残していた最後の奇跡は、ここに為されたのだ。

女神官はあらかじめ、彼が囮となっている隙に《聖壁《プロテクション》》でロードを封じろと言われていた。

本来、防御の奇跡たる《聖壁《プロテクション》》を二重に嘆願し、檻《おり》とする作戦には——もはや驚かない。

だが《聖壁《プロテクション》》を三枚重ねろという彼の指示を、彼女は守らなかった。

奇跡を使いきってはいけない——それこそが、まさに啓示であったのやもしれぬ。

でなくば、この奇妙で、偏屈で、真面目《まじめ》な男の命は、ここで終わっていたに違いない。

「……………まったく。前も、言ったろう」

「ゴブリンスレイヤー、さん……！」

掠《かす》れた声で、返事があった。女神官はぽろぽろと涙を零した。

「無茶をして、勝てるとは、思っていない」

ゴブリンスレイヤーがゆっくりと半身を起こそうとする。

女神官はそれを制して、彼の腕の下に身体を入れた。

抱き留めるだけでも困難だった重量を、女神官は必死になって支える。

細く華奢な体格で苦労をしながら、肩に担ぐようにして、懸命に彼女は立ち上がった。

「……無茶、してないって。ゴブリン、スレイヤー、さんは……」

「……」

「もうちょっと、色々……！　気に、して、ください……！」

「そうか」

「……」

「……悪かった」

ぐずぐずと涙を流し、しゃくりあげ、女神官は、いやいやと首を左右に振った。

ぽろぽろ涙をこぼしながら、少女は一歩一歩、しっかりと踏み締めて歩いて行く。

なるべく彼女の負担とならぬよう努めながら、ゴブリンスレイヤーは淡々と言った。

「信頼、していたからな」

女神官は泣きながら、ぐしゃぐしゃの顔で笑った。

「……ほんっと、仕方のない人ですね」

彼女は最初の冒険で死んだ仲間のことを思った。

今まさに傷つき、死んでいく冒険者たちのことを思った。

殺されたゴブリンたちを思った。目の前で殺されたゴブリンロードを思った。
そういった様々な事が脳裏に浮かぶ中で、女神官は傍《かたわ》らの男の重さを意識した。
疲れきった身体に、彼の身体はずしりと堪《こた》える。
彼女の歩みは遅々として進まず、戦場の喧騒は遠く、街の灯りはさらに彼方。
――しかしそれは、心地良い道程だった。

第13章

『ある冒険者の結末』

「私たちの勝利と、牧場と、街と、冒険者と——……」

冒険者ギルドに集《つど》った、傷だらけの冒険者を、妖精弓手《エルフ》はぐるりと見回した。

「それから、いっつもいっつもゴブリンゴブリン言ってる、あの変なのにかんぱーい!!」

妖精弓手の音頭にわっと冒険者たちが歓声をあげて、つぎつぎに杯を掲げ、中身を干す。

これで五度目か六度目の乾杯だったが、冒険者たちは気にしない。

合戦の返り血も乾かぬまま冒険者ギルドに集った彼らは、大いに勝鬨《かちどき》をあげていたのだ。

大勝利、である。

百匹の小鬼は全滅。様々な上位種がいたといえども、数を揃《そろ》えた冒険者に及ぶべくもない。

無論、冒険者側といえど死傷者も皆無ではない。不運な者は、いつだっている。

だからこそ、幾人かの戦死者への弔《とむら》いも兼ねて、冒険者たちは大いに騒ぐのだ。

みんな、自らの意思で「冒険」に身を投じた以上、明日は我が身なのだから。

戦いの終わりを告げられた牛飼娘、牧場主も巻き込んで、宴《うたげ》は盛大に繰り広げられている。

そして彼は——いつもの様に、ホールの隅の、壁際《かべぎわ》の長椅子《ながいす》に座っていた。

彼の左腕は肩から吊《つ》るされていたが、痛みはほとんどなかった。

彼は一枚の金貨、その輝きを透かして、酒宴の賑《にぎ》わいを眺めた。

鉱人道士《ドワーフ》が秘蔵の火酒を持ちだして配り、新人の冒険者が一口呷《あお》って目を白黒させていた。

その横では竜牙兵が奇怪な舞いを踊って宴を盛り上げていた。蜥蜴僧侶《リザードマン》が操《あやつ》っているのだ。

受付嬢が独楽鼠《こまねずみ》のように走り回り、手をのばそうとした槍《やり》使いが魔女に長煙管《ながきせる》で叩《たた》かれる。

「ひゃっほう！　今夜の私は金貨五枚の女よ！　じゃんっじゃん持ってきて！」

「肉！　肉だ！　霜降り肉！」

「わ、私に付き合えと言ったろう！　忘れたのか！　故郷の両親に挨拶《あいさつ》を……！」

「だぁー！　もー！　お前シラフじゃねえな⁉」

「冒険者のみなさぁーん！　追加のお酒を持ってきましたよぉー！」

「よっしゃあ！　一緒に飲もうぜ！　今日こそは……！」

「あ、二日酔い対策に解毒剤《アンチドーテ》もいかがでしょうか？」

「……一本、ください」

彼は微《かす》かに目を細めた。

彼はゴブリンの巣穴こそ潰《つぶ》したが、ゴブリン軍からあげた戦果はロードのみ。

故に報酬は、たったの金貨一枚。

その金貨を、ゴブリンスレイヤーは隣に座る女神官へ、そっと握らせた。

最初はニコニコしていた女神官も、今では彼の肩に頭を乗せて、微かな寝息を立てている。

「よっぽど疲れちゃったんだろうねー」

女神官を挟んでその隣。彼女――牛飼娘が、そっと女神官の髪を撫《な》でた。

頰《ほお》についた汚れを拭《ぬぐ》ってやる仕草は、妹に対する姉のような手付きだった。

「女の子なんだから、あんまり無理させちゃダメだよ？」

「ああ」

彼は淡々と頷《うなず》いた。ふぅん、と彼女は唇を尖《とが》らせる。

「優しいじゃない。……何かあった？」

「いいや」

彼は静かに首を横に振った。

「いつも通りだ」

「……そっか」

二人は黙って、冒険者たちへと目を向けた。

冒険者たちは飲み、食べ、騒ぎ、笑っていた。

傷ついた者も、そうでない者も。武勲を上げた者も、何もできなかった者も。

生き残った全《すべ》ての冒険者が、自らが成し遂げた冒険の成果に喜んでいた。

「……ありがとうね」

彼女が、そっと彼に囁《ささや》きかけた。

「何がだ」

「助けてくれて」

「……俺《おれ》は何もしていない」

彼は、ひどくぶっきらぼうに言った。

二人の間に沈黙が漂う。不快なものではない。

お互い、相手の気持ちはわかっているつもりだった。

「………まだ」

「んー？」

ぼそりという呟《つぶや》き。彼女が、自然に首を傾《かし》げた。

「まだ、結論は出ていないんだが……」

「うん」

「少し、まとまってきた」

彼女は、そっと彼の言葉を待った。

彼は、考え考え、途切れ途切れに言った。

「俺は多分。冒険者に、なりたいのだと、思う」

「そっか」

彼女には、彼がまるで、十歳の少年のように思えた。

だが八歳の時とは違って、彼女は微笑《ほほえ》んで頷く事ができた。

「なれるよ、きっと」

「そうか」

「うん、そうだよ」

それはいつの日か、ゴブリンがいなくなった時の事だろうが――……。

「……ん、ゃ……ぁ……？　…………!?」

その時、不意に、もぞもぞと女神官が身じろぎをして、瞼《まぶた》が震えた。ぱちくり、瞬きをして。

「え、あ!?　ね、寝ちゃって、ました……!?」

顔を真《ま》っ赤《か》にして、大慌て。その仕草に、彼女――牛飼娘は、くすくすと笑う。

「あはは。みんな、頑張ってたもんね。疲れちゃっても、仕方ない、仕方ない」

「え、あ、う。……す、すみません」

「俺は、構わん」

「……じゃ、あたしは、ちょっとお礼を言ってくるよ」

最後にさらりと女神官の髪を撫でて、牛飼娘は椅子から立ち上がった。

去り際の「今日はごゆっくり」という言葉に、彼は頷き、女神官は顔を赤らめて、俯《うつむ》いた。

「……お前は良いのか。皆の所に、行かなくて」

「大丈夫ですよ。……楽しんで、ますから」

ゴブリンスレイヤーの問いかけにも、ふるふると首を左右に振るばかり。

――このままでは、良くない。何が良くないのか、わからないけど、良くない……！

咄嗟《とっさ》に、女神官は手を打った。これもまた前に彼から学んだ事だ。

どんな時でも、後で良い作戦を思いつくより、即座に行動するべし、である。

「そ、それより、ゴブリンスレイヤーさんの方こそ、大丈夫なんですか？」

「何がだ」

「お、お金……とか？」

「問題はない」

あまりにも露骨な話題転換。知ってか知らずか、ゴブリンスレイヤーはこっくり頷く。

「最初に交渉した通り、支払い済みだ」

「…………？」

「一杯、奢《おご》った」

「あ」

思わず、女神官は口元を抑える。

彼女の視線の先では、ちょうど槍使いが、追加で頼んだ銘酒の栓を抜いた所だった。

その横では魔女がちびちびと、上酒の最初の一杯を、舐《な》めるように楽しんでいる。

――……あのひと、わかってますよね。きっと。多分。

「……抜け目、ないですね」

「ゴブリン退治の報酬は、安いと相場が決まっている」

「それで良いんですか」

「良いとも」

どうせゴブリン退治の報酬自体はギルドから出るから、損はしない。そう彼は呟く。

じろりと半眼で睨《にら》んで見るも、彼が気にした風はなく、もちろん女神官とて本気ではない。

ずいぶんと砕けた気持ちで、ふわふわと浮ついていて、心が弾《はず》んでいる。どきどきと、脈拍が速い。

「……ねえ、ゴブリンスレイヤーさん」

「……なんだ」

「どうして、すぐに、その……皆に、依頼をしなかったんですか？」

ギルドであんな大仰《おおぎょう》なやり方をしなくても、良かったのではないか。

普通に張り紙を貼《は》って依頼を出せば、それで良かったのではないか。

そう思って問いかけると、ゴブリンスレイヤーはむっつりと黙りこんでしまった。

「あ、もちろん、嫌だったら良いんですけど……」

「…………大した、理由じゃあない」

慌てて付け加えた女神官に、彼はゆっくりと首を左右に振って、言った。

「俺の時には、誰も来なかった」

彼は、視線を酒盛りにあけくれる、冒険者たちの方へ向ける。

馳せ参じた人々。ゴブリン退治のために、武器を取って命を賭《か》けた人々。

或いは、ここに戻る事叶《かな》わず、死んでしまった人々。

「今度もそうかもしれなかった。確実な要素は何もない。運任せだ」

理由はそれだけだ、と。彼は呟く。俺は『変なの』らしいから、と。

そうして黙り込んでしまった鉄兜《てつかぶと》。女神官は、溜息《ためいき》を一つ。

本当に、この人は仕方がない。

「――――それ、違いますよ」

だから、女神官は言った。

「わたしは、あなたに助けてくれって言われたら、助けますもん」

何をバカなことを言うのだ、と。

「わたしだけじゃなくって、この街にいる冒険者さん、みんな――みんな」

本当に仕方のない人だ、と心底呆《あき》れながら、

「次も。その次も。これから、ずっと。助けて欲しいって言ったら、助けてくれます」

けれど、心からの思いを籠《こ》めて、

「──だから、運なんかじゃないです。絶対」

蕾《つぼみ》が花開くような、はにかみながらの、笑顔。

そうか、と彼は呟き、そうですよ、と女神官は小さく胸を張る。

──今なら、言える、でしょうか？

どきどきと早鐘のように鳴り響く胸。ぎゅっと握った手を寄せて、息を吐《は》く。

「……ねえ、ゴブリンスレイヤーさん」

たぶん、自分は酔っているのだ。

酔っているから、仕方ないのだ。

うん、そういう事で、良いはずだ。

「せっかくだし、わたしも報酬、良いですか？」

「なんだ」

ああ、どうか、勇気をお与えください、地母神《ちぼしん》様。

欲しいのは、たった一言を口に乗せるだけの勇気で良いのです。

息を吸って、吐いて。彼女は、彼の顔を、真っ直《ます》ぐから見て、言った。

「兜、脱いで見せてください」

「…………」

彼は何も言わなかった。

だが、諦《あきら》めたように息を吐くと、ゆっくりと兜に手をかけた。

金具を外し、兜を脱ぎ、戦いを終えたその顔を、酒場の灯《あか》りの下にさらけ出す。

「……ふふっ」

女神官は、赤くなった頬を隠しもせず、頷く。

「その方が、格好良いと思いますよ？」

「………そうか」

こっくりと、彼が頷いた、その時だった。

「あぁーーーーッ!!」

ギルドのホール中を、つんざくような絶叫が響き渡った。

「オルクボルグが兜はずしてるー⁉　ずるい！　私まだ顔見たことないのに！」

見れば、顔を真っ赤にした妖精弓手。彼女が長耳をふるふる揺らして、指を突きつけていた。

「なに⁉」

「なんだと⁉」

そしてそんな好機を見逃すようでは、冒険者などやってはいられまい。

目ざとくなければ生きていけないのだ。

酒盛りをしていた彼らが手に手に盃や食事を持って、わっと押しかけてくるのは必然だった。

「わ、わ、わ!? すごい、貴重ですよ！」

「え、そうかな？ ……そうかも。自分から外すの、兜壊れた時か、寝る時くらいだもんね」

「ほほう。これはまた、戦士の相ですな」

「うむ。流石《さすが》かみきり丸。良い面構《つらがま》えしとるわい」

「？ どっかで見たような……？ ええい、クソ！ なんか気に入らん！」

「ふふ。やっぱり……。意外と、美男子……よ、ね」

「おい、ゴブリンスレイヤーの顔だぞ!?」

「前にやったトトカルチョ表持ってこい！」

「……明日また魔神でも復活するんじゃあないのか？」

「俺は大穴で女に賭けてたのに……！」

「あたし、てっきりゴブリンかと……」

「おーい、あたった奴《やつ》いるかー？ 奢れ奢れ！」

家族、友人、仲間、見知った顔、見知らぬ顔が、寄ってたかって、彼を揉《も》みくちゃにする。

隣では巻き込まれた女神官が目を白黒させて、困ったような顔で。助けを求めて彼を見る。

騒々しくて、賑やかで、無遠慮で。

明日になれば、またいつものような日々が始まるのだろう。

何も変わりはしない。何一つ。

だが。

——次も。その次も。これから、ずっと。助けて欲しいって言ったら、助けてくれます。

「……そうか」

——だから、運なんかじゃないです。絶対。

「そう、だと良いな」

彼は、そう言って——微かに、笑った。

§

むかし、むかし、今よりも星の灯《ひ》がずっと少なかった頃《ころ》。

光と秩序と宿命の神々と、闇《やみ》と混沌《こんとん》と偶然の神々の、どちらが世界を支配するのか。

殴り合いではなく、サイコロで勝負することにしました。

神々は何度も何度も何度も、気が遠くなるほどサイコロを振りました。

でも、勝ったり負けたりの繰り返しで、いつまで経《た》っても決着がつきません。

やがて、神々はサイコロだけでは飽きてきました。

そこで駒と駒を置く盤として、さまざまな者たちと、彼らの住む世界をつくりました。

ヒュームやエルフやドワーフやレーアやリザードマン、ゴブリンやオーガやデーモンたち。

彼らは冒険をし、時に勝ち、時に負け、宝を見つけ、幸せになり、死んでいきます。

それを眺める神々もまた、喜び、悲しみ、笑い、泣きました。

いつしか神々は駒たちの活躍を楽しみ、世界と彼らを大いに愛するようになりました。

神々は心の底から夢中になった事で、初めて自分たちに『心』があると知りました。

まあ時にはサイコロの出目が悪かったりで失敗する事もありますが、それはそれです。


そんなある時、一人の冒険者が現れました。

その冒険者は平凡な若者でした。

才能も、素質も、生まれも、装備も、何もかも、これといった特徴はありません。

どこにでもいるような一山幾らの只人《ヒューム》、戦士、男です。

どの神々も彼のことは好きでしたが、だからといって特別な期待はしていません。

彼が世界を救うことはないでしょう。

彼が何かを変えることはないでしょう。

彼はどこにでもいる、駒のひとつに過ぎないのですから。

ただ、その冒険者は他《ほか》の者とはちょっと違いました。

彼は常に策を練り、考え、行動し、鍛え、機転を利《き》かせ、徹底的でした。
彼は決して、神々にサイコロを振らせようとはしませんでした。
生まれとか能力とかチートとか、彼には関係なかったのです。
そんなもんクソ喰《く》らえでした。

どうしろというのだと、さすがの神々だってドン引きです。
しかし、ある時、神々は気が付きました。

彼が世界を救うことはないでしょう。
彼が何かを変えることはないでしょう。
彼はどこにでもいる、駒のひとつに過ぎないのですから。
でも彼は決して、神々にサイコロを振らせようとはしません。
だからこそ——その冒険者の結末は、神々にだってわからないのです。

彼の戦いは続きます。今日も、どこかで。

あとがき

ドーモ、蝸牛《かぎゅう》くもと申します。

拙《つたな》いながらも精一杯に書いた作品です。楽しんでいただけたなら幸いです。

そして最初に一言。

この冒険者は特殊な訓練を受けています。良い子はＧ Ｍ《ゲームマスター》の許可なく真似しないでください。


ゴブリンスレイヤーという「何か変な」冒険者は、雑談から生まれました。

ファンタジー世界でゴブリンばかり退治してる冒険者とは、どんな冒険者なのだろう？

雑談から小ネタを書き、小ネタが連なって作品となり、作品を小説として投稿して……。

それが二年を経《へ》て出版して頂けるのだから、人生は宿命と偶然に満ち満ちています。

最初の雑談から生まれた小ネタを面白《おもしろ》いと仰《おっしゃ》ってくださった方々がいて。

小説にしてみてはどうかと応援してくださった方々がいて。

その小説を評価してくださった方々がいて。

皆さんの応援がなくば、ここまで来れなかったと思っています。

重ねて、本当にありがとうございました。心からの感謝を。

まさか出版前にコミカライズ決定なんていう事態になるとは、思ってもいませんでしたが。

生きていると凄《すご》いことが起こるものですね。びっくりです。

思ってもいないことと言えば、もうひとつ。

ＴＲＰＧという遊戯があります。紙とペン、サイコロを使って遊ぶゲームです。

自分が十年以上遊んで、これからも遊び続けるだろう遊びを題材に、小説を書く。

ましてやそれがデビュー作になるとは、かつての自分が聞いても信じなかったでしょう。

生き残ったり、死んだり、成功したり、引退したりした多くのプレイヤーキャラクターたち。

彼らの存在も、ここまで来るのには必要不可欠でした。心からの感謝を。

謝辞というのも今まで書いた事がないですし、感謝する相手も数えきれませんが……。

まずウェブ版からの読者の皆さん。あなたたちがいなければ、ここまで来れませんでした。

創作関係の友人たち。応援して、批評してくれてありがとう。みんなのお陰です。

十年来のゲーム仲間たち。ありがとう。またゾンビ退治したりしましょう。

素晴らしいイラストをつけて下さった神奈月昇《かんなつきのぼる》先生。みんな可愛《かわい》いです。やった！

コミカライズを担当してくださる黒瀬浩介《くろせこうすけ》先生。どうかよろしくお願い致します。

いろいろと指導して下さった担当編集者様、ＧＡ文庫編集部の皆様。

私の知らないところで出版、宣伝に携《たずさ》わって下さった皆様。ありがとうございます。

スティーブ・ジャクソン氏とイアン・リビングストン氏。

ゲイリー・ガイギャックス氏とデイヴ・アーンソン氏。

小太刀右京《こだちうきょう》氏と三輪清宗《みわきよむね》氏。

『ソーサリー』『D&D』『異界戦記カオスフレア』は、私の人生を変えた作品でした。

そして今こうして本を手にとって下さっている皆様。本当にありがとうございます。

これから先もお会いできるよう、努力していきたいと思います。よろしくお願い致します。

では、いずれまた。

蝸牛くも

ファンレター、作品の
ご感想をお待ちしています

〈あて先〉

〒106－0032
東京都港区六本木2－4－5
ＳＢクリエイティブ（株）
GA文庫編集部 気付

「蝸牛くも先生」係
「神奈月昇先生」係

本書に関するご意見・ご感想は
右の QR コードよりお寄せください。

※回答の際、特殊なフォーマットや文字コードなどを使用すると、読み取る事ができない場合がございます。
※中学生以下の方は保護者の了承を得てから回答してください。
※アクセスの際や登録時に発生する通信費等はご負担ください。

http://ga.sbcr.jp/

ゴブリンスレイヤー

発　行　　2016年2月29日　初版第一刷発行
著　者　　蝸牛くも
発行人　　小川 淳

発行所　　SBクリエイティブ株式会社
〒106－0032
東京都港区六本木2－4－5
電話　03－5549－1201
03－5549－1167（編集）

装　丁　　AFTERGLOW（山崎 剛／西野英樹）

印刷・製本　中央精版印刷株式会社

ISBN978-4-7973-8615-8

Printed in Japan　　GA 文庫